25/01

Andrea Schacht
Katzenweihnacht

ANDREA SCHACHT lebt als freie Schriftstellerin in der Nähe von Bad Godesberg. Sie hat sich in den letzten Jahren vor allem durch ihre historischen Romane einen Namen gemacht.

Bei Rütten & Loening liegen von ihr »Das doppelte Weihnachtskätzchen«, »Die Katze mit den goldenen Augen« sowie »Weihnachten mit Plüsch und Plunder« vor. Im Aufbau Taschenbuch veröffentlichte sie »Der Tag mit Tiger«, »Die Katze, die im Christbaum saß«, »Fünf Katzen unterm Weihnachtbaum« und »Auf Tigers Spuren«.

Die himmlische Weihnachtskatze
Alle 137 Jahre geschieht es, daß eine Sternschnuppe mit einem besonders glitzernden Schweif zur Erde fällt – und sich dort in eine Katze verwandelt, die exakt dreizehn Wünsche zu erfüllen vermag. Die erste Wunschkatze des dritten Jahrtausends landet an einem dunklen Winterabend in einem verwahrlosten Hinterhof und sorgt gleich für Turbulenzen.

Die Katze und der Weihnachtsengel
Was geschieht, wenn sich ein verstoßener Engel und ein übergewichtiger Kater zusammentun? Nachdem man ihn aus dem Engelschor geworfen hat, weil er immer wieder aus der Reihe tanzt, zieht es Malachi auf die Erde. Er trifft Pippin, einen vorlauten Kater auf der Flucht, und plant mit Merita, einer furchtlosen alten Dame, ihr ganz eigenes Weihnachtsfest.

Andrea Schacht

Katzenweihnacht

aufbau taschenbuch

ISBN 978-3-7466-2499-0

Aufbau Taschenbuch ist eine Marke
der Aufbau Verlag GmbH & Co. KG

4. Auflage 2009

Umschlaggestaltung Mediabureau Di Stefano, Berlin
unter Verwendung zweier Illustrationen
von Bridgeman Art Library
Druck und Binden CPI – Clausen & Bosse, Leck
Printed in Germany

www.aufbau-verlag.de

Die himmlische Weihnachtskatze

1. Kapitel
Ein Stern landet auf Erden

Eisig war der Dezemberabend, denn ein bitterkalter Wind hatte die Wolken fortgescheucht. Der Mond war in seiner dunkelsten Phase angekommen, und der Himmel hing voller glitzernder Sterne. Finster war es in den Gärten und zwischen den Häusern, überall in den Hecken waren die Vögel in ihren Nestern eng zusammengerückt. Sie hatten zum Schutz gegen die Kälte ihre Federn aufgeplustert wie dicke Watteballchen und schliefen. Nur zwei Rotkehlchen flüsterten sich leise Warnungen zu, denn Rambert, der schwarze Kater, strich mit hungrigem Blick durch sein Revier. Vielleicht hätte man ihn bemitleiden können, denn er hatte, anders als die meisten Katzen in der Gegend, kein warmes Heim, in dem er nach einem Spaziergang durch die frostige Natur seine Pfoten hätte wärmen können. Er hatte auch keinen festen Futterplatz, wo ihn gefällige Dosenöffner mit Nahrung versorgten. Schon gar nicht konnte er einen weichgepolsterten Korb sein eigen nennen, in dem er sich ohne Angst und vertrauensvoll hätte ausstrecken können, um zärtlich kraulenden Fingern seinen mageren Bauch zum Streicheln darzubieten. Darum lebte er in beständiger Anspannung und war sprungbereit, jede Beute mit einem scharfen Schlag seiner Krallen zu fangen.

Diese hochgespannte Aufmerksamkeit brachte es auch mit sich, daß Rambert der erste war, der das seltsame Phänomen am Himmel beobachtete. Aus dem vielfältigen Gefunkel der Sterne löste sich einer heraus und begann, zuerst langsam, beinahe träge, sich in Richtung Erde zu bewegen. Doch je näher dieser winzige Lichtpunkt kam, desto schneller wurde er, und daher entwickelte er auch einen wunderschönen, beachtlich glitzernden Schweif. Nicht daß Rambert einen Blick für die Schönheit der Erscheinung gehabt hätte. Nein, der Kater, durch häufige Angriffe gewarnt, duckte sich vorsichtshalber unter einen Kirschlorbeer und verschmolz – bis auf seine gefährlich schimmernden Augen – mit den Schatten. Diese Augen aber verfolgten mit steigendem Mißtrauen das Geschehen.

Vom Himmel hoch tat es kurz darauf einen deutlichen Plumps, und ein wenig verdattert von dem Aufprall auf dem frostig harten Boden, landete eine Katze auf ihren vier Pfoten. So, wie es Katzen immer tun, egal, aus welcher Höhe sie fallen. Diese Katze allerdings wirbelte etwas Staub bei ihrer Landung auf. Seltsamen, glitzernden Staub, wie Rambert bemerkte. Eine ganze Wolke von Staub stob auf, als der Ankömmling sich schüttelte, und verglühte dann auf dem kalten Boden. Nur einige Haarspitzen des Schwanzes funkelten noch einmal auf, dann hatte die Fremde sie auch schon mit ein paar energischen Zungenbürstern herausgeputzt und sah nun wie eine gewöhnliche Hauskatze aus. Nun ja, nicht ganz gewöhnlich, wie Rambert zugeben mußte. Sie war schon ein besonderer Anblick. Ihr Fell war von der braunen Nase bis zur elegant gebogenen Schwanzspitze rotgolden gestreift. Die Ohren waren klein und spitz und – anders als bei Rambert – von keinen Kampfspuren zerfetzt. Die Pfoten waren rund und erstaunlich groß für den Rest des zierlichen Tierchens. Die Augen aber, die sich suchend umsahen, leuchteten von tiefem, sattem Gold. Nach dem Putzen jedoch hatte die Katze vergessen, die Zunge zurückzuziehen, und so hing ein rosiges Zipfelchen noch aus ihrem Maul. Was sie aber insbesondere von allen anderen Katzen unterschied, war die Tatsache, daß sich die roten und goldenen Fellstreifen auf ihrer Stirn nicht zu dem üblichen großen M (das nicht, wie allgemein angenommen, für Miezekatze steht, sondern für Mutter Maria, die es eigenhändig den Katzen dorthin gezeichnet hat) ordneten, sondern das Muster eines sechszackigen Sterns bildeten.

Mochte diese vom Himmel gefallene Katze zweifellos eine Schönheit sein, so war sie doch auch ein Eindringling in Ramberts eifersüchtig bewachtes Revier und eine Konkurrentin um die mageren Nahrungsquellen, die er sich erobert hatte. Eine zweite Katze, die hier die wenigen noch nicht tiefschlafenden Mäuse aufstöberte, die ihm die dürftigen Reste aus den Müllbeuteln und die gelegentlichen Orgien aus den Hundefutterschüsseln streitig machte, bedeutete noch mehr Herumgelaufe für ihn und noch mehr Grenzstreitigkeiten mit den anderen Katern, kurzum, sie bedeutete noch mehr Hunger. Also mußte das Geschöpf weg. Und zwar schnell.

Die Himmelskatze allerdings wußte nicht, in welcher unmittelbaren Gefahr sie sich befand. Sie hatte einen langen Weg hinter sich und mußte sich in ihrer neuen Umgebung erst einmal orientieren. Der erste Rundblick bestätigte ihr, daß ihr anvisierter Landeplatz zufriedenstellend dicht von Menschen bewohnt war. Es gab einzelne Häuser, die von Gärten umgeben waren, und eine schmale Straße, an deren Rand die gräßlichen, stinkenden Blechkisten friedlich ruhten. Der Garten, in dem sie angekommen war, sah gepflegt aus, und in ihm stand ein

Tannenbaum, der mit winzigen Lichtern geschmückt war. Vor den bodentiefen Fenstern zur Terrasse hin waren zwar die Rolläden heruntergelassen, aber durch die Ritzen drang warmes Lampenlicht. Aus dem Fenster der Souterrainwohnung hingegen flimmerte das bläuliche Licht eines Fernsehers, und wirre Kampfgeräusche drangen gedämpft durch die Scheibe. Die anderen Geräusche waren zum Glück beruhigender. Straßenlärm war nur aus der Ferne zu hören, nah klangen dagegen die Töne eines Klavierspiels aus dem Haus. Gut, es war nicht ganz so unendlich harmonisch wie der Sphärenklang, den die Katze in den vergangenen hundertneunundsechzig Jahren gewöhnt war, aber jemand gab sich viel Mühe.

Als nächstes prüfte die Katze die Gerüche und fand sie erträglich. Der Rauch eines Kaminfeuers wehte vom Schornstein herunter, was auf einen gewissen Sinn für Gemütlichkeit schließen ließ, und ein Hauch von Essensduft, genauer von gebratenem Huhn, lag auch in der Luft. Dann aber nahm die Himmelskatze die Warnung wahr. Von der Hausecke strahlte sie ab. Die Reviermarkierung eines äußerst penibel auf sein Eigentum bedachten Katers war dort hinterlassen worden. Und in diesem Augenblick fühlte sie auch schon unter ihren sensiblen Pfoten das Herannahen eines Feindes. Ihre Barthaare sträubten sich, und die Rückenhaare stellten sich auf.

Die Katze war gewarnt, und darum sprang Rambert bei seinem ersten Angriff ins Leere. Die Rotgoldene brummte einen tiefen Ton, und warnende Blitze schossen aus ihren Augen. Rambert fauchte eine Beleidigung und setzte zum nächsten Hieb an. Er mochte zwar mager sein, aber er war groß und zäh und gestählt aus Hunderten von Kämpfen. Außerdem war er schnell und trickreich. Beinahe hätte der Schlag mit der Pfote eine deutliche Schramme über das braune Näschen seiner Kontrahentin gezogen. Aber irgendwie war es der vermaledeiten Katze gelungen, ihm wieder auszuweichen. Sie war hinter den beleuchteten Weihnachtsbaum geschlüpft und brummte ihm noch immer entgegen, daß er es aufgeben sollte. Sie habe keine Ambitionen, ihm das Revier streitig zu machen. Aber so etwas zu glauben, lag außerhalb von Ramberts Vorstellungsvermögen. Er schlich sich von hinten an den zuckenden Schwanz an, der unter dem Bäumchen hervorlugte. Ein Sprung, und die Beleuchtung flackerte empört auf, während er versuchte, sich aus den Kabeln zu befreien. Den Schwanz und den daran hängenden Eindringling hatte er wieder verfehlt. Er vermeinte zu allem Überfluß, ein leise gurrendes Lachen zu hören, das seine Wut geradezu ins Unermeßliche anstachelte und ihn alle Vorsicht vergessen ließ. Laut kreischend verwandelte er sich in einen Dreschflegel aus Krallen, Pfoten und Zähnen und wirbelte auf die Rotgoldene zu. Sie machte ihr Mäulchen auf und gab einen derart ohrenzerfetzenden Laut von sich, daß er sich vor Schreck beinahe selbst in den Schwanz gebissen hätte. Einen Moment später war sie den Pfosten des Carports hochgeklettert und schmähte ihn vom Dach aus auf die ungehörigste Weise. Rambert kreischte zurück und bemerkte nicht, daß die Menschen, gestört von derartigen Mißtönen, das Fenster der unteren Wohnung geöffnet hatten. Erst als sich eine schrille Stimme in die kätzische Auseinandersetzung mischte und reichhaltige Flüche über die verdammten Mistviecher losließ, wandte er kurzfristig seine Aufmerksamkeit von der Katze auf dem Dach ab. Doch nicht rasch genug, denn der spitze Stein, mit dem nach ihm geworfen wurde, traf ihn äußerst schmerzhaft am Kopf. Leicht benommen taumelte der Kater um die Hausecke und ließ sich erst einmal nieder.

Das Fenster wurde zugeschlagen; es herrschte Stille.

In Ramberts Kopf aber brummte es, und er sah Sternchen. Darum nahm er die leisen, leichten Schritte nicht wahr, die sich ihm näherten. Erst als eine rauhe Zunge sanft über die blutige Stelle fuhr, zuckte er zusammen und wollte sich erneut zum Kampf aufraffen. Aber dann ließ er es einfach geschehen, daß dieses fremde Tier seinen Kopf und seinen Nacken leckte. Es war irgendwie so tröstlich, und seit er vor drei Jahren aus der Obhut seiner Mutter gerissen worden war, hatte niemand mehr außer ihm selbst sein Fell geputzt.

Man hätte sogar behaupten können, daß, wenn man ganz genau hingehörte hätte, sich in Ramberts Kehle ein ganz, ganz leises Schnurren bildete.

2. Kapitel
Bettina findet ein Sternchen

Bettina begann noch einmal von vorne. Irgendwann mußte es ihr doch gelingen, über diese eine Stelle ohne Fehler hinwegzukommen, an der sie immer wieder patzte. Dem »Vom Himmel hoch« galt ihr Ehrgeiz, doch nicht nur einfach geklimpert, sondern mit allen zehn Fingern gespielt. Sie saß auf dem Klavierhocker, die Zungenspitze lugte ihr aus dem rechten Mundwinkel, und der Rücken war gestrafft. Ah, diesmal war es besser. Nur eine kleine Holperigkeit bei »davon ich singen und sagen will«. Noch einmal. Die Zunge im linken Mundwinkel förderte die Konzentration noch stärker, und diesmal gelang ihr die Passage beinahe ganz ohne Patzer. Das mußte gefeiert werden. Noch mal. Ohne Zungenspitze. Und dann kam es. Bei »der guten Mär bring ich so viel« setzte das Katzengeschrei ein.

»Ach herrje!« seufzte Bettina und ließ die Hände auf den Tasten ruhen. Sie mochte Katzen sehr, sogar diesen wilden Streuner, den sie für sich Rambert nannte und der keinen Menschen an sich heranließ. Es tat ihr ungeheuer leid, daß sie keine Möglichkeit hatte, irgend etwas für ihn zu tun. Resigniert lauschte das Mädchen dem üblichen Ablauf, der sich nun entwickelte. Unten ging das Fenster auf, Frau Schindler schimpfte lauthals, und wahrscheinlich warf ihr Sohn Bertram auch wieder mit Steinen nach dem Kater.

Das Fenster wurde mit einem Knall geschlossen, und es kehrte wieder Stille im Garten ein. Völlige Stille, denn Bettina hatte einfach keine Lust mehr, Weihnachtslieder zu spielen.

»Warum hast du aufgehört zu üben, Bettina? Das hat sich doch schon ganz hübsch angehört?«

Ihr Vater war aus dem Nebenzimmer gekommen und sah seine zierliche Tochter fragend an. Sie strich sich den dunklen Pony aus der Stirn und zuckte mit den Schultern. Diese Geste erinnerte Marius Hemberger so sehr an Bettinas Mutter, daß er schlucken mußte. Aber er bemühte sich, seine Gefühle zu verbergen, und sagte mit einem Lächeln noch einmal: »Na, was ist denn?«

»Ach, ist doch egal, Papa.«

»Wenn es egal ist, kannst du auch weiterüben.«

Bettina war ein folgsames Mädchen, meist still und in sich gekehrt, aber unter der ruhigen Oberfläche konnte es brodeln, wie ihr Vater genau wußte. Deshalb war er nicht überrascht, daß sie plötzlich aufschnaufte und herausplatzte: »Da draußen läuft Rambert herum, und die Schindler hat ihn wieder angeblökt!«

»Es heißt ›Frau Schindler‹, und sie blökt nicht.«

»Tut sie wohl, und Bertram wirft mit Steinen auf die Katze. Ich hab's schon oft gesehen.«

»Die Katze ist ein Streuner, der nur Löcher in die Beete gräbt und an die Hausecken macht.«

»Der Katze ist kalt, und sie hat Hunger.«

»Unsinn. Katzen haben ein dickes Fell, sie sind es gewöhnt, draußen zu leben und sich Mäuse zu fangen.«

»Du magst Katzen genausowenig wie die *Frau* Schindler«, antwortete Bettina betont und schob die Notenblätter zusammen.

»Ich mag Katzen sehr wohl, Bettina, aber nicht in der Wohnung. Da muß ich unserer Haushälterin völlig recht geben. Sie haaren, bringen Unrat mit herein und zerkratzen die Möbel.«

»Andere haben aber Katzen im Haus. Denen macht das nicht so viel aus. Nina zum Beispiel und Alfi. Die haben sogar drei Katzen.«

»Mag schon sein, aber Tiere im Haus sind ganz einfach unhygienisch. Du weißt, daß ich mir mit der Praxis Katzen hier nicht leisten kann.«

Bettina seufzte noch einmal: »Ich könnt ihm wenigstens Futter rausstellen ...«

»Nein, wenn du das tust, ist die Katze über kurz oder lang in den Zimmern. Ich verbiete dir das! Und nun komm! Ich habe den Kamin angemacht, und wenn du magst, lese ich dir eine Geschichte vor.«

Marius Hemberger war Zahnarzt und lebte seit fünf Jahren allein mit seiner Tochter in dem großen Haus. Bettinas Mutter war nach einer ungefährlichen Operation gestorben, die im Grunde ohne Komplikationen zur Heilung hätte führen sollen; es war, wie Marius wußte, ein Fehler der Ärzte gewesen, die nicht auf ausreichende Hygiene geachtet hatten. Er hatte seine Frau sehr geliebt, und Bettina liebte er ebenfalls von ganzem Herzen. Manchmal jedoch machten ihn die Trauer und die Sorge blind für die Wünsche eines neunjährigen Mädchens.

Bettina gesellte sich zu ihm und kuschelte sich in einen Sessel vor dem Kamin. Ihr Vater hatte schon das Buch herausgeholt und die Seite aufgeschlagen, an der sie am vergangenen Abend aufgehört hatten.

»Na, kannst du dich noch erinnern, was Ali Baba in der Räuberhöhle geschah?«

»Natürlich.«

Besonders begeistert klang das nicht, und so verzichtete Marius darauf, Bettina das Vorgelesene wiederholen zu lassen, wie er es ansonsten tat. Er las einfach weiter aus den Märchen von Tausendundeiner Nacht, die eigentlich jedes Kind faszinieren sollten. Aber Bettina starrte nur geistesabwesend in die Flammen und schien überhaupt nicht bei der Sache zu sein. Als ihr Vater eine Pause machte, sah sie auf und fragte höflich: »Darf ich bitte ins Bett gehen? Ich bin müde.«

»Aber natürlich, Schätzchen. Wir lesen morgen weiter.«

Doch im Grunde war Bettina nicht richtig müde. Eigentlich war ihr, während sie ins Feuer starrte, eine Idee gekommen, die sie nun heimlich umsetzen wollte.

Die Küche war Frau Schindlers Bereich, und ihr Vater würde

sie wohl so spät am Abend nicht mehr betreten. Die Haushälterin gewiß auch nicht, denn sie saß unten vor dem Fernseher. Darum konnte Bettina ihren Raubzug leise und erfolgreich durchführen. Ein Hühnerbein und eine angeschlagene Untertasse waren ihre Beute. Mit fettigen Fingern zupfte sie das Fleisch vom Knochen und häufte es auf den Teller. Als das erledigt war, schlich Bettina auf Zehenspitzen von der Küche in ihr Zimmer, zog so leise wie möglich den Rolladen hoch und öffnete die Fenstertür, die zum Garten führte. Dann schob sie den Teller mit den Fleischstückchen hinaus und schloß das Fenster wieder, denn die Luft, die in den warm geheizten Raum drang, war empfindlich kalt. Aber den Rollladen ließ sie nicht hinunter, und das Licht knipste sie auch nicht an. Sie wollte schließlich sehen, ob Rambert ihre Gabe auch würdigte.

Doch es war nicht Rambert, der nach kurzer Zeit auf der Terrasse erschien, sondern eine hellere, viel kleinere Katze mit dicken Pfoten, die sich ganz vorsichtig, alle Barthaare aufmerksam gesträubt, näher schlich. Verblüfft beobachtete Bettina das hübsche Tier, das, soweit sie es in der Dunkelheit erkennen konnte, hellbraun getigert war. Diese Katze hatte sie bisher noch nie gesehen, dabei kannte sie alle Haustiere in der Gegend.

Mißtrauisch schnüffelte die Katze an dem Tellerrand, und es sah aus, als zöge sie dabei die Nase kraus. Sie schien mit dem Ergebnis zufrieden und nahm zierlich ein Häppchen. Es mundete ihr ganz augenscheinlich. Die Hälfte des Fleisches verschwand in unglaublicher Geschwindigkeit. Dann aber hielt sie inne. Sie lauschte, die kleinen Ohren drehten sich beinahe ganz nach hinten, dann wieder nach vorne. Schließlich schnappte sie sich ein Stück von dem Hühnchen, hielt es zwischen den Zähnen fest und trug es in die Dunkelheit hinaus. Kurz darauf erschien sie wieder, nahm noch ein Stückchen und verschwand. Dieser Vorgang wiederholte sich so lange, bis nur noch ein paar karge Reste auf dem Teller waren. Über diese Reste machte die Katze sich wieder selbst her, bis der Teller vor Sauberkeit glänzte. Anschließend tat sie das, was alle normalen Katzen nach einem köstlichen Mahl tun – sie putzte sich sorgfältig Pfoten und Gesicht.

Bettina, die bisher regungslos am Fenster gekauert hatte, stellte fest, daß ihr der rechte Fuß eingeschlafen war, und bewegte sich. Dabei kam sie ganz leicht an die Scheibe, und die Katze hielt erschrocken in ihrem emsigen Putzen inne. Ihre rosige Zunge hing ihr noch halb aus dem Mäulchen, als sie das Mädchen hinter dem Fenster mit großen aufmerksamen Augen betrachtete.

Bettina vergaß ihren kribbelnden Fuß und kniete ganz langsam nieder. Sie wußte genau, daß man sich fremden Katzen nur sehr langsam nähern darf. Die Kleine blieb sitzen, aber alles an ihr schien auf Alarm eingestellt zu sein. Die Ohren legten sich flach an den Kopf an, die Schnurrhaare zeigten stracks nach hinten, und die Augen beobachteten sie unverwandt. Der Schwanz aber peitschte unruhig hin und her. Bettina verhielt sich ruhig, erst als sie sah, daß die Ohren der Katze sich ein wenig entspannten, wagte sie es, die Hand zum Fenstergriff zu erheben. Noch immer blieb die Katze sitzen. Als jedoch der Riegel leise klickte, machte sie fast in Zeitlupe drei vorsichtige Schritte zurück. Wieder verharrte Bettina in ihrer Haltung und wartete, bis die Katze sich, nun etwas weiter entfernt, niedersetzte. Das Mädchen wagte es, die Tür einen Spalt weit zu öffnen. Unendlich vorsichtig streckte sie ihre Hand hinaus.

Die Katze war neugierig. Außerdem dufteten die Finger nach demselben köstlichen Hühnerfleisch, das sie soeben verspeist hatte. Mit ein paar Trippelschrittchen näherte sie sich den Fingern und schnupperte daran. Eine Bedrohung schien nicht davon auszugehen, diese kleine Menschenfrau war offensichtlich nicht gefährlich. Sie war sogar diejenige, die das Futter gespendet hatte, und so entschloß sich die Katze, ihr ihren Dank abzustatten, indem sie ihr Mäulchen an den Fingerspitzen rieb.

»Hallo, Kleine!« gurrte die Menschin. »Wer bist du denn? Dich kenne ich noch gar nicht. Ich bin Bettina. Und ich mag Katzen so gerne!«

Es sind nun von hochintelligenten Wissenschaftlern unzählige Abhandlungen geschrieben worden, die sich auf eingehende Untersuchungen und Forschungen berufen. Sie alle befassen sich damit, wieweit Tiere verstehen, was Menschen ihnen mitteilen. Keiner der hochachtbaren Forscher jedoch wagt es zu behaupten, daß sie die menschliche Sprache deuten können. Das Verhalten sei es, die Mimik und Gestik, der Tonfall, ja, darauf reagieren Tiere. Aber wer immer sich – unwissenschaftlich, aber mit großer Zuneigung – insbesondere mit Katzen beschäftigt, weiß ganz einfach, daß diese Tiere, wenn sie wollen, den Sinn eines jeden Wortes verstehen.

Selbstverständlich verstand auch diese Katze, was Bettina ihr sagte, und antwortete mit einem leisen Gurren.

»Oh, und du bist so hübsch. Und dein Fell ist so seidig.«

Bettina erlaubte sich, ihr über das Köpfchen zu streichen und die Katze sanft zwischen den Ohren zu kraulen. Dabei fiel ihr die ungewöhnliche Zeichnung auf der Stirn auf, und mit einem Ausruf des Entzückens meinte sie: »Selbst wenn du schon jemandem gehörst und einen eigenen Namen hast – ich werde dich jedenfalls Sternchen nennen.«

Rums! Sternchens Kopf schlug an Bettinas Arm, und ein Schnurren, das die ganze Katze in Vibration versetzte, drang aus ihrer Kehle.

»Ach, ich hab's wohl richtig getroffen, was, Sternchen?«

Sternchens Reaktion bekundete Zustimmung.

»Ich würde dich ja so furchtbar gerne hereinbitten, aber mein Papa und die Schindler würden ein Mordstheater machen.«

Die Titulierung »Frau« glaubte Bettina der Katze gegenüber ruhig weglassen zu dürfen. Sie war allerdings noch nicht so vertraut mit ihr, daß sie ihre Gedanken aussprach, in denen die Haushälterin nur allzuoft mit »die blöde Schindler« bezeichnet wurde. Sie wollte ja keine Vorurteile wecken. Sie streichelte Sternchen noch einmal über das ganze Fell und fragte dann, als sie sich an die schrecklichen Schreie erinnerte: »Sag mal, bist du Rambert begegnet? Einem schwarzen Kater?«

»Brrip«, sagte Sternchen und drehte sich um. Nach ein paar Schritten blieb sie stehen und sah über die Schulter, ob Bettina ihr auch folgte. Bibbernd und nur in Hausschuhen stapfte Bettina hinter ihr her bis zur Hausecke. Da lag Rambert, dessen Kopf zwar noch immer brummelte, dessen Magen jedoch das Knurren aufgegeben hatte und wohlig mit Hühnerfleisch gefüllt war. Sternchen ließ er näher kommen, doch als er des Menschenmädchens ansichtig wurde, gab er ein warnendes Fauchen von sich.

»Aber, Rambert, nun hab dich doch nicht so. Bist du krank? Oder verletzt?«

In ihrem Eifer ließ Bettina all ihre übliche Vorsicht und Achtung fahren und streckte die Hand nach dem Kater aus, was der jedoch als Angriff wertete und zuschlug.

»Au!« schrie Bettina auf, und Sternchen knallte Rambert eine ihrer dicken Pfoten auf die Nase.

Bettina betrachtete ihre Hand. Vier lange, blutige Kratzer zeichneten sich darauf ab. Oh, das würde Ärger geben! Aber immerhin zeigte ihr die Reaktion des Katers, daß er weder todkrank noch wesentlich verletzt war. Das Mädchen zog sich zurück. Sternchen folgte Bettina nicht, sie hatte sich in die Nähe von Rambert niedergelassen und musterte ihn träge.

3. Kapitel
Wunschdenken

So sehr schlimm waren die Kratzer nicht, nur die Haut war abgeschürft, und es hatte sich am Morgen schon Schorf darauf gebildet. Aber Bettina hatte keine Lust, der Haushälterin, die ihr vor der Schule das Frühstück richtete, lange Erklärungen abzugeben. Sie suchte daher in ihrem Schrank nach der Bluse mit den langen Rüschenärmeln, die sie eigentlich überhaupt nicht mochte. Die Schindler war der Ansicht, daß Mädchen Rüschen tragen sollten. Am besten auch weite Röcke mit Volants. Darum kaufte sie manchmal solche Sachen für Bettina. Das Mädchen hatte sich darüber aber einmal bei ihrem Vater beschwert, und der hatte ihr sogar zugestimmt. Bettina durfte Jeans und Pullover tragen; nur zu feierlichen Anlässen bestand er auf feinen Kleidern. Die Schindler hatte gemault, aber er hatte ihr nur vorgeschlagen, wenn sie denn Lust dazu hätte, Kinder zu kostümieren, dann sollte sie doch mal versuchen, ihren Sohn in einen Matrosenanzug zu stecken.

Wer Bertram kannte, konnte sich bei der Vorstellung, ihn in adrettem Kadettenblau zu sehen, nur mit Mühe davon zurückhalten, sich johlend vor Lachen auf dem Boden zu wälzen. Der Junge war dreizehn, groß für sein Alter, und dank der gehaltvollen Küche, die seine Mutter pflegte, auch recht kräftig. Da er den sportlichen Bewegungsdrang seiner Freunde nicht im gleichen Maße teilte, konnte man ihn sogar als etwas dicklich bezeichnen. Aber ganz fair war es von Bettinas Freundin Yvonne nicht, ihn mit »Schwabbelbauch« zu titulieren. Da er ihr drei Klassen voraus war, ging Bertram inzwischen auf eine andere Schule als Bettina. Vor vier Jahren, als seine Mutter den Posten als Haushälterin bei Dr. Hemberger angenommen hatte, war Bettina eingeschult worden, und er hatte die Aufgabe gehabt, auf das kleine Mädchen auf dem Schulweg aufzupassen. Das mochte zwar unter seiner Würde gelegen haben, aber zwei Jahre lang hatte er Bettina pflichtgetreu begleitet. Manchmal war das sogar ganz unterhaltsam für beide gewesen, und hin und wieder ließ er sich sogar jetzt noch herab, ein paar Worte mit ihr zu wechseln. Aber im Grunde war sie eben doch nur ein ziemlich zimperliches Mädchen.

Sie trafen sich am Morgen in der Küche, wo Frau Schindler den beiden heißen Kakao und Brötchen auf den Tisch stellte. Mit etwas Geschick gelang es Bettina, ihre zerkratzte Hand vor ihr zu verbergen, aber Bertram fiel sie auf. Als sie mit dem Frühstück fertig waren und sie sich auf den Weg zur Bushaltestelle machten, grinste er Bettina an.

»Das hast du nun davon, wenn du dich mit diesen hinterhältigen Viechern abgibst!«

»Was meinst du damit?« fragte Bettina und versuchte unschuldig auszusehen.

»Vor mir kannst du die Kratzer nicht verstecken. Du hast diesen verdammten schwarzen Teufel mit einem Hühnerbeinchen gefüttert. Und mit mir hat Mutter geschimpft, weil sie meinte, ich hätte den Kühlschrank geplündert!«

»Na und? Mir tut er leid.«

»Und ich?«

»Du? Sollst du mir leid tun, weil deine Mutter dich zu Unrecht ausgeschimpft hat? Ich hab' nicht gedacht, daß du so ein Mimöschen bist.«

»Pah!« Bertram zuckte mit den Schultern, doch dann kam ihm eine blendende Idee. »Ich könnte ihr sagen, daß du es warst und was du mit dem Hühnerbein gemacht hast.«

»Klar, du kannst es ihr sagen, aber vergiß nicht, was ich ihr alles so erzählen könnte.«

In jenen frühen Tagen ihrer Bekanntschaft waren die beiden zumindest in einem einig – komme, was wolle, sie würden sich gegenseitig bei den Erwachsenen nicht verpetzen. Dabei war allerdings das Konto mit den Schweigepflichten bei Bettina wesentlich höher angewachsen als umgekehrt, denn Bertram war häufig genug in Dinge verwickelt, über die man besser den Mund hielt.

»Schon gut. Aber ich warne dich – geh nicht mehr an den Kühlschrank.«

Bettinas Bus hielt als erster, und sie stieg ohne Abschiedswort ein.

Als sie mittags nach Hause ging, blickte sie sehr sorgfältig in alle Gärten. Sie hoffte eine Spur von Sternchen zu finden. Zu gerne hätte sie herausbekommen, wo das Tier wohnte. Aber keine Katze zeigte sich. Es dauerte bis zur Dämmerung, bis das Mädchen die Kleine wiedersah. Sternchen schlenderte gemächlich an der Hecke entlang, und nun erkannte Bettina auch, daß sie nicht hellbraun, sondern rotgolden getigert war. Sie stellte sich ans Fenster, und Sternchen kam auf ihren dicken Pfoten nähergetrippelt. Langsam machte sie wieder die Tür auf und ging in die Hocke.

»Na, Sternchen, hast du einen schönen Tag gehabt?«

»Brrip.«

»Na gut, meiner war auch nicht so besonders. Vor allem, weil ich wahrscheinlich Schwierigkeiten kriege, Futter für euch zu organisieren. Aber mir wird schon was einfallen.«

Goldene Augen sahen das Mädchen vertrauensvoll an, aber plötzlich bebten die Schnurrhaare, und wie ein Blitz war Sternchen verschwunden.

Die Zimmertür öffnete sich, und Bettinas Vater kam herein.

»Oh, mach um Himmels willen die Tür zu. Willst du denn das Universum heizen?«

Bettina schloß das Fenster und strich sich wieder mit dieser seltsam anmutigen Geste den Pony zurück.

»Mir war ein bißchen warm.«

»Geht es dir gut? Du warst gestern abend arg schnell im Bett verschwunden.«

»Mir geht's gut, Papa. Ich muß nur diese gräßlich langweiligen Grammatik-Aufgaben machen. Und auch noch ein Gedicht auswendig lernen. Es ist ätzend!«

»Ich höre es mir heute abend an, ja?«

»Bloß nicht, reicht schon, daß ich es morgen vor der versammelten Klasse aufsagen muß. Ich hasse das.«

»Ach, Mäuschen, warum bist du nur so schüchtern?«

»Weil es egal ist, wie gut ich was auswendig kann. Wenn ich es laut sagen soll, bleib ich immer stecken. Und dann lachen die anderen immer.«

»Deshalb wollte ich ja, daß du es mir aufsagst. Ich lache ganz bestimmt nicht.«

»Mal sehen.«

Bettina nahm wieder ihren Stift zu Hand und widmete sich der Grammatik.

Es war früh dunkel geworden, und der letzte Rest des roten Himmels, der angeblich darauf hinwies, daß die Engel irgendwelche exotischen Gebäckstücke herstellten, war verloschen. Sternengefunkel verschönte die frostige Nacht. Bettina, die im Schein ihrer Schreibtischlampe tief in das Gedicht versunken war, brauchte einige Zeit, bis sie das eigenartige Geräusch an der Fensterscheibe bemerkte.

Es klopfte.

Eindringlich.

Es maunzte auch dazu.

»Oh, Sternchen!«

Gedicht sollte Gedicht bleiben, die Katze war wichtiger.

»Komm rein. Aber wenn jemand in mein Zimmer kommt, mußt du dich verstecken!«

»Grrips!«

Vergnügt trippelte Sternchen in den Raum und inspizierte erst einmal alle Ecken. Vielleicht suchte sie sich schon ein geeignetes Versteck, wahrscheinlich aber war sie nur wie alle Katzen ungeheuer neugierig. Bettina ließ sie gewähren, spitzte aber selbst beständig die Ohren, um gewarnt zu sein, wenn jemand in die Nähe ihres Zimmer kam.

Schließlich sprang Sternchen auf die Fensterbank neben der Terrassentür und drückte ihre Nase an die Scheibe.

»Brrrr!« sagte sie, und Bettina gesellte sich zu ihr. Plötzlich richtete Sternchen sich auf, hob wieder die rechte Pfote und tupfte an das Glas.

»Was willst du mir damit sagen? Willst du raus?«

Sternchen sank zusammen und bildete ein Müffchen.

»Nein, bestimmt nicht. Es ist ja so scheußlich kalt.«

Wieder machte sich Sternchen lang und tupfte mit ihrer dicken Pfote an die Scheibe.

»Dir gefällt das Geräusch, ja?«

Bettina trommelte mit ihren Fingern an das Glas und erntete einen vernichtenden Blick.

»Äh, das war es wohl nicht.«

Neuerliches Pfotentupfen.

»Sag mal – versuchst du vielleicht einen dieser Sterne da draußen zu fangen?«

»Grrips!«

Erfreut rieb Sternchen ihren Kopf an Bettinas Arm.

»Das wird aber schwierig. Ich habe gerade gelernt, daß die Sterne alle ganz entsetzlich weit entfernt sind. So hoch kannst noch nicht einmal du springen!«

Wieder richtet sich Sternchen auf, tupfte an die Scheibe, und siehe da, eine Sternschnuppe fiel vom Himmel. Eine ganz kleine, die auch nur für einen Augenblick aufflackerte.

Völlig verblüfft sah Bettina die Katze an, die ganz eindeutig ein Grinsen im Gesicht hatte.

»Hast du die vom Himmel gezaubert?«

»Brrrrrip!« schnurrte Sternchen, außerordentlich zufrieden mit sich.

»Oder war das nur Zufall?«

Sternchen tupfte an die Scheibe, und eine weitere Sternschnuppe zog ihre glühende Bahn über das Firmament.

»Uuuiii!« hauchte Bettina ehrfurchtsvoll.

»Mau!« bestätigte Sternchen zufrieden.

Bettina konnte sich überhaupt nicht mehr fassen, und daher überhörte sie die Schritte vor ihrer Tür. Sternchen hingegen, mit den feinen Sinnen einer Katze ausgestattet, nahm sie wahr und huschte unter das Bett.

Ohne anzuklopfen, trat die Haushälterin in das Zimmer und sagte vorwurfsvoll: »Der Tisch für das Abendbrot ist gedeckt, dein Vater wartet auf dich!«

»Ja, Entschuldigung. Ich habe die Zeit vergessen.«

»Wohl wieder vor dich hingeträumt, was? Nun geh, wasch dir die Hände, und beeil dich ein bißchen.«

Erst drei Stunden später kehrte Bettina nach dem Abendbrot in ihr Zimmer zurück. Immerhin hatte sie als Beute eine Scheibe Wurst dabei.

Sternchen kam, als Bettina sie leise rief, mit einem höchst betretenen Gesichtsausdruck unter dem Bett hervor und drückte sich wortlos an die Wand.

»Na, was ist denn passiert? ... Oh!« Das Mädchen sah das Malheur. Ein paar zerrupfte Papierfetzchen auf dem Teppich zeugten davon, daß Sternchen versucht hatte, den feuchten Fleck auf dem Teppich ordnungsgemäß zu verscharren, wie es alle Katzen tun.

»Aber das ist wohl mehr meine Schuld, Sternchen. Ich hätte

dich rauslassen müssen. Na, wird nicht so schlimm sein. Ich versuche es wegzuwischen.«

Mit einem nassen Handtuch bewaffnet, gelang es Bettina, die Spuren zu beseitigen. Das zerfetzte Papier warf sie in die Toilette. Leider hatte es sich dabei um ihre Grammatik-Hausaufgabe gehandelt.

»Die Aufgabe muß ich dann wohl noch mal machen!« seufzte sie und setzte sich an ihren Schreibtisch. Sternchen sprang zu ihr auf den Tisch und dann auf die Fensterbank, um energisch an die Scheibe zu klopfen.

»Laß nur, ich brauche jetzt keine Sternschnuppe.« Konzentriert machte sie sich daran, die Aufgaben noch einmal abzuschreiben. Dann erst erinnerte sie sich an die Wurst und fischte sie aus ihrer Hosentasche. »Mehr hab' ich heute nicht ergattern können, Sternchen. Willst du probieren?«

Die Katze beschnüffelte das inzwischen schon etwas schmierige Scheibchen, schüttelte angeekelt die dicke rechte Pfote und nieste.

»Ja, verstehe ich. Mist, ich kann nicht schon wieder an den Kühlschrank, sonst krieg ich Ärger mit Bertram. Ich fürchte, du mußt dir heute nacht ein paar Mäuse fangen. Wenn es überhaupt noch welche gibt.«

Bettina stand auf und trat an das Fenster, um in die frostige, sternenklare Nacht hinauszusehen. Sternchen hüpfte begeistert neben sie und tupfte auffordernd an die Scheibe. Eine Sternschnuppe glitt über den Himmel.

Ein magerer schwarzer Kater strich an dem beleuchteten Tannenbäumchen vorbei.

»Weißt du, Sternchen, meine Mama hat mir mal erzählt, daß man sich etwas wünschen darf, wenn man eine Sternschnuppe sieht. Das hat bisher leider noch nie geklappt. Aber wenn es funktionieren würde, dann würde ich mir jetzt einen großen Haufen Katzenfutterdosen wünschen.«

Sternchen tupfte bedächtig mit ihrer dicken Pfote an das Glas, schnupperte ernsthaft, sagte »Miau!«, und ein großer, leuchtender Stern fiel vom Himmel. Er kam näher und näher, landete auf der Terrasse und wurde – zu einer Palette Katzenfutter.

Sprachlos starrte Bettina den Stapel Dosen an.

»Das ist nicht wahr! Ich glaub' es nicht. Mann, Sternchen, ist das echt?«

»Brrip!«

»Und – ich meine ... Uff, was machen wir jetzt damit? Wenn das die Schindler sieht, kriegt sie junge Mäuse. Na ja, ein Döschen könnte ich ja schon mal für dich aufmachen, was meinst du?«

»Jau!«

»Und eins für Rambert, was!«

»Brrrrip.«

»Gut, dann hole ich mal einen Teller. Husch, unters Bett mit dir!«

Als Bettina die erste Dose von dem Stapel nahm, fiel ihr auch eine Möglichkeit ein, wo sie den ganzen Reichtum verstecken konnte. Das Gartenhäuschen hinter dem Carport wurde im Winter so gut wie nie betreten.

Sie füllte den Teller, und Sternchen stürzte sich mit großem Eifer darauf. Bettina machte sich mit dem gleichen Eifer über den Berg Dosen her und stapelte sie in einem leeren Regal. Zum Schluß hängte sie noch einen alten Sack darüber und war zwar verfroren, aber sehr zufrieden mit ihrer Arbeit.

Der Teller war leer, und Bettina füllte ihn mit dem Inhalt

der zweiten Dose. Dann schob sie ihn unter den Busch am Gartenhäuschen, dort, wo Rambert manchmal saß und die Hecke beobachtete.

Sternchen strich ihr noch einmal dankbar um die Beine und verschmolz anschließend mit den Schatten. Mit klappernden Zähnen kehrte Bettina in ihr Zimmer zurück, gerade noch rechtzeitig, bevor ihr Vater hineinkam, um ihr eine gute Nacht zu wünschen.

»Was bist du nur für ein Frischluft-Fan geworden. Hier ist es ja wie im Kühlschrank. Nun laß doch endlich die Rollladen herunter, es soll heute nacht bitter kalt werden.«

»Ja, Papa.«

»Und was ist hier passiert?«

»Mir ist ein Glas Wasser umgekippt.«

»Na, ist nicht so schlimm, aber jetzt mach, daß du ins Bett kommst. Träum was Schönes, und mach dir keine Gedanken mehr wegen diesem Gedicht. Du hast das sehr hübsch aufgesagt, Mäuschen.«

»Ach ja, das Gedicht ...« Daran hatte Bettina gar nicht mehr gedacht. Zuviel war inzwischen passiert, und wie gerne hätte sie sich ihrem Vater anvertraut. Eine Katze, die Sternschnuppen vom Himmel holen konnte und die dann auch noch Wünsche erfüllte. Das war so einmalig, daß man es alleine fast nicht ertragen konnte.

»Übrigens, Mäuschen, was wünschst du dir eigentlich zu Weihnachten. Ich meine, früher hast du ja immer einen Wunschzettel an das Christkind geschrieben, aber ich habe inzwischen den Eindruck, daß du schon im vergangenen Jahr nicht so ganz geglaubt hast, daß Engel oder Nikoläuse die Wünsche erfüllen.«

»Nee«, sagte Bettina und grinste in sich hinein. »Im letzten Jahr habe ich daran nicht mehr geglaubt.«

»Siehst du, hab' ich es mir doch gedacht. Also wirst du mir verraten, was für ein Geschenk du haben möchtest. Wenn es nicht etwas ganz und gar Unmögliches ist, sollst du es bekommen. Du bist das ganze Jahr über so fleißig gewesen.«

»Ich hätte schon einen Wunsch, Papa, aber den wirst du mir bestimmt nicht erfüllen. Das weiß ich schon.«

»Na, probier es doch erst einmal.«

»Ich hätte gerne eine Katze. Ich würde auch ganz alleine dafür sorgen und aufpassen, daß sie nie in deine Praxis kommt. Bitte, Papa!«

Marius setzte sich auf die Bettkante und schüttelte den Kopf. »Das ist einer der Wünsche, die ich dir nicht erfüllen kann. Sieh mal, du wirst nächstes Jahr in eine andere Schule kommen, und wir haben doch schon gemeinsam überlegt, daß ein Internat für dich genau das richtige wäre. Wer soll dann auf das Kätzchen aufpassen?«

»Ich muß doch nicht in ein Internat. Ich könnte auch hier weiter zur Schule gehen?«

»Aber wir haben dich doch schon angemeldet.«

»Du sagst doch immer, daß man alles irgendwie regeln kann.«

Einen kleinen Moment lang war Bettinas Vater sprachlos. Er hatte seine Tochter ganz offensichtlich unterschätzt, denn soeben hatte sie ihn mit seinen eigenen Waffen geschlagen.

»Nein, Bettina, es geht nicht. Frau Schindler mag keine Katzen, und wir sind auf sie angewiesen. Wer sollte uns ansonsten den Haushalt führen?«

Bettina sah ihren Vater mit einem unergründlichen Blick an, schwieg aber. Marius begann sich unbehaglich zu fühlen. Dann sagte er das Dümmste, was seine Tochter je von ihm gehört hatte.

»Und welches Mäuschen würde sich schon eine Katze wünschen ...?«

»Gute Nacht, Papa. Bitte richte Frau Schindler aus, daß sie zukünftig anklopfen soll, bevor sie in mein Zimmer kommt. Und du bitte auch!«

Damit nahm sie ihr Nachthemd und verschwand im Badezimmer.

4. Kapitel
Der süße Brei und andere Wünsche

Die Stimmung zwischen Tochter und Vater war zwei Tage fast so kühl wie die frostklirrenden Dezembertage, aber Bettina hatte die Genugtuung, daß ihr Wunsch nach ein wenig Privatsphäre respektiert wurde, wenn Frau Schindler sie nun auch spöttisch mit »gnädiges Fräulein« anredete. Bertram übernahm diese Anrede natürlich ebenfalls, und er war es dann auch, der hinter Bettinas Geheimnis kam. Rambert verriet es ihm auf gewisse Weise. Der Junge ärgerte den Kater, wann immer er ihn zu Gesicht bekam. Besonders gern bewarf er ihn mit Tannenzapfen oder trat ihn in die Seite, wenn er nahe genug an ihn herankam. Als er ihn wieder einmal durch den Garten scheuchte, fand er den leeren Futterteller und zog die richtigen Schlüsse. Ein Blick in die Mülltonne bestätigte ihm, daß es hier jemanden gab, der Katzenfutter verteilte. Das konnte doch gewiß nur Bettina sein, die sich ja so rührselig um jedes Viehzeug kümmerte. Dieses Wissen konnte man sicher irgendwie verwenden! Bertram setzte seine freundlichste Miene auf und fragte Bettina am nächsten Morgen auf dem Weg zur Bushaltestelle aus.

Bettina, die selbst unglücklich darüber war, daß sie sich ihrem Vater nicht anvertrauen konnte, fiel darauf herein und vertraute Bertram an, daß sie sich heimlich um eine ganz besondere Katze kümmere. Wenn er sie kennenlernen wolle, dann solle er doch am späten Nachmittag zu ihr kommen.

»Aber vorher muß ich anklopfen, was?«

»Natürlich. Das gehört sich doch so!«

»Eingebildeter Fratz!«

»Ich bin eine Dame!«

»Quatsch!«

Bevor aber das gute Einvernehmen getrübt wurde, kam der Bus, und Bertram mußte einsteigen.

»Bis heut nachmittag!«

Inzwischen war es zu Sternchens Gewohnheit geworden, bei Einbruch der Dämmerung an die Terrassentür zu kommen und leise zu maunzen. Bettina ließ sie dann ein, und beide schmusten und spielten eine Weile miteinander. Manchmal holte Sternchen auch Schnuppen vom Himmel, aber Bettina hatte keine weiteren Wünsche geäußert. Sie war es ganz zufrieden, ihre Finger in dem seidigen Fell zu vergraben und der Katze all ihre Sorgen und Geheimnisse in die zierlichen Ohren zu flüstern. Nach dem Abendessen stellte sie ihr dann das Futter hin, und den zweiten Gang servierte sie wie üblich Rambert, der sich inzwischen auf die Minute pünktlich unter dem Tannenbäumchen einfand.

Um sechs Uhr klopfte es an diesem Tag. Sternchen versteckte sich, und Bertram trat ein.

»Na, wo ist das Wundertier?« fragte er und warf sich in den kleinen Sessel, der unter seinem Gewicht ein wenig quietschte.

»Sternchen, du kannst herauskommen. Alles in Ordnung!«

Aber Sternchen war scheu. Nur mit vielen Lock- und Gurrlauten gelang es Bettina, daß sie vorsichtig ihre Nase unter dem Bett hervorstreckte. Beherzt griff das Mädchen zu und zog sie hervor.

»Schau mal, das ist Bertram.« Und zu dem Jungen gewandt: »Streck mal deine Hand aus, damit sie daran schnuppern kann.«

»Und dann habe ich gleich solche blutigen Kratzer wie du! Nein, danke.«

»Blödsinn, Sternchen kratzt nicht. Sie ist ganz sanft!«

»Katzen kann man nicht trauen.«

»Ich schon. Komm, du Angsthase!«

Diese Bezeichnung traf Bertrams Ehre, und er stieß energisch seine Hand vor. Sternchen zuckte bei dieser heftigen Bewegung zusammen und fauchte vor Angst.

»Siehste!« sagte Bertram und zog die Hand zurück.

»Langsam, Bertram. Man darf sie nicht erschrecken.«

»Ach, vergiß es. Was ist denn nun so Besonderes an dieser Katze, daß du sie hier heimlich in deinem Zimmer hältst. Meine Mutter würde toben, wenn sie das wüßte.«

»Wenn du es ihr nicht verrätst, wird sie es nicht erfahren.«

»Da wär ich mir nicht so sicher. Katzen stinken und verlieren Haare.«

»So ein ausgemachter Blödsinn, Katzen stinken nicht.«

»Und was ist mit der Pinkelecke auf der großen Terrasse?«

»Sternchen pinkelt doch nicht ins Zimmer!« verteidigte Bettina ihre Katze. Außer dem ersten kleinen Unglücksfall war

Sternchen eine makellos reinliche Katze geblieben, die weder Schmutz hereinbrachte noch irgendwo hinmachte.

»Sternchen! So einen albernen Namen konntest auch nur du einer Katze geben.«

»Oh, der Name ist nicht so albern. Komm mal her und schau zu!« Bettina setzte Sternchen auf die Fensterbank und kraulte ihr den Kopf. »Machst du es noch mal für uns?« Das Mädchen nahm die rechte Pfote in die Hand und tupfte damit leicht an die Scheibe.

»Brrip!«

Sternchen richtete ihren Blick zum Himmel, wo ein paar Schleierwolken ankündigten, daß sich das Wetter ändern würde. Doch sie waren noch nicht so dicht, daß man die Sterne nicht sehen konnte. Mit einem energischen »Patsch!« klopfte sie an das Glas, und eine Sternschnuppe löste sich aus dem Dunkel.

»He, hat die Katze das gemacht?«

»Das hat Sternchen gemacht.«

»So was Verrücktes habe ich ja noch nie erlebt. Mach das noch mal, Katze!« forderte der Junge und stupste der Katze seinen Zeigefinger in die Rippen.

Sternchen gab ein Geräusch von sich, das sich so ähnlich wie »Muckelmuckelmuckel« anhörte, und bildete ein beleidigtes Müffchen.

»Man muß sie höflich bitten, Bertram. Sie ist schon ein wenig eigensinnig. Lassen wir sie bis nach dem Abendessen in Ruhe.«

Zum Abendessen gab es Nudelsalat, ein Gericht, das Bettina verabscheute. Sie mochte die glitschigen, in Mayonnaise getränken weißen Würmer nicht und stocherte nur auf ihrem Teller herum. Auch Bertram war nicht besonders begeistert von dem ziemlich faden Essen. Als sie schließlich fertig waren, fragte er Bettina mit einem verschwörerischen Blick: »Soll ich dir noch bei deiner Mathematikaufgabe helfen?«

Bettina, die bisher noch nie Schwierigkeiten mit Mathematik gehabt hatte, wirkte einen Augenblick verwirrt, aber dann verstand sie. Bertram wollte noch einmal Sternchens Kunststück sehen. So ganz glücklich war sie nicht darüber.

»Ach, ich komm schon zurecht!«

Marius nickte jedoch Bertram anerkennend zu und meinte: »Nett von dir, daß du Bettina helfen willst. Ich glaube, sie schreibt nächste Woche eine Klassenarbeit, nicht wahr?«

»Na ja, dann komm halt mit!«

Sternchen hatte sich beruhigt und war bereit, weitere Sterne vom Himmel zu holen. Es wurde allerdings zunehmend schwieriger, denn die Wolkendecke war dichter geworden, und sie mußte ordentlich an das Glas trommeln.

»Absolut stark. Und was machst du jetzt?«

»Ich füttere sie. Wart einen Moment.«

Bertram war aber neugierig und ging hinter Bettina her, die aus dem Schuppen zwei Dosen holte.

»Du meine Güte, woher hast du denn die Menge Katzendosen her. Hat sie die auch vom Himmel geholt?«

»So ungefähr.«

»Was heißt das?«

Ein wenig druckste Bettina herum, aber da ihr irgendwie keine Ausrede einfiel und sie im Lügen keine große Meisterin war, sagte sie schließlich: »Na, du weißt doch, wenn man eine Sternschnuppe sieht, kann man sich etwas wünschen!«

»Und du hast dir einen Haufen Katzenfutter gewünscht, und – schwups – da war er?«

»Ja, so war das.«

»Geil!«

Bettina zuckte mit den Schultern und richtete Sternchen den Teller her. In gewohnter manierlicher Form begann die Katze zu fressen.

»Weißt du was, Bettina? Nach diesem faden Abendessen sollten wir uns eine Riesen-Schokotorte wünschen. Oder einen Haufen Berliner.«

Bettina, die schon den Duft von warmem Hefegebäck in der Nase hatte, mußte schlucken. Sternchen richtete die Ohren auf und sah sie mit einem fragenden Blick an.

»Sternchen, würdest du das tun?«

»Brrip!«

Sie sprang auf die Fensterbank, und Bertram sah gebannt zu, wie sie an die Scheibe trommelte und heftig schnupperte.

»Einen Haufen warme Apfelberliner!« sagte Bertram, und hinter dem Wolkenschleier tauchte ein Stern auf. Er entwickelte einen langen Schweif, kam näher und näher und landete auf der Terrasse. Eine riesige Papiertüte war es, die an einer Stelle aufgeplatzt war. Ein in Zuckerguß gehüllter Berliner kullerte heraus.

»Holen wir sie rein!«

Es wurde eine regelrechte Orgie! Während Bertram fünf Berliner verputzte, ohne mit der Wimper zu zucken, schaffte Bettina drei. Dann stopfte Bertram noch weitere vier in sich hinein, wurde aber merklich langsamer. Bettina kaute mühsam an dem vierten. Und die Tüte war noch nicht einmal halb leer.

Sternchen hatte einmal gelangweilt an den Krümeln gerochen, sich dann aber desinteressiert auf dem Bett zusammengerollt. Süßigkeiten waren eindeutig nicht ihr Ding.

»Ich platze gleich!« schnaufte Bettina. »Ich kann keinen einzigen Bissen mehr!«

»Na ja, ein bißchen geht noch, aber ... Nein, geht nicht mehr.«

»Was machen wir mit dem Rest?«

»Weiß nicht. Ich nehme noch ein paar mit, für die Schule morgen.«

»Ah, das ist eine Idee.«

Bertram leckte sich die klebrigen Finger und sah sich den leise schnarchenden Katzenkringel auf dem Bett an.

»Ob die auch was anderes als Futter herbeizaubern kann?«

»Weiß ich nicht, Ich hab' es noch nicht versucht.«

»Du bist vielleicht blöd. Komm, Kätzchen, ich habe noch einen kleinen Wunsch.«

Zumindest das hatte Bertram gelernt, daß man mit Katzen sanft sprechen mußte, wenn man etwas von ihnen wollte.

Sternchen räkelte sich, streckte sich einmal vorne, einmal hinten lang aus und hüpfte auf die Fensterbank

»Hol mir ein Sternschnüppchen vom Himmel, Kätzchen«, säuselte Bertram, und Bettina mußte kichern.

Es gelang Sternchen erst nach dem dritten Anlauf, ein Wolkenloch zu finden, durch das der Himmel so weit zu sehen war, daß ihr Pfotenheben und Schnuppern Erfolg hatte.

»So ein supercooles, ferngesteuertes Polizeiauto!«

Das elektronische Spielzeug landete samt Verpackung mit einem Klappern.

»Noch eine, Sternchen!«

Zögernd löste sich ein Schweifstern, und Bertram brüllte: »So ein megageiles Mountainbike, wie Lukas es hat!«

Das Fahrrad wurde umgehend geliefert.

Bettina aber wurde es immer beklommener ums Herz. Man konnte doch nicht so einfach alles bekommen, was man sich wünschte. Das war irgendwie nicht richtig.

»Schluß jetzt, Bertram!«

»Ach was, ich hab' grade erst angefangen. Hey, Sternchen, ich hätte da gerne noch ...«

Aber das Mädchen hatte schon die Terrassentür geöffnet, Sternchen schlüpfte hinaus und verschwand in den Hecken.

»Bist du bescheuert, Bettina?«

»Bin ich nicht. Was willst du denn deiner Mutter erzählen, wo du die Sachen her hast?«

Betroffen sah Bertram sie an. »Also gut, da hast du recht. Na, mir wird schon was einfallen. Wenn ich dein Sternenschätzchen wiedertreffe, bestelle ich mir nur solche Sachen, die ich gut unterbringen kann.«

»Laß nur die Finger von Sternchen, Bertram. Und jetzt nimm deinen Kram mit und laß mich allein.«

»Was bist du denn so eingeschnappt? Das war doch lustig. Mal sehen, vielleicht kann ich meine Mutter ja doch dazu überreden, daß wir uns eine Katze halten dürfen.«

Es brauchte noch einige Zeit, bis Bertram endlich gegangen war und Bettina allein zurückblieb. Sie verstaute die restlichen Berliner, aber irgendwie verursachte der süße Geruch ihr Übelkeit. Dann stellte sie noch das Futter für Rambert nach draußen, rief leise nach Sternchen und war enttäuscht, als sie kein Maunzen hörte. Nur das nachtjagende Käuzchen rief sein unheimliches Uhuhuh durch die Finsternis. Die Wolken hatten den Himmel völlig bedeckt.

5. Kapitel
Sternchens rauhbeiniger Beschützer

Für Rambert hatte sich, nachdem der Stein ihn am Kopf getroffen hatte, eine ganz neue Welt aufgetan. Das lag nicht etwa an einer Gehirnerschütterung, so schlimm war die Verletzung nicht gewesen. Eigentlich war es nur eine kleine Schramme, und sein Dickschädel hatte schon ganz andere Schläge ausgehalten. Nein, es war diese verflixte kleine Katze, die sie Sternchen nannten. Daß sie ihn geputzt hatte, als er sich nicht wehren konnte, war ihm schon ziemlich unglaublich vorgekommen, aber daß sie ihm dann obendrein von ihrer Beute abgegeben hatte, war geradezu grotesk. Und was für eine Beute, göttliche Bastet! Hühnerfleisch, fetttriefend, zart, delikat.

Seit diesem denkwürdigen Abend hatte es nun jede Nacht einen Teller voller Futter gegeben. Noch nie war Rambert so wunderbar satt gewesen. Er wußte, wem er das zu verdanken hatte. Er hätte es sich ja gleich beim ersten Anblick denken können. Dieser Sternenstaub im Fell, die Sternzeichnung auf der Stirn, die unnatürlich dicken Pfoten … Die uralten Katzenlegenden, die an den geheimen Plätzen der Katzenbruderschaften ausgetauscht wurden, berichteten seit jeher von den Sternschnupper-Katzen. Alle dreizehn mal dreizehn Jahre kam eine von ihnen auf die Erde. Warum, wußte Rambert allerdings nicht. Nur daß sie sich immer dem ersten Menschen anschlossen, der sie gut behandelte. Für ihn holten sie Sterne vom Himmel. War der Mensch klug – ungefähr halb so klug wie eine Katze, mehr war bei den Aufrechten ohnehin nicht drin –, dann konnte er sich dabei etwas wünschen. Exakt und genau dreizehn Wünsche konnte eine Sternschnupper-Katze erfüllen. Wenn Rambert es richtig gezählt hatte, hatte Sternchen schon vier davon definitiv vergeuden müssen. Oder besser – drei. Das mit dem Katzenfutter war ein verdammt guter Wunsch gewesen. Aber die anderen? Gottkater, was für ein Müll! Er würde ein ernstes Wort mit Sternchen reden müssen. Wenn er sie denn endlich finden würde.

Rambert suchte an allen bekannten Stellen nach Spuren, aber das einzige, was er wahrnahm, war die Veränderung des Wetters. Es würde wärmer werden, wahrscheinlich sogar Regen geben. Igitt.

Es war der schiere Zufall, der ihn die rotgoldene Katze entdecken ließ. Sternchen war auf das Nachbargrundstück gelaufen und hatte sich dort unter die Abdeckung einer Sandkiste verkrochen. Es war der Schimmer ihrer Augen, der sie verriet. Aber das Funkeln war lange nicht so leuchtend wie bisher, ja, ihre Augen wirkten regelrecht matt, und die rosige Zunge hing ein ganzes Stück aus dem Mäulchen heraus. Kurzum, die kleine Katze strahlte Erschöpfung aus.

Sternchen erkannte Rambert und schloß mit einem kaum hörbaren Brummen die Augen, legte das Kinn auf die dicken Pfoten und schlief ein. Der Kater hingegen tat etwas, was er sein Leben lang noch nicht getan hatte: Er setzte sich aufrecht unter einen Busch und hielt Wache. Einmal mußte er einen Marder verscheuchen, und ein anderes Mal brummte er warnend eine weißbäuchige Tigerkatze an, die sich zu nahe an die Sandkiste heranwagte. Irgendwann im Laufe der Nacht drehte sich Sternchen um, und ihr Schwanz hing über den Rand der Sandkiste. Da sich der Tau auf ihm niederzuschlagen begann, schob Rambert das Stückchen rotgoldenen Pelz vorsichtig mit der Pfote wieder unter die Abdeckung. Sternchen schien es nicht zu merken. Erst in der Morgendämmerung verließ der Kater seinen Posten, um sich mit zwei Mäusen zu stärken.

Aber er blieb in der Nähe des Sandkastens, und als Sternchen am Nachmittag die Nase wieder in die Welt streckte, machte er sich zunächst unsichtbar. Sternchen betrieb ausgedehnte Gymnastik, gähnte so herzhaft, daß man beinahe bis zum anderen Ende von ihr hindurchsehen konnte, und hielt Katzenwäsche.

Es war wärmer geworden, aber die Luft war unangenehm feucht. Wie schön wäre es nun, an einer warmen Heizung zu sitzen, dachte Sternchen und schlüpfte durch den Zaun, um zu prüfen, ob Bettina schon in ihrem Zimmer war. Ja, ganz deutlich war sie zu sehen. Der trübe Tag verlangte nach Lampenlicht. Sie saß an ihrem Tisch und bastelte irgend etwas aus buntem, glänzendem Papier. Ah, Papierbällchen zu jagen müßte Spaß machen, überlegte Sternchen, die ihre Erschöpfung durch den langen, ungestörten Schlaf überwunden hatte, und hüpfte auf die Terrasse zu.

Ein schwarzes Hindernis tat sich plötzlich vor ihr auf – ein Hindernis in Form eines warnend brummenden schwarzen Katers. Überrascht fuhr Sternchen zurück und versuchte Rambert zu umgehen. Der Kater war jedoch schneller und baute sich wieder vor ihr auf. Mit absoluter Deutlichkeit gab er ihr zu verstehen, daß er nicht wünschte, sie noch einmal zu Bettina zu lassen. Aber auch Sternchen konnte eigensinnig sein. Sie plusterte ihren Schwanz auf, machte einen drohenden Buckel und begann ihrerseits zu brummen. Es war ein erstaunlich lautes und herausforderndes Geräusch, das aus einem so kleinen Körper kommen konnte. Rambert war beeindruckt, aber nicht bereit, die Sternschnupper-Katze, für die er sich nun verantwortlich fühlte, noch einmal den schwachköpfigen Menschen auszuliefern.

Als sie einen Schritt näher kam, boxte er sie mit eingezogenen Krallen auf die Nase. Nur so als Warnung, versteht sich. Doch Sternchen empfand das als Eingriff in ihre persönliche Freiheit und verpaßte Rambert ebenfalls einen Hieb. Er drängte sie zurück, sie schlug einen Haken, um an ihm vorbei zu kommen. Er sprang auf ihren Schwanz und drückte ihn mit den Tatzen zu Boden. Sie giftete ihn an, er giftete zurück. Sie kam frei und spurtete auf das erleuchtete Fenster zu. Er sprang über sie hinweg und riß sie zu Boden. Sie wälzten sich fauchend und brummend auf der Wiese, und schließlich jagte Rambert die Himmelskatze quer durch die Nachbarschaft, bis sie auf einem laublosen Baum Zuflucht suchte und von einem schwankenden Ast aus Beleidigungen auf Rambert prasseln ließ.

Bettina, die ganz in ihre Bastelarbeiten vertieft war und außerdem Musik hörte, hatte von alledem nichts mitbekommen. Erst als Sternchen nicht zur gewohnten Zeit am Fenster erschien, wurde sie ein wenig unruhig. Doch zunächst tröstete sie sich damit, daß die Katze ja keine Uhr hatte, nach der sie sich richten konnte. Wahrscheinlich würde sie nach dem Abendessen auftauchen, wenn ihr Magen knurrte.

Das Abendessen verlief ungemütlich für Bettina. Bertram versuchte auf die verschiedensten Arten sie zu überreden, ihn noch einmal mit Sternchen zusammenzubringen. Da diese Tatsache weder seine Mutter noch Bettinas Vater wissen durften, verkleidete er seine Forderungen in mehr oder minder freundliche Hilfsangebote, die Bettina als geistig minderbemittelte Schülerin dastehen ließen, die noch nicht einmal das kleine

Einmaleins beherrschte, sondern der Hilfe eines erfahrenen Lehrmeisters bedurfte. Bettina, die die wahre Absicht erkannte, war doppelt ungehalten und kurz davor, richtiggehend unfreundlich zu reagieren. Schließlich nahm sie das kleinere Übel auf sich und behauptete, sie könne diesen Abend sowieso nichts mehr lernen, weil ihr Kopf brummte. Wahrscheinlich würde sie eine Erkältung bekommen. Darauf jedoch reagierte ihr Vater äußerst empfindlich und beorderte sie zu einer eingehenden Untersuchung. Obwohl er keine beunruhigenden Symptome feststellen konnte, erhielt Bettina den abschließenden Befehl, sich sofort ins Bett zu begeben und keinesfalls wieder das Fenster stundenlang aufzulassen.

Bettina gehorchte – weitgehend.

Eigenhändig hatte ihr Vater die Rolläden heruntergelassen und die Decken fest um seine Tochter gesteckt. Als Bettina jedoch sicher war, daß ihr Vater es sich im Wohnzimmer mit seiner Zeitung gemütlich gemacht hatte, krabbelte sie aus dem Bett, zog sich ihr Sweatshirt und die Jeans über den Schlafanzug und versuchte ganz leise den knarrenden Rollladen wieder hochzuziehen. Auf halber Höhe hielt sie inne, öffnete die Tür und kroch nach draußen, um Sternchen zu suchen.

Vergebens – weder Rambert noch die rotgoldene Katze ließen sich blicken. Traurig, durchgefroren und zitternd stellte Bettina eine doppelte Portion Futter bereit und kehrte in ihr Zimmer zurück. Als sie endlich im Bett lag, klapperten ihr noch immer die Zähne, und am nächsten Morgen wachte sie mit einer überzeugend tropfenden Nase auf.

Immerhin konnte sie mit Genugtuung feststellen, daß der Futterteller leer war.

6. Kapitel
Entführung

Bertram hatte sein neues Mountainbike noch an dem Abend, als es ihm auf so wundersame Weise beschert worden war, an der Straße abgestellt, um unangenehmen Fragen seiner Mutter aus dem Weg zu gehen. Mit stolz geschwellter Brust hatte er dann am Morgen das neue Statussymbol eingesetzt, um damit zur Bushaltestelle zu radeln. Die neidischen Blicke seiner Schulkameraden erfüllten ihn mit Genugtuung, und die Fragen, woher er das kostspielige Gerät habe, beantwortete er locker mit dem Hinweis auf einen reichen Onkel.

Doch die Freude über das Fahrrad war von kurzer Dauer. Da er sich nicht der Mühsal hatte aussetzen wollen, mit dem Gefährt die vier Kilometer zur Schule zu radeln, sondern die Bequemlichkeit des Busses in Anspruch genommen hatte, blieb das nagelneue Rad unbeaufsichtigt – und unverschlossen, denn ein Sicherheitsschloß war im Wunsch nicht inbegriffen – an der Bushaltestelle stehen.

Nicht lange allerdings.

Als Bertram am Nachmittag dort wieder eintraf, mußte er zu seiner grenzenlosen Enttäuschung feststellen, daß ein anderer Interessent sein kostbares Mountainbike zu seinem eigenen gemacht hatte.

Andrerseits war der Verlust auch wieder nicht so schlimm. Schließlich war da ja noch die Katze der unbegrenzten Möglichkeiten. Daher war Bertram bestrebt, wieder mit Bettina zusammenzukommen. Ihre Weigerung und die schäbige Ausrede beim gemeinsamen Abendessen ärgerten ihn daher beinahe bis zur Weißglut. Nachts im Bett jedoch kam ihm die erlösende Idee.

Sternchen hatte in der Nacht den Weg in den Garten zurückgefunden und durfte, unbehelligt von Rambert, ihre Portion Futter auffressen. Doch das Fenster, durch das sie so gerne zu Bettina ins Warme geschlüpft wäre, blieb abweisend verschlossen, und ihr leises Maunzen wurde nicht vernommen. Enttäuscht verkroch sie sich wieder in der Sandkiste und rollte sich zusammen, um sich selbst zu wärmen.

Den nächsten Morgen verbrachte sie damit, eine fette Maus zu erbeuten und später ihre übliche Runde zu drehen. Rambert hatte eine energische Markierung an der Hausecke hinterlassen, die sie dahingehend deutete, daß ein weiterer Besuch der Terrasse von ihm nicht gewünscht wurde. Da Bettina aber ohnehin nicht im Haus war, konnte sie diesen Befehl leichten Herzens befolgen. Das Mädchen war wie üblich morgens zur Schule gegangen. Sternchen war inzwischen vertraut mit der Umgebung und daher auch nicht mehr ganz so aufmerksam wie in den ersten Tagen. Da waren der Parkplatz vor dem Haus, auf dem die Patienten ihre Fahrzeuge abstellten, der Vorgarten mit den blauen Blumenkübeln, das Versteck der Mülltonnen mit ihren höchst interessanten Gerüchen und das weiße Zäunchen, das das Grundstück von der Straße abgrenzte. Die Katze patrouillierte an dieser Grenze entlang, lauschte den sich streitenden Rotkehlchen und den bunten Meisen, die um eine Körnerkugel flatterten, die Bettina aufgehängt hatte, und versteckte sich vor der Frau, die mit energischen Schritten und einem umfänglichen Einkaufskorb das Haus verließ. Kurz danach kam Bertram nach Hause, und als er die Tür hinter sich geschlossen hatte, sprang sie hervor und setzte an, eine passende Stelle zu finden, wo sie ihrem körperlichen Bedürfnis nachgeben konnte. Dabei bemerkte sie nicht, daß sie beobachtet wurde. Sie hatte gerade begonnen, ein tiefes Loch in das lockere Laub zu scharren, als es schwarz um sie wurde.

Bertram hatte sich früher aus der Schule verabschiedet, als der Stundenplan es eigentlich vorsah. Er wußte, daß seine Mutter am Freitag immer die Wochenendeinkäufe tätigte und er alleine in der Wohnung sein würde. Mit einer Wolldecke bewaffnet, lauerte er Sternchen auf, und als sie sich in einem Haufen alter Blätter niederließ, warf er die Decke über sie und schleppte sie ins Haus. Er hatte alles durchdacht, vor allem, daß weder seine Mutter noch Bettina etwas von der Anwesenheit der Katze wissen durften. Der Heizungskeller wurde selten betreten, und in diesen muffigen Raum hinein warf er die zappelnde, fauchende Katze mitsamt Decke. Am Tag hatte er keine Verwendung für sie, denn Sternschnuppen fielen ja gewöhnlich erst nachts vom Himmel.

Der Junge konnte allerdings nach dem erfolgreichen Catnapping seinen Geltungsdrang nicht ganz verbergen, und am Nachmittag, als er sich mit zwei Freunden traf, machte er einige geheimnisvolle Andeutungen über eine Katze mit wunderbaren Eigenschaften. Genüßlich kostete er die Spannung aus, die er damit erzeugte. Noch mehr genoß er es, sich nach und nach und völlig widerstrebend dazu überreden zu lassen, auch Niklas und Erni, seinen beiden Gefährten, nach Einbruch der Dunkelheit zu erlauben, die Dienste der Sternschnupper-Katze in Anspruch zu nehmen.

Bevor er sie allerdings den Jungen vorführte, mußte Bertram feststellen, daß es im Heizungskeller unangenehm roch. Als er die auf der Decke zusammengerollte Katze aufheben wollte, trat er in die Quelle des Gestanks. »Scheiße!« entfuhr es ihm folgerichtig, und beinahe wäre Sternchen ihm durch den Türspalt entwischt. Nachdem er sich und den Boden notdürftig gesäubert hatte, mußte er mit viel List und Tücke die Katze einfangen. Aber dann hatte er sie in die Enge getrieben, und wenn er auch ein paar häßliche Kratzer abbekam, hatte er sie doch am Ende sicher im Genick gepackt und trug sie zu seinen wartenden Bewunderern in sein Zimmer.

Sternchen war nicht zur Zusammenarbeit aufgelegt. Sie war ihrer Freiheit beraubt, in einen nach Öl riechenden Keller eingesperrt worden und war zudem sehr hungrig. Auch der Raum mit den drei Menschenjungen behagte ihr nicht. Sie fühlte sich von den Blicken bedrängt und suchte ein Versteck. Aber es gab kaum eine freie Stelle, wo sie sich hätte verkriechen können. Überall lagen irgendwelche Sachen herum, sogar unter dem Bett.

»He, saustark, das Teil!« rief Niklas aus und setzte das ferngesteuerte Polizeiauto mit Sirene und Blinklicht in Bewegung. »He, Katze, du bist ein Gangster, und ich verfolge dich!«

Das Fahrzeug raste auf Sternchen zu. Entsetzt sprang sie auf die Fensterbank und stieß sich den Kopf am Rahmen.

»Laß den Quatsch!« sagte Bertram und nahm Niklas die Fernbedienung aus der Hand. »Man muß ganz sanft mir ihr herumsäuseln, sonst klappt das nicht.«

»Miez, miez, miez!« gurrte Erni grinsend und näherte sich der Katze, deren Schnurrhaare alarmierend nach hinten gerichtet waren, aber wenigstens blieb sie sitzen.

»Klappt ja echt!«

»Klar. Paßt auf!«

Bertram näherte seine Hand vorsichtig Sternchens Nase, und sie schnüffelte kurz daran. Gut, der Junge war schon mit Bettina zusammen gewesen, und so schwand ein wenig von ihrem Mißtrauen. Außerdem schien er sie nicht mehr mit rauhen Griffen packen zu wollen, sondern kraulte sie, wenn auch nicht gerade fachmännisch, im Nacken. Dann bat er um eine Sternschnuppe. Gutmütig drehte die Katze sich um und schaute zum Himmel hinauf. Wolkenbänke zogen vorbei, aber der eine oder andere Stern blitzte noch zwischen ihnen hindurch, und so holte sie ihm einen davon herunter.

Bertrams Freunde waren gebührend beeindruckt.

»Tja, aber das ist noch nicht alles. Die Katze kann noch mehr. Niklas, du wolltest doch so ein irres Handy mit Digitalkamera haben. Los, wünsch dir das mal.«

»Blödsinn!«

»Kein Blödsinn. Komm, kraul sie und schau zum Himmel. Wenn die Sternschnuppe runterfällt, mußt du deinen Wunsch laut aussprechen!«

Ungläubig, aber doch überaus neugierig folgte Niklas den Anweisungen und hielt sprachlos vor Staunen kurz darauf das begehrte Gerät in den Händen. Dann durfte Erni sich etwas wünschen, und eine komfortable Play-Station gehörte ihm. Dann aber gab es einen Reinfall. Für Bertram, der wieder ein Fahrrad haben wollte, produzierte Sternchen zwar eine wunderschön leuchtende Kugel in Form eines Mountainbikes, doch sie zerschellte am Boden und löste sich in ein Nebelwölkchen auf.

»Mist, was soll das?«

»Vielleicht war eine Wolke vor dem Stern?« mutmaßte Niklas und deutete auf den fast ganz zugezogenen Himmel.

»Oder sie hat keine Kraft mehr. Vielleicht solltest du ihr was zu fressen geben!«

Auf diese ausgefallene Idee wäre Bertram kaum von selbst gekommen, aber er gab zu, daß daran etwas sein könnte. Da er wußte, wo Bettina den Dosenvorrat versteckt hatte, bekam Sternchen doch noch ihre ausgiebige Mahlzeit.

Aber zum weiteren Sternschnuppern kam es dann nicht mehr. Nieselregen hatte eingesetzt, und die Nacht war finster. Sternchen wurde wieder in den Heizungskeller verfrachtet, wo die dicke Eisentür keinen Laut ihres Kratzens und Jammerns nach außen dringen ließ. Bertram und seine Freunde verabredeten sich für den kommenden Tag, einen Samstag.

Rambert war es zunächst recht zufrieden, daß Sternchen seine Anweisungen befolgte und sich nicht mehr zu den Menschen begab. Doch dann mußte er beobachten, wie verzweifelt Bettina nach der Rotgoldenen suchte und sie vergeblich lockte und rief. Die Himmelskatze kam auch später nicht zum Futterplatz, und das machte Rambert dann richtig unruhig. Er begann mit der Spurensicherung. Seine feine Nase bestätigte ihm, daß Sternchen vom Sandkasten etwa in der Mitte des Tages aufgebrochen war, er konnte auch die feinen Zeichen lesen, die sie bei ihrem Rundgang hinterlassen hatte. Er fand die Reste der Maus, die Stelle, wo sie ihr Mäulchen am Zaun gerieben hatte, eine rotgoldene Fluse, die an anderer Stelle hängengeblieben war, und das Loch, das sie angefangen hatte zu graben. Dann aber brach die Fährte ab. Dafür gab es Menschenspuren in der weichen Erde. Widerwillig schlich der

Kater in die Nähe des Hauses, um in das erleuchtete Zimmer zu spähen, aus dessen Fenster ihn schon so oft harte Geschosse getroffen hatten.

Er war hilflos Zeuge, wie Sternchen gezwungen wurde, die Wünsche dieser kreuzdämlichen Bande zu erfüllen. Sieben der dreizehn kostbaren Wünsche waren damit bereits vertan! Verzweifelt wünschte Rambert sich, zwischen diese Ansammlung von Menschen hineinzufahren wie die rächende Sekmet. Die ägyptische Katzengöttin, die dunkle Schwester der liebevollen Bastet, hatte einmal, als sie beleidigt wurde, gesagt: »Wenn ich Menschen morde, frohlockt mein Herz!« Auch Ramberts Herz hätte frohlocken können, aber er war zur Untätigkeit verdammt.

Brummend vor Zorn und Enttäuschung blieb er in der Nähe des Fensters sitzen, und erst als er sah, daß die Katze schließlich doch einen Teller Futter bekam und der Himmel so dicht zugezogen war, daß kein Stern mehr herunterkommen konnte, zog er mit schleifendem Schwanz von dannen, um im Garten unter den Büschen die Nacht zu verbringen.

Dort begann er sich zu fragen, was ihm eigentlich an dieser verrückten Sternschnupper-Katze lag. Sie war so gar nicht sein Typ. Aber wer war schon sein Typ! Als ausgewiesener Einzelgänger war er sich meistens selbst genug. Seine gelegentlichen geselligen Kontakte hatte er mit der Bruderschaft der Streuner und der einen oder anderen wilden Vertreterin der Schwestern. Er brauchte weder Katze noch Mensch, um sein Leben zu leben. Oder wenigstens nicht oft. Dennoch hatte diese vom Himmel gefallene Katze eine Saite in ihm angerührt, von der er überhaupt nicht wußte, daß er sie besaß. Sie hatte ihn geputzt, als er verwundet war. Sie hatte sich um ihn gekümmert und ihm von ihrem eigenen Futter abgegeben. So etwas hatte er noch nie erlebt! Und nun hatte dieses unmögliche Tier die Sehnsucht in ihm geweckt. Die Sehnsucht nach Zuneigung und Fürsorge, die ihm bisher ganz und gar fremd war. Da er nicht wußte, was er mit diesem Gefühl anfangen sollte, übertrug er es auf Sternchen. Ja, so mußte es sein, stellte Rambert verdutzt fest. Er hatte den unleugbaren Wunsch, Sternchen zu beschützen, weil sie ihn beschützt hatte. Verrückt, aber ändern konnte er es nun nicht mehr, der Schaden – oder der Gewinn? – war eingetreten.

Sorgsam legte Rambert die Vorderpfoten über Kreuz und bettete sein Kinn darauf. Das war die Position, in der er am besten nachdenken konnte.

7. Kapitel
Entwischen

Bettina vermißte Sternchen heftig, und daher wurde die gesamte Welt zu einem Hort des Unglücks. Vor allem, weil sie niemandem von Sternchen erzählen konnte. Noch nicht einmal Bertram. Er hatte am Vorabend, als sie ihn, wie es zu ihrer Maskerade gehörte, um Hilfe bei einer Hausaufgabe gebeten hatte, rundweg abgelehnt, ihr zu helfen. Er habe Freunde zu Besuch. Am Morgen hatte er dann vorgegeben, erst zu einer späteren Stunde zur Schule gehen zu müssen. Bettina war alleine aus dem Haus gegangen und hatte sich überall sorgfältig umgesehen. Doch lediglich Rambert war aufgetaucht. Der schwarze Kater hatte sich einigermaßen seltsam benommen.

Gewöhnlich war er scheu und unnahbar, aber an diesem Morgen hatte er sie ganz nahe kommen lassen. Er hatte auf dem weißen Zaunpfahl gesessen wie eine schwarze Statue mit glühend grünen Augen und sie unverwandt angestarrt. Er war auch nicht weggesprungen, als sie ihn angesprochen hatte. Höflich und mit großer Achtung, wie es einem stolzen Panther gebührt, fragte sie ihn nach seinem Befinden, was Ramberts Meinung von den Menschen ein Quentchen zum Positiven hin veränderte. Er antwortete, indem er lässig die rechte Pfote hob. Dann aber fragte Bettina ihn nach Sternchen, und tiefe Sorge klang aus ihrem Tonfall. Zufrieden sprang Rambert vom Pfosten, um geradewegs auf das Fenster von Bertrams Zimmer zu marschieren.

Bettina deutete diesen Verhalten fälschlich so, daß er die Audienz als beendet betrachtete, und machte sich auf den Weg zum Bus. Ramberts Meinung von den Menschen verschlechterte sich ob dieser Dummheit radikal.

Aber er unterschätzte Bettina. Sie fing in der langweiligen Deutschstunde plötzlich an, über das ungewöhnliche Verhalten des Katers nachzudenken. Dem Dativ schenkte sie keine Beachtung, des Genitivs Bedeutung blieb ihr verborgen, den Akkusativ ließ sie an sich vorbeirauschen, ohne daß er Spuren hinterlassen konnte, und auch der Nominativ hatte keine Chance, ihr Herz zu erreichen. Etwas nagte an ihrer Erinnerung. Warum war der ansonsten so vorsichtige und wachsame Kater heute sitzen geblieben? Hatte er ihr vielleicht etwas mitteilen wollen? Bettina war von Natur aus allen Lebewesen gegenüber einfühlsam und hatte schon lange Gespräche mit Eichhörnchen, Feldmäusen, Kröten, Amseln und Kaninchen geführt. Dabei hatte sie nie das Gefühl gehabt, daß diese Unterhaltungen einseitig verlaufen wären. Mit Sternchen aber verstand sie sich auf eine noch weit tiefere Weise. Es war ein bißchen so wie Gedankenlesen. Nun überlegte sie, ob das bei Rambert wohl auch der Fall gewesen sein könnte. Er hatte ihr etwas gesagt. Durch seinen Blick? Durch die Geste mit der Pfote? Oder ... Er war auf Bertrams Fenster zugelaufen. Wie seltsam! Auch Bettina wußte, daß der Junge häufig den Kater quälte, indem er mit Steinen nach ihm warf. Ob Sternchen zu Bertram gelaufen war, statt zu ihr zu kommen? Ein Stich Eifersucht durchfuhr Bettina wie eine glühende Nadel. Aber der Schmerz erlosch, als ihr eine ganz andere Möglichkeit einfiel. Was, wenn Sternchen gar nicht freiwillig bei Bertram war?

Durch diese Schlußfolgerung abgelenkt, hatte der Indikativ keine Möglichkeit, sich ihr einzuprägen, und trat den Rückzug an. Der Konjunktiv hätte gerne versucht, zum Ziel zu kommen, doch nur der Imperativ drang zu ihr durch: »Bettina, wach auf!« sagte die Lehrerin in barschem Ton zu ihr.

Den Rest der Stunde mußte sie also ihre Überlegungen zur Seite schieben, aber in der Pause überschlugen sich ihre Gedanken. Bertram wollte gestern abend nicht mit ihr sprechen, weil er Freunde eingeladen hatte. Wie begeistert er von den Wunsch-Schnuppen war, hatte sie selbst gesehen, und sie wußte auch, wie gerne Bertram sich im Mittelpunkt der Bewunderung sah. Wahrscheinlich hatte er Sternchen irgendwann im Laufe des gestrigen Tages eingefangen. Aber seine Mutter würde es nie dulden, wenn er die Katze in seinem Zimmer hielt, also mußte er sie irgendwo versteckt halten.

Wo, verflixt noch mal?

Die Sorge um die kleine Wunschkatze überwältigte Bettina, und sie tat etwas, was sie bisher noch nie gemacht hatte: Sie blähte ihre leichte Erkältung zu einer veritablen Lungenentzündung auf und erhielt von dem verständnisvollen Naturkundelehrer die Erlaubnis, nach Hause zu fahren.

Zu Hause jedoch begegnete sie zuerst ihrem Vater, der sofort befürchtete, daß sich ihre Erkältung verschlimmert hatte.

»Du solltest im Bett bleiben, Mäuschen, du siehst nicht gut aus. Das ist mir schon heute beim Frühstück aufgefallen. Ich hätte dich gar nicht erst zur Schule gehen lassen sollen. Ich werde Frau Schindler sagen, daß sie dir eine heiße Zitrone macht, und sie danach zur Apotheke schicken.«

»Ach, ist doch nicht nötig, Papa. Mir geht es wirklich ganz gut. Ehrlich! Die Nase ist auch gar nicht mehr so zu.«

»Trotzdem, Bettina. Bleib in deinem Zimmer. Ich schaue nachher nach dir. Und so schlecht schmeckt heiße Zitrone mit Honig doch nicht, oder?«

Normalerweise mochte Bettina dieses Wundermittel gegen alle Erkältungen wirklich gerne, aber diesmal paßte es nicht in ihre Pläne. Sie mußte etliche Zeit der Fürsorge über sich ergehen lassen, bis sie endlich dazu kam, sich unbemerkt im Haus umzusehen. Zunächst fand sie keine Spur von Sternchen, obwohl sie sogar heimlich in Schindlers Einliegerwohnung eindrang. Sie stieg eben die Treppe hinauf und wollte die Tür zu ihrer Wohnung hinter sich schließen, als Bertrams Freunde Niklas und Erni wieder vorbeikamen. Endlich wurde ihre Geduld belohnt.

»Ist sie noch da?« fragte einer von ihnen.

»Klar. In den Heizungskeller geht niemand hier.«

»Dann hol sie raus. Ich hab' eine ganze Liste von Sachen, die mir meine Eltern vom Wunschzettel gestrichen haben!«

»Mann, das geht doch über Tag nicht.«

Die Tür zu Bertrams Zimmer fiel ins Schloß, und Bettina rannte die Treppe so hastig hinunter, daß sie beinahe hingefallen wäre. Mit aller Kraft zerrte sie die schwere Metalltür auf und sah sich um. Die Katze lag, apathisch zusammengerollt, auf der schmuddeligen Decke und blinzelte sie traurig an.

»Oh, Sternchen, was haben sie mit dir gemacht? Komm, schnell hier raus.«

Bettina beugte sich vor und hob die Katze liebevoll hoch, vorbei sie die ganze Zeit beruhigende Sätze murmelte.

Mit der Katze auf dem Arm war es ihr allerdings nicht möglich, die Tür leise hinter sich zu schließen. Sie fiel mit einem lauten Klappen zu, und Bertram stürzte aus seinem Zimmer.

»He, laß die Katze hier, wir brauchen sie noch!«

»Ihr Idioten habt sie eingesperrt!« fauchte Bettina die Jungen an, und Sternchen zappelte in ihren Armen. Bertram wollte nach ihr greifen, Sternchen wand sich und sprang zu Boden. Wie ein Blitz war die Katze die Treppe hinaufgehuscht. Bettina rannte ihr hinterher und wurde von Niklas rüde angerempelt.

Der Zufall wollte es, daß ein später Patient von Bettinas Vater soeben die Praxis betreten wollte und die Haustüre öffnete. Sternchen entwischte ins Freie. Bertram und seine Freunde konnten sich im letzten Moment noch bremsen, um den armen, von Zahnschmerzen geplagten Mann nicht umzurennen, dann waren sie auch schon hinter der Katze her. Ihnen folgte Bettina, in Hausschuhen und nur in einem dünnen Pullover. Die Rotgoldene sauste den Gartenweg hinunter, glitt durch dem Zaun hindurch und raste über die Straße. Ein roter Sportwagen hielt mit quietschenden Bremsen, und Bettina hätte vor Entsetzen beinahe aufgeschrieen. Auf der anderen Seite begrenzte eine hohe Mauer ein weiteres Grundstück, und Sternchen lief auf dem Bürgersteig weiter. Die drei Jungen nahmen die Verfolgung auf. Bettina stürzte ihnen nach. Plötzlich schoß eine schwarze Gestalt aus den Büschen hervor und warf sich vor die Füße der Verfolger. Niklas stolperte und riß Bertram beinahe zu Boden. Rambert fauchte wütend, doch dann trat Bertram den Kater so fest in die Rippen, daß er in die Hecke flog.

Bettina holte auf.

»Laßt meine Katze in Ruhe!« kreischte sie und stieß Erni, der sie packen wollte, kräftig in die Seite. Sternchen hatte einen guten Vorsprung erreicht und war langsamer geworden. Katzen sind zwar unheimlich schnell, aber lange halten sie das hohe Tempo nicht durch. Sie sah sich nach einem Versteck um, aber wieder fuhr ein Auto an ihr vorbei, genau durch eine Pfütze, und spritzte sie völlig naß. Angeekelt schüttelte sie sich und begann sich mitten auf dem Bürgersteig zu putzen.

»Sternchen!« rief Bettina und streckte die Arme nach ihr aus. Bertram gab ihr einen Stoß, und das Mädchen fiel auf die Knie.

»Du Mistkerl, du Ekel, du ...«

Sternchen hatte Schmutzwasser Schmutzwasser sein lassen und war wieder losgestürmt. Mit schmerzenden Knien lief Bettina hinter den Jungen und der Katze her. Zwei der unermüdlichen Jogger kamen ihnen entgegen, und sie mußten ausweichen. Bettina holte dadurch wieder auf und sah, wie Sternchen auf ein Gartenmäuerchen sprang.

»Da ist sie!« brüllte Erni und griff nach der Katze. Schmerzgebrüll war seine nächste Äußerung, dann betrachtete er seine zerkratzten Hände. Bettina lief an ihnen vorbei. Diesmal hatte sie Glück. Sie erwischte die Katze, kurz bevor sie auf einen Baum klettern wollte. Auch sie erhielt einen deftigen Krallenhieb, aber trotzdem drückte sie Sternchen, so fest es ging, an ihre Schulter und rannte weiter die Straße hinunter. Wohin sie wollte, wußte sie gar nicht, nur weg von Bertram und seinen Freunden. Da sah sie, daß der Stadtbus auf die Haltestelle zufuhr, und ihr kam eine Idee. Noch einmal strengte sie sich ungeheuer an. Mit einem Keuchen erreichte sie die offene Tür. Sie warf Sternchen in den Bus, doch ehe sie hinterherspringen konnte, schlossen sich die Türen. Bertram und die beiden anderen blieben neben ihr stehen. Ihre Gesichter waren von der Anstrengung und vor Zorn verzerrt.

Hinter dem Bus, der langsam aus der Haltebucht fuhr, hatte ein blauer Kleinwagen gehalten, und Bettina stürzte auf die Beifahrertür. Geistesgegenwärtig blieb die Fahrerin, die eben wieder Gas geben wollte, stehen.

»Bitte, können Sie mich bis zur nächsten Haltestelle mitnehmen? Meine Katze ist in dem Bus.«

»Ach herrje! Steig ein!«

Heftig atmend setzte sich Bettina auf den Beifahrersitz. »O danke. Das ist nett von Ihnen. Die Jungen wollten meine Katze fangen, und da ist mir nichts Besseres eingefallen …«

»Die drei Jungen wollten sie fangen?«

»Ja, aber es ist meine Katze. Sie sperren sie im Heizungskeller ein.«

»Du blutest an der Schulter. Und besonders dick angezogen bist du auch nicht.«

»Nein. Aber ich hole Sternchen an der Haltestelle aus dem Bus und fahre mit dem nächsten gleich wieder nach Hause.«

»Es kann aber einige Zeit dauern, bis der nächste Bus kommt.«

»Das paßt schon. Da vorne ist es. Vielen, vielen Dank!«

Das Auto hielt kaum, da war Bettina auch schon draußen und rannte auf den Bus zu. Sie stieg ein und rief nach Sternchen. Der Bus war zum Glück nicht besonders voll. Eine alte Dame wies sie auf die unter einem Sitz kauernde Katze hin. Bettina bückte sich, um Sternchen darunter hervorzuholen, da gab es einen Ruck, und der Bus fuhr los. Die Katze landete zwar auf diese Weise in ihren Armen, aber Aussteigen war nun nicht mehr möglich. Mit einem resignierten Seufzer setzte Bettina sich auf einen leeren Platz. Die alte Dame lächelte ihr zu und sagte: »Ein wunderhübsches Kätzchen. Ist sie dir entwischt?«

»So ähnlich. Drei Jungen wollten sie einfangen. Ich wollte eigentlich auch in den Bus steigen, aber der Fahrer hat die Türen so schnell zugemacht.«

»Ja, manche Busfahrer sind sehr rücksichtslos. Nicht nur gegenüber Katzen, sondern auch bei alten Leuten. Mir ist schon oft genug einer vor der Nase weggefahren.«

»Wie gemein!«

Sternchen fing an zu zappeln, und Bettina mußte das Gespräch beenden, um die Katze wieder zu beruhigen. Außerdem wurde ihr auch peinlich bewußt, daß sie ihr Schülerticket nicht dabei hatte. Beim nächsten Halt wollte sie so unauffällig wie möglich wieder aussteigen.

»Mädchen, hör mal, so kann man aber eine Katze nicht transportieren!«

Ein ältlicher Herr im Anzug begann ihr belehrende Vorträge über den Transport von Katzen in öffentlichen Verkehrsmitteln zu halten. Bettina wurde in ihrem Sitz immer kleiner.

»Ich muß hier aussteigen. Lassen Sie mich bitte durch«, bat sie, als die nächste Haltestelle in Sicht kam. Doch das war nicht so einfach, denn der Busfahrer hatte sie beobachtet und stellte sie zur Rede.

»Ich hab' mein Ticket nicht dabei. Ich hab' auch kein Geld. Ich wollte doch bloß Sternchen retten. Kann ich nicht morgen bezahlen?«

Der Busfahrer blieb stur und erzählte etwas von Schwarzfahren und Anzeige.

Bettina war dem Weinen nahe. Noch einmal versuchte sie sein Verständnis zu wecken. Vergeblich! Bis schließlich die alte Dame eingriff.

»Da haben Sie das Geld für den Fahrschein!« sagte sie und reichte dem Fahrer das Geld mit einer derart verächtlichen Geste, daß der zusammenzuckte. »Spring raus, Mädchen. Wenn wir uns mal wiedersehen, kannst du mir das Geld ja zurückgeben.«

Bettina sandte ihr einen Blick glühender Dankbarkeit und stieg aus.

Es hatte wieder zu regnen begonnen, und sie fröstelte. Der Bus war in eine Richtung gefahren, die sie sonst nie nahm. Das Studium des Fahrplans war ebenfalls niederschmetternd. Der nächste Bus in die andere Richtung würde erst in einer Stunde ankommen. Sternchen, an Bettinas Schulter gelehnt, schnurrte tröstend in ihr rechtes Ohr, und so tat das Mädchen das, was im Augenblick am nächsten lag – sie suchte die von einem Dach geschützte Bank auf und setzte sich. Kalt war ihr zwar noch immer, aber hier war es wenigstens trocken, und ein bißchen Wärme spendete ihr die Katze, die nun ihre beiden dicken Pfoten um ihren Hals legte. Bettina versank in eine träumerische Stimmung, nachdem die Anspannung der Flucht nachgelassen hatte.

Doch lange währte ihre Ruhe nicht.

»Da ist sie!« schrie eine bekannte Stimme. Auf ihren Rädern kamen Niklas und Erni angerast. Obwohl es beinahe aussichtslos war, ihnen zu entkommen, sprang Bettina auf und lief die Straße entlang, die den Berg hinaufführte. Das war einerseits eine recht gute Entscheidung, denn die Straße war ziemlich befahren, daher mußten die beiden Jungen auf den Verkehr Rücksicht nehmen. Doch das Laufen strengte Bettina ungeheuer an. Keuchend erklomm sie Meter für Meter, ihre Verfolger immer dichter auf ihren Fersen. Dann war es soweit. Niklas war an ihrer Seite, überholte sie, warf das Rad vor sie auf den Bürgersteig und stellte sich drohend vor sie hin. Erni versperrte hinter ihr den Weg.

Verzweiflung packte Bettina. Mit einem energischen Schwung warf sie Sternchen über das Gartenmäuerchen neben sich. Dabei bekam sie unabsichtlich noch einen langen Kratzer im Gesicht ab.

»Lauf, Sternchen! Lauf!« rief sie und sah dann die Jungen an.

»Du kleines Miststück!« keifte Niklas und boxte sie in den Magen. Bettina krümmte sich. Der nächste Schlag traf sie an der Schläfe, und von hinten erhielt sie einen bösen Tritt in die Kniekehlen. Sie fiel auf den Boden.

Das Auto, das abrupt anhielt, bemerkte sie nicht, doch ein nächster Angriff blieb wundersamerweise aus. Als Bettina hochschaute, sah sie, daß die Frau, die sie vor kurzem mitgenommen hatte, Erni eine herzhafte Ohrfeige verpaßte.

»Steig in das Auto, Mädchen!« befahl die Frau dann. Bettina kroch zur Beifahrertür und zog sich mühsam in das Fahrzeug. Sie bekam nicht mit, was die Frau zu den beiden Jungen sagte, aber es schien eine derart niederschmetternde Rede zu sein, daß die beiden mehr und mehr vor ihr zurückwichen und in überstürzter Flucht das Weite suchten.

8. Kapitel
Hilfe aus der Nachbarschaft

Dann war die Frau wieder neben ihr. »Wo ist dein Kätzchen?«

»Hab' sie in den Garten geworfen!« sagte Bettina mit letzter Kraft und brach dann in ein hemmungsloses Schluchzen aus. Ein Arm legte sich um ihre Schultern, und ihr Kopf wurde an eine warme, weiche Weste gezogen. Sanfte Hände streichelten ihr Haar, und tröstende Worte wurden in ihr Ohr gemurmelt. Ganz allmählich löste sich die Verkrampfung, die Bettina gepackt hatte, und sie begann zu verstehen, was ihr gesagt wurde.

»Schon gut, Kleine«, sagte die unbekannte Frau. »Das Kätzchen wird schon keinen Schaden erlitten haben. Wir werden es nachher suchen. Im Moment wird es sowieso viel zu verschreckt sein und auch auf das eindringlichste Rufen nicht herauskommen. Ich kenne mich da aus. Ich habe selbst einmal einen Kater gehabt. Wir fahren jetzt erst einmal zu mir nach Hause und verarzten deine Blessuren. Ich wohne nur ein paar Häuser weiter. Einverstanden?«

»Ja!«

»Ich heiße Alina, und du?«

»Bettina!« schluchzte das Mädchen.

Es waren wirklich nur wenige Meter, bis Alina anhielt und Bettina aus dem Wagen half. Das Mädchen sah schrecklich aus, ihre rechte Schulter war blutig, der Pullover zerrissen, ihr Gesicht mit Blut und Tränen verschmiert, die Jeans naß und schmutzig, und die schwarzen Haare klebten ihr am Kopf.

»Du ziehst am besten die Sachen aus und nimmst eine heiße Dusche. Ich gebe dir etwas von mir zum Anziehen. Das wird ein bißchen groß sein, aber Schönheitswettbewerbe wollen wir heute ja nicht mehr gewinnen, nicht wahr?«

Fügsam ließ sich Bettina ins Bad begleiten, beim Ausziehen helfen und nach der Dusche in ein großes, weiches Handtuch hüllen.

»Schon viel besser! Jetzt klapperst du nicht mehr so mit den Zähnen. Allzu schlimm sehen die Kratzer auch nicht aus. Tut es sehr weh?«

»Es brennt ein bißchen, aber das war nicht Sternchens Schuld. Sternchen kratzt nie!«

»Nein, natürlich kann die Katze nichts dafür. Sie wollte sich ja nur festhalten. Es war sehr mutig von dir, sie fortlaufen zu lassen.«

Wieder stiegen Bettina die Tränen in die Augen. »Aber es ist so naß und kalt draußen. Und sie hat schon so lange nichts mehr zu fressen gekriegt ...«

»Meine Süße, deine Katze ist für dieses Wetter viel besser angezogen als du. Sie hat schließlich einen schönen, dicken Pelzmantel an. Und was das Fressen anbelangt – sie wird in den Gärten schon noch die eine oder andere Maus finden. Katzen sind sehr selbständig. Mein Kater hat so viele Mäuse gefangen, daß er oft noch eine für mich mitgebracht hat.«

Bettina schluckte ihre Tränen hinunter und fragte: »Wo ist Ihr Kater?«

»Er ist im März gestorben. Er war schon sehr alt, aber ich denke oft an ihn.«

»Warum haben Sie keine neue Katze?«

»Weil ich erst vor einem halben Jahr hier hingezogen bin und noch keine Zeit gefunden habe, mich darum zu kümmern. Doch im neuen Jahr will ich ins Tierheim gehen und schauen, ob sich eine entschließen kann, zu mir zu kommen.«

Alina hatte die Kratzer desinfiziert und Bettina ein dickes Sweatshirt gegeben. Díe Jeans mußten sie mehrmals umschlagen und mit einem Gürtel in der Taille zusammenhalten.

»Ich koche uns jetzt einen Früchtetee mit Honig. Den haben wir uns verdient und den Stollen dazu auch!«

Tee, Kuchen und ein Päckchen Taschentücher bewirkten ein kleines Wunder an Bettina. Endlich war sie in der Lage, ihre Geschichte zu erzählen. Allerdings erwähnte sie die geheimnisvollen Kräfte nicht, die Sternchen besaß. Nie wieder würde sie so vertrauensvoll über derartige Dinge reden.

»Dein Papa mag also keine Katzen?«

»Er mag sie vielleicht schon, aber er will sie nicht im Haus haben. Wegen der Hü... Hügniäne. Er sagt, Katzen sind schmutzig. Aber das ist nicht wahr!«

»Wegen der Hygiene, nun, das kann ich bei einem Zahnarzt schon verstehen. Aber schmutzig sind Katzen wirklich nicht. Solange sie nicht in seinem Behandlungszimmer herumstromert, könnte er sie durchaus im Haus dulden. Vielleicht sollten wir deinen Vater überhaupt mal anrufen und ihm sagen, daß du hier bei mir bist. Es ist schon beinahe vier Uhr, und ich könnte mir denken, daß er sich Sorgen macht.«

»Soll er doch! Ich habe mir auch Sorgen um Sternchen gemacht. Drei Tage lang! Und jetzt schon wieder.«

»Na, dann weißt du ja, wie sich das anfühlt. Komm, sag mir deine Telefonnummer.«

Trotzig schüttelte Bettina den Kopf.

»Na, ein wenig ungerecht bist du schon. Es waren die Jungen, die Sternchen eingesperrt und dich verfolgt haben, nicht dein Papa.«

»Wenn er …«

»Bettina!« Alinas Stimme konnte sehr gebietend klingen, und plötzlich nahm das Mädchen auch wahr, daß ihre grünen Augen durchaus in der Lage waren, kühl und ernst zu funkeln.

»Schon gut!« gab sie nach und nannte die Nummer.

Alina ging in das Nebenzimmer, schloß die Tür hinter sich und führte das Telefonat. Es dauerte länger, als Bettina erwartet hatte, und da sie zwar ein neugieriges, aber auch wohlerzogenes Mädchen war, lauschte sie nicht an der Tür. Dafür sah sie sich im Wohnzimmer um. Es war hell und recht einfach eingerichtet, trotzdem gab es viel zu sehen. Die Figuren auf einer Kommode zogen sie besonders an. Katzen aus unterschiedlichen Materialien standen da. Eine kleine Holzkatze hätte sie beinahe gestreichelt, so sehr wirkte die Maserung wie ein echtes Fell. Die gekringelte Porzellankatze fand sie zwar niedlich, aber ihren Gesichtsausdruck ein wenig zu süßlich, eine andere aus Ton zu verspielt. Die Bronzekatze war ihr zu stark stilisiert, auch wenn sie irgendwie sehr wie ein Raubtier aussah. Die ganz kleine Katze aus Jade gefiel ihr da schon besser. Mehr als alle anderen aber faszinierten Bettina die beiden schwarzen Marmorgestalten, die aufrecht und majestätisch nebeneinander standen. Hoheitsvoll blickten sie auf das Mädchen hinunter. Geschmückt war die eine Katze mit einem goldenen Halsband, die andere trug einen goldenen Ring im Ohr.

»So, das wäre erledigt, Bettina!« sagte Alina, als sie wieder ins Zimmer kam. »Ich bringe dich nach Hause, und morgen früh hole ich dich gleich wieder ab, und wir machen uns auf die Suche nach Sternchen. Einverstanden?«

»Können wir nicht gleich ...«

»Es ist schon dunkel, und für eine längere Suche bist du nicht richtig angezogen. Willst du barfuß durch die Gärten laufen?«

»Ich kann mich zu Hause umziehen und wieder mitkommen.«

»Ich verspreche dir, daß ich nachher noch einmal die Straße auf und ab gehen werde und nach Sternchen rufe. Wenn ich sie finde, kann sie gerne über Nacht bei mir bleiben.«

»Und wenn Niklas und Erni zurückkommen?«

»Nein, die beiden werden sich in dieser Gegend nicht mehr blicken lassen.«

Endlich ließ sich Bettina überreden, und kurz darauf nahm sie ihr Vater erleichtert in Empfang.

Während Bettina sich umzog, um Alina ihre geliehenen Kleider zurückzugeben, führten die beiden Erwachsenen noch ein sehr ernsthaftes Gespräch, das zur Folge hatte, daß Marius seiner Tochter jeglichen Vorwurf ersparte, Frau Schindler und ihr Sohn jedoch ein heftiges Donnerwetter über sich ergehen lassen mußten. Die Eltern von Niklas und Erni erhielten anschließend einen Anruf, den sie auch nicht so schnell vergaßen.

Bettina bekam allerdings davon nichts mit. Sie bemerkte lediglich, daß Frau Schindler recht verschnupft das Abendessen servierte und von Bertram nichts zu sehen war. Obwohl ihr Vater ihr keine Fragen stellte und keine Vorhaltungen machte, war auch zwischen ihnen beiden die Stimmung nicht sonderlich gut, und Bettina verschwand, ohne an dem Ritual des Vorlesens teilzunehmen, bald in ihrem Zimmer. Natürlich stellte sie aber für Rambert etwas Futter bereit.

Rambert jedoch war nicht in der Lage, seine Portion abzuholen. Sein heldenmütiger Einsatz, um Sternchen die Flucht zu ermöglichen, hatte ihm einen kräftigen Tritt in die Rippen eingebracht. Von Schmerzen gepeinigt, lag er unter den Büschen, zu denen er sich noch hingeschleppt hatte. Wie alle verletzten Tiere versteckte er sich vor den Blicken der Welt und versetzte sich in einen Zustand des Halbschlafs, um seine Kräfte wiederzuerlangen. Doch immer wieder schreckte er auf und lauschte, ob nicht doch bald Bettina mit Sternchen oder Sternchen alleine zurückkehrte. Er hoffte inständig, daß es ihr gelungen war, den gräßlichen Menschenjungen zu entkommen.

Dann, als es dunkel geworden war, sah er, daß Bettina ohne Sternchen nach Hause gebracht wurde, und war nahe daran, jegliche Hoffnung zu verlieren. Schließlich aber sank er in einen tieferen Schlaf, in dem er auch seinen schmerzenden Körper vergessen konnte. Seltsame Träume schwebten durch diesen Schlaf – Träume, in denen eine große, majestätische Katze eine Rolle spielte, die hoheitsvoll auf ihn herabblickte.

9. Kapitel
Gefangen

Sternchen war weich gelandet – in einem Komposthaufen. Den Schrei: »Lauf, Sternchen! Lauf!« befolgte sie gerne, denn die ganze Aufregung war ihr zuwider. Sie raste durch den herbstkahlen Garten, wäre beinahe in einen mit Blättern bedeckten Teich gefallen und rutschte über glitschiges Laub bis fast vor eine Hundehütte, deren Bewohner sie empört anknurrte. Dann hastete sie über einen Jägerzaun und stand wieder an einem Straßenrand. Diese unangenehm riechenden Wesen mit den großen glühenden Augen, die nicht zu sehen imstande waren, erschienen ihr unheimlich. Sie waren so schnell; kaum hörte man sie, waren sie schon da. Und sie waren absolut und total rücksichtslos. Wieder einmal konnte die Katze sich nur im letzten Moment durch einen gewaltigen Sprung auf ein parkendes Auto davor retten, vollkommen naß gespritzt zu werden.

Immerhin gab ihr die etwas erhöhte Lage von dem Autodach aus die Möglichkeit, sich ein wenig zu orientieren. Ihre Menschenfreundin war nicht zu sehen, sie mußte sich auf der anderen Seite des Gartens befinden. Wahrscheinlich war es im Augenblick auch besser, ihr nicht zu nahe zu kommen, denn diesen Jungen, die hinter ihr her waren, wollte sie nicht mehr in die Hände geraten. Die Stunden im Heizungskeller hatten Sternchen überhaupt nicht gefallen, und die Wünsche, die diese jungen Menschen hatten, waren für sie nur mit großer Anstrengung zu erfüllen. Also war es wohl am besten, sich eine Weile unsichtbar zu machen und zu warten, bis Bettina wieder auftauchte, um sie nach Hause zu bringen. Daß die kleine Menschin das tun würde, sobald die Luft rein war, daran bestand für Sternchen überhaupt kein Zweifel. Um dem Ruf möglichst schnell folgen zu können, beschloß sie also, wie übrigens alle Katzen, die verlorengehen, ganz in der Nähe des Ortes auszuharren, an dem sie das letzte Mal mit ihrem Menschen zusammen war. Und das war in der Nähe des Komposthaufens.

Keine ungeschickte Entscheidung. Dieser moderig riechende Haufen beherbergte in seinem Umfeld auch einige Mäuse, die Sternchen als Abendessen dienten. Außerdem war der Platz einigermaßen trocken, denn eine Tanne mit weit ausladenden Zweigen bot ihr an ihrem Stamm ein weiches Lager aus heruntergefallenen Nadeln. Die Dämmerung sank herab. Sternchen wappnete sich mit Geduld und begann ein wenig vor sich hinzudösen, ohne wirklich tief einzuschlafen.

Plötzlich jedoch schreckte ein Schäferhund sie auf, der, von seiner Leine befreit, die Erlaubnis bekommen hatte, den Garten zu durchstöbern. Er witterte die Katze, und da er in seinem Leben schon einige schlechte Erfahrungen mit scharfen Krallen gemacht hatte, stand er diesen kleineren, aber ungemein gefährlichen und hinterhältigen Geschöpfen ausgesprochen feindselig gegenüber. Sternchen witterte die Gefahr im letzten Augenblick, und eine wilde und lautstarke Hetzjagd durch den großen Garten begann. Zumindest war der Hund zu gut erzogen, um ihr über den Zaun zu den Nachbarn zu folgen. Er blieb, frustriert kläffend, an seiner Reviergrenze stehen.

Doch in Sicherheit war die Himmelskatze damit noch nicht. Auch auf dem nächsten Grundstück drohte Gefahr. Der Hund hier war zwar deutlich kleiner, aber von einem unbändigen

Jagdtrieb beseelt. Er sah es als seine Aufgabe an, alles, was sich in seiner Sichtweite bewegte, zu verfolgen. So landete Sternchen wieder auf der Straße, wurde dort von einem knatternden Motorrad erschreckt und fand ihre Zuflucht in einer offenen Garage, wo sie sich unter einem Auto versteckte.

Doch kaum hatte sie sich zusammengeduckt, wurde auch schon das Tor geschlossen. Vor der Garage wurden Abschiedsworte gerufen, Autotüren klappten, ein Wagen startete, fuhr an und entfernte sich.

Stille umgab Sternchen, als die Dunkelheit tiefer und tiefer wurde.

Irgendwann begann sie ihre Umgebung zu erkunden, da sich offensichtlich keine weiteren Feinde zu zeigen wagten. Es war keine nette Umgebung, und wenn sie es recht betrachtete, war es hier sogar noch schlimmer als im Heizungskeller. Der Betonboden war unangenehm kalt, und das Auto roch widerwärtig und hatte zudem ein paar Tropfen Öl verloren, in die sie hineingetreten war. Auch ihr Fell hatte von dieser üblen Flüssigkeit etwas abbekommen. Das Putzen war damit richtig ekelig geworden. Sternchen beließ die schwarzen, klebrigen Flecken auf dem Rücken. Im übrigen fanden sich dann noch ein paar staubige Spinnweben in den Ecken, das Skelett einer verhungerten Maus, drei Asseln, die sich wenig gesellig zeigten, und vier Winterreifen, die schlichtweg stanken. Das metallene Tor war verschlossen, und kein Kratzen an dem kühlen Blech konnte auch nur eine leichte Spur hinterlassen. Wenn man auf das Autodach sprang, erreichte man einen schmalen Sims, der zu einem schmutzig blinden Fensterchen gehörte. Der Ausblick war ebenfalls nicht berauschend, eine efeubewachsene Hauswand war alles, was man betrachten konnte. Unglücklich mußte Sternchen sich zugeben, daß sie in eine Falle geraten war, aus der es ohne menschliche Hilfe kein Entkommen gab. Menschliche Hilfe war aber weit und breit nicht in Sicht. Immerhin, es war Nacht, und nachts pflegten die Menschen zu schlafen. Vielleicht wenn der Morgen graute.

Sternchen rollte sich in einer Ecke zusammen und wärmte sich mit ihrem eigenen Fell.

Als es heller wurde, gab es auch wieder Geräusche. Fahrende Autos, bellende Hunde, klappernde Rolläden, menschliche Stimmen. Sternchen kratzte an der Tür und heulte, so laut es ging. Ein sinnloses Unterfangen, wie sie nach einiger Zeit feststellte. Zu allem Überfluß hatte sie einen bohrenden Hunger. Sie beschnüffelte hoffnungsvoll das Mäuseskelett, aber daran war nichts mehr zu nagen. Freunde oder Verwandte schien die Maus in der Garage auch nicht mehr zu haben. Die Asseln stillten noch nicht einmal den ersten Hunger. Aber wenigstens tropfte der Wasserhahn in der Ecke langsam, aber beständig. Sternchen fing die Tropfen mit der Pfote auf und leckte sie dann ab. Etwas gestärkt, hüpfte sie noch einmal auf die Fensterbank und krakeelte, was das Zeug hielt. Es erfolgte keinerlei Reaktion.

Der Tag versank wieder in der Dämmerung, die Welt wurde still. Hungrig und unglücklich rollte die Himmelskatze sich zusammen und versuchte, so wenig Energie wie möglich zu verbrauchen.

Am nächsten Morgen, einem Montag, schleppte sie sich träge zu der Wasserquelle hin und trank ein paar Tropfen. Sie lauschte mit aufmerksamen aufgestellten Ohren auf jeden Laut, der zu ihr hineindrang. Irgendwann vermeinte sie, daß jemand ihren Namen rief, aber es war nicht Bettinas Stimme, die da erklang. Dennoch kratzte und trommelte die Katze mit ihren dicken Pfoten heftig an das Metalltor. Die Ruferin entfernte sich wieder. Mit traurig hängendem Schwanz verzog Sternchen sich wieder in ihre Ecke. Sie fühlte sich schlapp und ausgehungert. Trübe versank sie in ihren Dämmerschlaf.

Der Tag und die folgende Nacht zogen ereignislos an ihr vorbei.

Der Dienstag brach an. Mühsam kroch die inzwischen sehr struppig und mager gewordene Katze zu dem Wasserhahn, um ein paar Tropfen zu lecken. Zum Kratzen und Rufen aber fehlte ihr bereits die Kraft.

10. Kapitel
Eine schlimme Verzögerung

Bettina war an jenem Samstag früh zu Bett gegangen. Aber einschlafen konnte sie lange nicht, obwohl sie sich zerschlagen und erschöpft fühlte. Sie sorgte sich trotz Alinas Versicherung, daß Sternchen gut im Freien zurechtkommen würde, sehr um die Katze. Wo mochte sie sich verkrochen haben? Ob sie wirklich in der Lage war, sich ein paar Mäuse zu fangen? Ob sie fror? Hoffentlich hatte sie sich nicht verletzt, als sie in dem Garten landete. Und vor allem – was würde sie, Bettina, machen, wenn sie Sternchen wirklich wiederfand?

Ihr Vater mochte ja kein Wort des Vorwurfs verloren haben, aber er hatte auch nicht gesagt, daß sie die Katze behalten dürfte. Vielleicht würde Alina sie nehmen. Ja, Alina würde die

Rotgoldene bestimmt bei sich aufnehmen, sie wollte ja wieder mit einer Katze zusammen leben. Aber – und bei dieser Überlegung schnürte sich Bettinas Kehle zu – eigentlich wollte sie selbst Sternchen bei sich haben. Es lag ihr nichts an den Wünschen, die diese seltsame Katze erfüllen konnte. Nein, sie wollte das Tier als eine verständige, sanfte Freundin um sich haben. Wenn ihre Mama noch leben würde, dachte Bettina wehmütig, hätte sie ihren Vater bestimmt überzeugt. Sie hatte als Kind auch Katzen gehabt, wie sie von ihrer Großmutter wußte.

Plötzlich überkamen Bettina ganz wilde Phantasien. Sie plante, mit Sternchen auszureißen, sich in den Zug zu setzen und zur Großmutter zu ziehen. Irgendwann mitten in der Szene, wie sie dort beide mit offenen Armen empfangen wurden, übermannte sie der Schlaf. Doch seltsame Träume durchwebten diesen Schlaf. Träume, in denen eine große, majestätische Katze eine Rolle spielte, die hoheitsvoll auf sie herabblickte.

Als sie am Sonntag spät am Vormittag erwachte, fühlte sich Bettina einfach erbärmlich. Ihr ganzer Körper tat ihr weh, der Hals war zugeschwollen, und in ihrem Kopf hämmerte es. Die Unterkühlung und die Anstrengungen des letzten Tages forderten ihren Tribut. Auch wenn sie sich noch so sehr wünschte, Sternchen zu suchen, war es ihr unmöglich, die Energie dazu aufzubringen. Es war auch völlig nutzlos, sich gegen ihren Vater durchzusetzen, der ihr strenge Bettruhe verordnete. Immerhin durfte sie mit Alina telefonieren, die ihr mit großem Bedauern mitteilen mußte, daß sie am Vorabend Sternchen nicht mehr gefunden hatte. Mit krächzender

Stimme flehte Bettina sie an, weiter nach der Katze zu suchen. Alina versprach es ihr.

Am Montag ging es Bettina zwar wieder etwas besser, aber die Suche konnte sie noch nicht selbst aufnehmen, sondern mußte auf Alina vertrauen. Voll Sorge strich das Mädchen durch das Haus, fing ein Klavierstück an, hörte mitten darin auf, suchte ihre Malutensilien zusammen, aber brachte nicht einmal ein paar Striche zu Papier. Sie nahm sich ihr Lieblingsbuch vor und verlor nach zwei Seiten wieder die Lust daran. Als sie bei ihrer Freundin anrief, erfuhr sie, daß die zu ihren Großeltern gefahren war. Bettina setzte sich vor den Fernseher und geriet in eine Sendung, die sich mit ausgesetzten und mißhandelten Katzen beschäftigte, was ihr die Tränen in die Augen trieb. Ihr Vater brachte ihr am Nachmittag zwei noch warme Apfelberliner ins Zimmer und wunderte sich, daß seine Tochter diese Leckerei mit heftiger Ablehnung betrachtete.

»Was ist denn, Mäuschen? Die Berliner magst du sonst doch so gerne!«

»Jetzt eben nicht mehr. Und nenn mich nicht immer Mäuschen.«

»Na schön, dann esse ich sie eben. Aber warum darf ich dich nicht Mäuschen nennen? Es ist doch nicht böse gemeint, Bettina.«

»Das erinnert mich an mein Kätzchen«, sagte sie und schluchzte leise auf.

Marius war sich durchaus darüber im klaren, daß Bettina unter mehr als einer Erkältung litt. Der häßliche Angriff der Jungen war ein ziemlicher Schock für sie gewesen. Für ihn allerdings auch, und er hatte sichergestellt, daß diese Burschen sein Haus nicht mehr betreten würden. Er war dieser fremden

Frau ungemein dankbar, daß sie so mutig eingegriffen hatte. Ein solches Verhalten war bei weitem nicht selbstverständlich. Marius war bereit, ihr mehr als nur großen Dank abzustatten. Aber sie hatte nichts davon hören wollen, sondern ihm nur besonders eindringlich nahegelegt, Bettina zu erlauben, die Katze aufzunehmen. Inzwischen war er sogar geneigt nachzugeben, aber das Problem hatte sich ja anscheinend auf andere Weise gelöst.

»Bettina, die Katze ist bestimmt inzwischen zu einer anderen netten Familie gezogen. Du weißt doch, Katzen hängen nicht so wie Hunde an einem Menschen. Sie gehen dorthin, wo sie es gemütlich haben.«

»Was für ein Quatsch!« fuhr Bettina auf. »Natürlich hängen Katzen an ihren Menschen. Sternchen hat mich liebgehabt. Und jetzt ist sie irgendwo ganz alleine und weiß nicht, wie sie mich wiederfinden soll. Vielleicht ist sie verletzt oder überfahren worden ...«

Tränen liefen ihr über die Wangen. Ihr Vater versuchte sie tröstend in den Arm zu nehmen, doch sie wehrte sich.

»Ach, wenn doch Mama noch bei mir wäre!« murmelte sie leise. »Sie würde mich verstehen.«

Diese Worte trafen Marius zutiefst. Bettina war einmal ein fröhliches, manchmal übermütiges Mädchen gewesen. Nach dem Tod ihrer Mutter hatte sie sich jedoch verändert. Viel geweint und nach ihr gefragt hatte sie seltsamerweise nie, aber sie war verschlossener, in sich gekehrter geworden. Wie sehr sie ihre Mutter immer noch vermißte, war ihm aber nie so deutlich geworden.

»Meine Kleine, Bettina, wenn dir denn so viel daran liegt, ein Kätzchen zu haben, dann werden wir morgen eines kaufen.«

»Ich will kein gekauftes Kätzchen. Ich will Sternchen. Und Rambert!«

»Lieber Himmel, wer ist Rambert? Muß ich den auch kennen?«

»Natürlich kennst du den. Du scheuchst ihn doch immer weg, wenn er in den Garten kommt!«

Die Tränen waren versiegt, und Bettina zog wieder in den Kampf!

»Der Streuner heißt Rambert?«

»Ich hab' ihn so genannt. Er hat nichts dagegen.«

»Mir scheint, du führst ein reges Doppelleben, Bettina. Also, meinetwegen dulde ich auch Rambert im Garten.«

Marius lächelte dabei ein wenig, und daher fand Bettina den Mut, sich ihm weiter anzuvertrauen.

»Rambert kommt nicht mehr. Er ist auch weg. Ich glaube, er ist tot. Er ist Bertram vor die Füße gesprungen, als sie Sternchen und mich gejagt haben. Sie haben ihn böse getreten!«

»Vielleicht traut er sich deshalb nicht mehr in unseren Garten?«

»Bertram hat ihn auch schon vorher gepiesackt. Und er kam trotzdem. Aber seit Samstag holt er sich noch nicht einmal mehr sein Futter!«

Bettina hatte die Handballen vor die Augen gedrückt und versuchte ihre Stimme unter Kontrolle zu behalten.

»Futter? Wer füttert ihn denn?« fragte ihr Vater, obschon er sich die Antwort denken konnte.

»Ich.«

»Und womit, bitte?«

»Mit Katzenfutter natürlich. Hab's von meinem Taschengeld gekauft!« murmelte Bettina kläglich, denn sie log nicht gerne. Aber die Wahrheit konnte sie wirklich nicht preisgeben.

»Welche Verschwörungen hinter meinem Rücken – Rambert, Sternchen und meine Tochter. Was machen wir denn jetzt nur, Mäus... Bettina?«

»Laß mich Sternchen suchen. Ich hab' doch Ferien, und krank bin ich auch nicht mehr.«

»Doch, du bist noch krank. Zumindest heute solltest du noch zu Hause bleiben. Aber ruf doch deine neue Freundin Alina an, und frage sie, ob sie morgen Zeit hat, mit dir noch einmal die ganze Gegend abzusuchen. Sie kennt sich bestimmt in der Nachbarschaft besser aus. Vielleicht hat dort wirklich jemand dein Sternchen aufgenommen, und dann kannst du sie meinetwegen behalten.«

»Darf ich das wirklich, Papa?«

Es hatte sich ein solches Strahlen über Bettinas Gesicht ausgebreitet, daß Marius alle Selbstbeherrschung aufbringen mußte, seine Tochter nicht heftig an die Brust zu ziehen. Aber sie war ja so distanziert und abweisend geworden, daß er sich eine solche Annäherung nicht traute.

»Ja, das darfst du.«

»Dann darfst du auch wieder Mäuschen zu mir sagen!« erwiderte Bettina und kuschelte sich an seine Schulter. Für einen kleinen Moment lang war sie wieder glücklich. Aber dann, nachdem sie mit Alina gesprochen hatte, die ihr versprach, am nächsten Tag die Gegend noch einmal zu durchkämmen, wurde sie wieder nachdenklich. Selbst wenn sie Sternchen lebend wiederfanden, in ein Haus, in dem auch Bertram wohnte, der das Geheimnis der Katze kannte, konnte und wollte Bettina die Rotgoldene nicht bringen.

11. Kapitel
Ein Wiedersehen

Alina hatte erst am frühen Nachmittag Zeit, weil sie noch dringend Einkäufe erledigen mußte. Aber als Bettina um zwei vor ihrer Tür stand, hatte sie schon ihre dicke Weste griffbereit. Sie begrüßte das Mädchen mit großer Freundlichkeit, mußte aber eine mitfühlende Bemerkung unterdrücken. Besonders blühend sah Bettina noch nicht aus.

»Ich habe bei meinen Vermietern schon nachgefragt, ob jemandem eine Katze zugelaufen ist. Sie wohnen schon länger hier und reden mit den Nachbarn häufiger als ich. Aber bisher hat niemand etwas gehört. Ich denke, wenn sie sich hier versteckt hält, wird sie auf deine Stimme noch am ehesten hören.«

»Glauben Sie, daß Sternchen noch lebt?«

»Bettina, ich weiß es nicht. Zumindest hier auf der Straße wurde keine Katze überfahren, wenn dich das tröstet.«

»Nein.«

»Das dachte ich mir. So, hier war doch wohl die Stelle, wo du sie weggeschickt hast!«

Alina und Bettina waren an der Gartenmauer angelangt, und das Mädchen beugte sich hinüber, um erst mit leiser, dann mit immer lauterer Stimme Sternchens Namen zu rufen.

Hundebellen antwortete ihr.

»O nein! Wenn der Hund sie erwischt hat!«

Alina schüttelte den Kopf: »Glaube ich nicht. Friedrich, so heißt der Hund, ist normalerweise an seiner Hütte angeleint. Da hätte Sternchen sich schon an seinem Futternapf vergreifen müssen, um in Gefahr zu geraten.«

»Na gut. Aber im Garten scheint sie nicht zu sein. Ob die Leute sie vielleicht reingenommen haben?«

»Die noblen von Girzen? Nie und nimmer. Die lassen ja auch den Hund nicht ins Haus. Der arme Kerl liegt bei Sturm und Eis, Sonnenglut und Regen draußen in seiner Hütte.«

»Na, dann sind das auch keine Katzenfreunde.«

»Darauf kannst du dich verlassen. Aber der Garten grenzt an das obere Haus. Versuchen wir es dort.«

Bettina hatte noch nicht einmal »Sternchen« gerufen, da war der aufgeregte Cockerspaniel schon am Zaun und kläffte sie hysterisch an.

»Vergiß es!« meinte Alina, und Bettina nickte.

Sie wanderten die Straße hinauf und anschließend noch einmal hinunter. Wieder und wieder rief und lockte Bettina in allen Stimmlagen, aber kein Maunzen antwortete, kein rotgoldener Pelz tauchte auf. Die Hoffnungslosigkeit umfing das Mädchen wie eine dunkle Wolke. Alina bemerkte es und drückte sie tröstend an sich.

»Es gibt noch eine Möglichkeit. Sternchen kann durch die Gärten auch zur Parallelstraße gelaufen sein. Dort werden wir auch noch mal suchen. Komm, bist du kräftig genug für einen längeren Spaziergang? Wir müssen ganz um den Block gehen.«

»Ja, ist schon in Ordnung.«

Sie setzten sich in Bewegung, und wie der Zufall es wollte, blieb Bettina noch einmal genau dort stehen, wo sie Sternchen zuletzt gesehen hatte. Verzweifelt rief sie nach ihr.

Und dann stutzte sie und lauschte. Ihr Gesicht war vor Konzentration ganz angespannt.

»Sternchen?« rief sie lauter und lauschte noch angestrengter. Langsam ging sie in Richtung Garageneinfahrt des Hauses.

»Sternchen!«

Alina beobachtete das Mädchen und lauschte ebenfalls. Konnte es sein? Oder trog sie irgendein anderes Geräusch. Sie verwünschte die fleißige Hausfrau mit ihrem Staubsauger, den Autofahrer, der aufheulend Gas gab, und selbst den aufgeschreckten Vogel, der protestierend schnatterte. Da war – vielleicht, ganz vielleicht – ein leises Katzenmaunzen zu hören.

Bettina hatte ein noch feineres Gehör, das durch Sorge und Liebe geschärft sein mochte. Sie ging immer zielstrebiger auf die Garage zu.

»Sternchen!« rief sie, und nun war auch Alina klar, daß sie zumindest ein Geschöpf gefunden hatten, das in der Garage eingesperrt war und auf Befreiung hoffte. Denn es kratzte jemand an dem Garagentor und gab jammernde Laute von sich.

»Sie ist da drin!« Aufgeregt kniete Bettina nieder und rief noch einmal Sternchens Namen. Ganz deutlich kam eine Antwort aus der Garage.

»Da ist ein Fenster an der Seite. Wir sollten versuchen, da durchzuschauen«, schlug Alina vor.

»Ja, aber der Zaun ...«

»Zäune sind da, um drüberzuklettern!« stellte Alina lakonisch fest, und das erste Lachen seit Tagen entschlüpfte Bettina. Alina hatte lange Beine, so daß der Holzzaun kein ernsthaftes Hindernis für sie war. Sie stand gleich darauf an dem Fensterchen, klopfte daran und gab Bettina Nachricht.

»Ich kann nur ein Auto sehen, aber, nein ... Himmel, ich glaube, wir haben sie wirklich gefunden! Da ist ein Kätzchen!«

Alina kam zurück. Zweifelnd betrachtete sie die heruntergelassenen Rolläden und die Wurfsendungen, die den Briefkasten füllten. »Wir müssen die Leute bitten, uns in die Garage zu lassen. Ich hoffe, es ist jemand zu Hause.«

Sie klingelte, aber es rührte sich niemand. Bettina zitterte schon wieder vor Ungeduld.

»Was machen wir denn jetzt?«

»Die Nachbarn fragen!«

Bevor sie an dem Nebenhaus klingeln konnten, erhielten sie unaufgefordert Antwort.

»Die sind über Weihnachten nach Spanien gefahren. Machen sie jedes Jahr!« krächzte eine alte Stimme, die zu einer Frau gehörte, die auf einem geblümt gemusterten Kissen über die Fensterbank gelehnt lag und Spitzeldienste für die gesamte Nachbarschaft ausübte.

»Oh, Alina!« Panik schwang in Bettinas Stimme mit. »Sternchen wird verhungern, wenn wir sie nicht herausholen.«

»Moment.« Alina wandte sich der Alten zu. »Wer versorgt den Haushalt?«

»Die Tochter, aber sie kommt erst am Freitag wieder.«

»Alina!« Bettina klammerte sich an den Arm ihrer Begleiterin. »Was können wir nur tun?«

»Ungewöhnliche Umstände, meine Süße, verlangen ungewöhnliche Maßnahmen. Lock deine Katze zum Garagentor. Ich werde versuchen, das Fenster zu öffnen. Es wird schon nicht mit einer Alarmanlage gesichert sein.«

Alina erntete einen Blick voller Bewunderung und Hoffnung und schwang ihre langen Beine noch einmal über den Zaun.

»Was machen Sie denn da?« wollte die krächzende Stimme herrisch wissen.

»Unsere Katze befreien!«

»Das können sie nicht tun, das ist ein Einbruch!« kommentierte die Alte genüßlich, doch Alina ignorierte sie mit größtem Gleichmut. Der verwitterte Fensterrahmen erwies sich als solider, als es den Anschein hatte, und nach kurzem, fruchtlosem Rütteln nahm Alina entschlossen einen Stein auf und schlug die Scheibe ein.

»Ich ruf die Polizei!« zeterte die krächzenden Stimme. »Das ist ja unglaublich!«

Alina überhörte die Alte weiterhin und bat statt dessen Bettina zu sich. »Ruf dein Sternchen. Mal sehen, ob sie es schafft, auf die Fensterbank zu kommen. Ansonsten mußt du wirklich einbrechen.«

Die Himmelskatze, die inzwischen ziemlich entkräftet war, mobilisierte ihre letzten Reserven und sprang auf das Auto und von dort auf den Sims. Bettina packte sie und zog sie in eine warme, schützende Umarmung. Sternchen legte dankbar ihre dicken Pfoten um den Hals des Mädchens und tat dann das, was Katzen nur in sehr seltenen Fällen machen: Sie streckte ihre Zunge heraus und bürstete mit großer Sorgfalt Bettinas Augenbrauen. Dabei mußte sie auch eine Menge salziger Tränen mit wegputzen. Bald darauf schlief sie mit einem leisen Schnurren ein. Die rosige Zunge hing dabei noch aus dem Mäulchen.

Alina hatte vorsorglich Katzenfutter besorgt und den Korb ihres alten Katers mit einer Decke ausgepolstert. Darin lag eine gute Stunde später Sternchen, gesättigt von Huhn in Gelee und einem Töpfchen Sahne, in tiefem Schlaf.

»Danke, Alina. Sie sind so nett zu mir und Sternchen.«

»Schon gut. Du weißt doch, ich hatte auch einen Kater. Ich kann sehr gut mit dir mitfühlen.«

»Hoffentlich ist sie nicht krank geworden.«

»Ich glaube nicht. Deine Katze braucht nur ausreichend Futter, Wasser und Wärme. Und ein Bad, fürchte ich. Sie ist entsetzlich schmutzig. Das Zeug da kriegt sie nicht alleine aus dem Fell.«

»Das wird ihr aber nicht gefallen.«

»Nun ja, das Leid wird nicht so schlimm sein wie die vergangenen vier Tage. Also schauen wir, was wir tun können. Zuerst bürsten wir sie mal.«

Gemeinsam bearbeiteten sie das rotgoldene, schlafende Pelzchen mit einer alten Haarbürste, worauf die Katze im Schlaf noch lauter schnurrte. Aber dann kamen sie zu den Öl- und Teerflecken, und Sternchen wachte auf und fauchte protestierend.

»So geht das nicht. Da wird auch Shampoo nicht helfen, da muß Terpentin her. Und wenn das nicht hilft, wird es wohl die Schere sein müssen.«

»O nein!«

»Ich habe ein Lösemittel im Keller. Warte einen Moment!«

Während Alina das Terpentin suchte, betrachtete Bettina wieder die faszinierenden Marmorkatzen. Sie waren außergewöhnlich sorgfältig gearbeitet, und es schien, daß die helle Zeichnung bei derjenigen, die den Ohrring trug, beinahe dieselbe Sternform auf ihrer Stirn bildete wie bei Sternchen die Fellzeichnung.

»Gefallen dir die Katzen?« fragte Alina, als sie das Mädchen vor der Kommode stehen sah.

»Nicht alle!«

»Und welche nicht?«

»Ich weiß nicht. Niedlich ist diese eine mit den goldenen Ohren, aber ich glaube, sie ist ein bißchen kitschig, nicht wahr?«

»Da hast du völlig recht, aber diese Katze verkauft sich gut. Sie ist mein größter Erfolg.«

Erstaunt sah Bettina zu ihrer Freundin hin, die sie mit einem Zwinkern ansah.

»Ich bin Designerin für einen Porzellanhersteller. Mein Spezialgebiet sind Katzen. Wir produzieren sie auch in anderen Werkstoffen. Hier, diese aus Ton zum Beispiel und auch die aus Bronze.«

»Dann haben Sie die Katzen gemacht?«

»Entworfen, ja. Hergestellt werden sie in einer Fabrik.«

»Aber doch nicht die?« Bettina deutete auf die hölzerne Figur, bei der die Maserung wie ein Fell wirkte. »So was kann doch keine Maschine hinkriegen, oder?«

»Nein, die Katze aus Holz natürlich nicht. Du bist ein ausgesprochen scharfsinniges Mädchen. Diese Katze hat mir ein Freund geschnitzt.«

»Und diese hier auch nicht!« Bettina deutete auf die winzige Jadekatze.

»Das ist ein Netsuke, ein alter japanischer Siegelanhänger. Gut beobachtet!«

»Aber was ist mit den beiden schwarzen? Alina, *die* finde ich schön!«

»Ja, die habe ich gemacht. In meiner Freizeit betreibe ich ein wenig Bildhauerei.«

»Haben Sie bemerkt, daß die mit dem Ohrring die gleiche Zeichnung trägt wie Sternchen?«

»Nein, bisher noch nicht. Was meinst du damit?«

»Na, ich habe Sternchen doch wegen des Sterns auf ihrer Stirn so benannt.«

Überaus aufmerksam musterte Alina ihre Marmorkatze und dann die wieder eingeschlummerte lebende Katze.

»Du hast recht! Was für eine ungewöhnliche Übereinstimmung. So ein Stern muß etwas sehr Seltenes bei einer Katze sein. Ob es etwas zu bedeuten hat?«

Verlegen wandte sich Bettina ab. Auch Alina war sehr scharfsinnig.

»Irgendwie erinnert mich das an etwas, das ich mal gehört habe. Irgendeine alte Geschichte oder ein Märchen. Na, wahrscheinlich fällt es mir später wieder ein. Jetzt wollen wir endlich dieses hübsche Pelzchen saubermachen.«

Im Licht der Lampe betrachteten beide die klebrigen Flecken in Sternchens Fell, dann nahm Bettina die Katze fest in den Arm, und Alina begann, mit dem scharf riechenden Lösemittel die verklebten Stellen zu säubern. Sternchen fand den Geruch widerwärtig. Noch widerwärtiger fand sie die Behandlung. Sie zuckte und wand sich, und mit einem geschmeidigen Satz war sie Bettinas festem Griff entwichen. Sie sprang auf die Kommode, verfehlte sie knapp, rutschte ab und fiel zu Boden. Die Marmorkatze schwankte, schien sich fangen zu wollen, kippte dann doch um und stürzte zu Boden. Sie schlug auf den Fliesen auf und zerbrach. Nicht nur einfach in ein paar Teile, sondern in unzählige Stückchen und Splitter.

Sternchen war vor Schreck auf einen Schrank gesprungen. Alina und Bettina starrten beide fassungslos auf das, was einst eine majestätische Katze gewesen war.

»O nein!« seufzte Alina.

»Entschuldigen Sie. Das war meine Schuld, ich hätte Sternchen besser festhalten sollen.«

»Ach, nein. Ich bin dumm gewesen. Wir hätten sie im Badezimmer säubern sollen. Nun, da kann man nichts machen. Aber trotzdem ... Es war mein Lieblingsstück, mein erstes, wirklich gelungenes Kunstwerk.«

Alina hob den schwarzen Kopf auf und hielt ihn mit traurigem Blick in der Hand. Ein Ohr war abgebrochen, und der goldenen Ohrring fiel mit einem leisen Klirren zu Boden.

Plötzlich stand Sternchen neben ihr, hüpfte dann auf die Fensterbank und pochte energisch an die Scheibe. Bettina bemerkte es überhaupt nicht, denn sie betrachtete immer noch traurig die zerstörte Figur.

»Ich wünschte, ich könnte sie wieder ganz machen!« murmelte sie leise.

»Mein Gott, was ist das!« rief Alina, und Bettina schrak zusammen. Ein leuchtender Stern zog seine Bahn über den Himmel, näherte sich, verwandelte sich in eine glitzernde Wolke, die sich um die Stückchen und Splitter ballte. Sie nahm die Form einer großen, aufrecht sitzenden Katze an, die für einen Moment lebendig zu werden schien und ein wundersames Lächeln zeigte. Dann schrumpfte die Wolke zusammen, verlor ihr Glitzern und wurde schwarz und starr. Was zurückblieb, war die Marmorkatze, komplett mit Ohrring und Sternzeichnung auf der Stirn.

»Ich glaube es nicht!« brach es aus Alina hervor.

Bettina hatte Sternchen wieder in den Arm genommen und drückte sie ängstlich an sich. Verzweifelt hoffte sie, daß Alina nun nicht versuchen würde, ihr die Katze wegzunehmen, um sich weitere Wünsche zu erfüllen. Wenn sie das aber versuchen sollte, dann würde sie so schnell wie möglich weglaufen müssen. Aber Alina war nur fassungslos auf ihr Sofa gesunken und starrte auf die Katzenfigur.

»Träume ich, Bettina?«

»Nein, das ist ... Sternchens Geheimnis. Deshalb wollten die Jungens sie doch. Damit sie ihre Wünsche erfüllt.«

Abrupt setzte Alina sich auf, und Bettina ging rückwärts zur Tür.

»Kein Angst, Süße, ich will Sternchen nicht ausnutzen. Mir ist nur gerade wieder etwas eingefallen. Der Stern auf der Stirn! Das ist eine Sternschnupper-Katze. O große Bastet, es scheint, daß Märchen doch wahr sind. Bettina!« Alina fuhr sich mit einer Hand durch die kurzen, ziemlich wirren Locken, die von der gleichen rotgoldenen Färbung waren wie Sternchens Fell. »Meine Großmutter hat mir früher mal ein Märchen erzählt, das mit einer Katze zusammenhing, die Wünsche erfüllen kann. Ich kriege es nicht mehr zusammen, aber das können wir schnell ändern. Komm, entspann dich ein wenig. Ich verspreche dir hoch und heilig und bei meinem alten Maunzer, daß ich Sternchen nichts tue.«

Mißtrauisch kam Bettina wieder näher. Sternchen in ihren Armen war schrecklich leicht geworden und hing kraftlos an ihrer Schulter. Vorsichtig legte sie die Katze in den Korb zurück, blieb aber wachsam neben ihr stehen.

»Ich verstehe ja, wovor du Angst hast. Dann halte eben neben ihr Wache«, sagte Alina.

Bettina seufzte und setzte sich wieder auf das Sofa. »Eigentlich habe ich keine Angst vor Ihnen, aber vor Bertram hatte ich auch erst keine Angst. Sonst hätte ich es ihm ja nicht erzählt.«

»Und nun bist du grundlegend mißtrauisch. Du hast ja recht. Was hat Bertram getan?«

Bettina war nur zu froh, endlich jemandem erzählen zu können, was wirklich geschehen war und wie sehr sie es verabscheute, Sternchens wunderbare Eigenschaft dazu einzusetzen, sich irgendwelchen unwichtigen Kram zu wünschen.

»Er und seine Freunde wollten immer nur so Spielzeugmüll haben, den man sich in jedem Laden kaufen kann. Das kann doch nicht richtig sein, oder?«

»Nein, das kann nicht richtig sein«, stimmte ihr Alina zu. »Wünsche müssen gut überlegt sein, denn man muß nachher mit dem Ergebnis leben können, wenn sie in Erfüllung gegangen sind. Das Spielzeug landet meist sehr schnell auf der Müllhalde. Aber wenn ich mir das so anhöre, was du da erzählst, dann haben wir ein weiteres Problem zu durchdenken, Bettina.«

»Ja, ich weiß.«

»Obwohl dein Vater inzwischen einverstanden ist, kannst du Sternchen nicht mit ins Haus bringen, denn die Gefahr, daß Bertram sie sich wieder schnappt, ist immer noch da.«

Bettina nickte betrübt und streichelte dabei die schlummernde Katze.

»Ich würde dir ja furchtbar gerne vorschlagen, daß du Sternchen ein paar Tage bei mir läßt, bis dieses Problem irgendwie gelöst ist, aber ich kann auch verstehen, daß du mir nicht ohne weiteres traust.«

»Ach, ich glaube, das tue ich schon. Sie sind nicht so wie andere Leute. Sie sind irgendwie … sehr nett.«

Bettina sah auf und begegnete einem weichen Blick aus grünen Augen. Ihre ganze Spannung ließ mit einemmal nach, und sie lehnte sich in die Sofakissen zurück.

»Paß auf«, sagte Alina. »Es ist schon spät geworden, und wir müssen deinem Vater unbedingt Bescheid geben, daß alles in Ordnung ist. Wenn du willst, fahren wir zu euch, und ich bitte ihn, daß du die Nacht bei mir und Sternchen verbringen darfst, weil sie noch sehr schwach ist und deine Pflege braucht. Und morgen besuchen wir meine Großmutter. Ich habe so das Gefühl, daß wir der Lösung ein Stück näher kommen werden, wenn wir uns mit ihr unterhalten haben. Sie ist eine ausgesprochen kluge Frau, und ich möchte die Geschichte von der Sternschnupper-Katze noch einmal hören, Du solltest sie auf jeden Fall auch kennen.«

Bettinas Augen leuchteten auf. »O ja, das wäre schön. Hoffentlich erlaubt es mein Vater.«

»Er wird schon einwilligen. Laß das mal meine Sorge sein!«

Plötzlich grinste Bettina und meinte: »Sie sind gut darin, etwas durchzusetzen, nicht wahr?«

12. Kapitel
Ein Sternen-Märchen

Marius Hemberger bekam eine recht zensierte Version der Vorkommnisse vom Nachmittag berichtet, und der einzige Kommentar, den er dazu äußerte, wurde mit gespielter Strenge hervorgebracht: »So haben Sie meine Tochter also zum Verbrechen verleitet! Sie haben fremdes Eigentum zerstört und sind auf skrupellose Weise in eine fremde Garage eingebrochen.«

Bettina bemerkte den leichten Spott in seiner Stimme nicht

und wollte schon protestieren, doch Alina zwinkerte ihr zu und fragte mit süßlicher Stimme: »Dürfte ich Sie fragen, lieber Herr Dr. Hemberger, was Sie tun würden, wenn Sie beispielsweise Ihre Tochter in einem verlassenen Haus eingesperrt wüßten, wo sie dem Hungertod ausgesetzt wäre?«

»Selbstverständlich würde ich ein Fenster einschlagen und sie herausholen. Was erwarten Sie denn anderes von mir!«

Bettina sah auch ihn zwinkern und begann leise zu kichern. »O Papa, das würdest du tun?«

»Aber ganz sicher. Und trotzdem möchtest du mich jetzt für ein paar Tage verlassen?«

»Nur heute nacht und morgen. Weihnachten bin ich wieder hier. Versprochen!«

»Na, dann sollten wir mal ein paar Sachen einpacken. Alina, wollen Sie Bettina dabei zur Hand gehen? Ich bin nicht so geschickt in derlei Dingen.«

»Aber gerne. Zeigst du mir dein Zimmer?«

Aber bevor Alina und Bettina die Tasche packten, wurde erst noch ein Teller mit frischem Futter nach draußen gestellt, in der Hoffnung, daß Rambert vielleicht doch auftauchen würde. Danach suchten sie die notwendigen Sachen zusammen und verabschiedeten sich von Marius. Bettina bat ihren Vater, am nächsten Tag für Rambert Futter nach draußen zu stellen, was er zu ihrer Überraschung sogar versprach.

Sternchen hatte tief geschlafen, während sie fort waren, und auch als Alina das Abendessen vorbereitete, rührte sie sich nicht. Beim Essen unterhielten sie und Bettina sich über vielerlei Dinge, bis Alina schließlich sagte: »Hör mal, du brauchst nicht immer ›Sie‹ zu mir zu sagen. Es ist hübsch, daß du so höflich bist, aber eigentlich sind wir doch auch gute Freunde, nicht wahr?«

Bettina lächelte sie an und nickte. »Und so alt bist du auch noch gar nicht.«

»Na, das kommt darauf an. Ich bin schon neunundzwanzig. Und du?«

»Eigentlich noch neun, aber nicht mehr lange. Am Neujahrstag werde ich zehn!«

»Na, so was! Ich werde am Neujahrstag dreißig. Das müssen wir aber gemeinsam feiern! Obwohl das ja ein ausgesprochen dummer Termin ist, weil alle Leute noch von Silvester müde sind. Oh, sieh mal, unsere Ratzekatze ist aufgewacht!«

Sternchen hatte sich geräkelt und gedreht und stand nun mit rundem Buckel im Korb. Sie streckte sich und brach in ein riesengroßes Gähnen aus, das in einem ulkigen »uiuiaaah« endete. Dann sprang sie auf den Boden und begann die Wohnung zu erkunden.

»Ich werde den Transportkorb holen. Ich möchte unbedingt, daß Sternchen uns zu meiner Oma begleitet«, sagte Alina.

Der Korb, ein geräumiger, aus Weidenzweigen geflochtener Behälter mit einer großen Gittertür davor, fand nicht Sternchens Zustimmung. Nur unter lautem Protest ließ sie sich am nächsten Mittag darin einsperren. Noch weniger gefiel ihr die Autofahrt. Sie heulte und jaunerte herzzerreißend eine halbe Stunde lang, bis sie endlich an dem Seniorenheim angekommen waren, in dem Alinas Großmutter lebte. Alina hatte Bettina unterwegs von der alten Dame erzählt.

»Sie ist letztes Jahr in dieses Heim gezogen, weil sie keine

Lust mehr hatte, sich mit der Hausarbeit abzuplagen. Jetzt hat sie eine hübsche Zweizimmerwohnung mit einem großen Balkon, einen riesigen Park, in dem sie kein Unkraut rupfen muß, die Bushaltestelle vor der Tür und so viel Dienstpersonal, wie sie will. Aber sie ist noch sehr selbständig. Sie ist Mitglied im Sportverein, im Theaterclub, singt im Bachchor, leitet für die anderen Bewohner einen Zeichenkurs und hat kaum noch Termine frei. Immer wenn ich sie besuche, murmelt sie was von Kalender und Verpflichtungen, und wenn sie mich oder meine Mutter nicht sehen will, ist sie immer über Monate ausgebucht.«

»Hoffentlich hat sie dann heute für uns Zeit!«

»Keine Sorge! Ich habe ihr gesagt, daß es ein überaus wichtiger Termin ist.«

»Ja, du bist eben gut darin, Leuten etwas klarzustellen, Alina!«

»Ja, leider. Ich bin ein bißchen herrisch veranlagt. Manchmal könnte ich mich selbst dafür ohrfeigen, denn damit mache ich mich oft unbeliebt.« Mit einem schiefen Lächeln setzte sie hinzu: »Vor allem bei Männern.«

»Du bist nicht verheiratet, nicht?«

»Ich war es mal, aber das hat leider nicht lange gehalten.«

Bettina kicherte. »Niklas und Erni werden auch nicht mehr deine besten Freunde werden!«

»Die beiden jungen Idioten, die dich verfolgt haben? Nein, gewiß nicht. So, wir sind da.«

Sie fuhren vor ein schönes altes Gebäude, und Sternchen hörte mit ihrem Gejammer sofort auf, als der Wagen zum Stehen kam.

»Das war früher einmal ein Kloster, aber jetzt ist es innen

ganz modern ausgebaut. Trägst du Sternchen, oder soll ich sie nehmen?«

»Kann ich sie auf den Arm nehmen?«

»Wir sollten sie vielleicht doch besser im Korb lassen. Stell dir vor, sie erschreckt sich vor irgendwas und läuft weg. In dem verwinkelten Gebäude eine Katze zu suchen wird schwierig.«

»Dann trag du sie besser. Du bist größer als ich!«

Im Aufzug gab Sternchen noch einmal ein durchdringendes Geheul von sich. Geschlossene Räume schien sie überhaupt nicht mehr zu lieben.

»Gleich kannst du raus, Sternchen. Sowie wir in der Wohnung sind!« versprach Bettina, und ein fragendes: »Mau?« antwortete ihr.

Alina klingelte an der Tür, und kurz darauf wurde ihnen geöffnet. Die Überraschung war auf beiden Seiten. Die alte Dame und Bettina sahen einander verblüfft an. Bettina fing sich als erste.

»Oh, ich habe wieder kein Geld dabei!«

»Hoppla, ihr kennt euch?« fragte Alina.

»Die Kleine hat Schulden bei mir. Aber kommt rein! Ist das etwa auch die Katze, die so brav Bus gefahren ist?«

»Das ist Sternchen. Darf ich sie rauslassen? Sie krakeelt schon die ganze Zeit herum.«

»Nur zu, sie ist mir willkommen. Und dann müssen wir meiner seltsam sprachlosen Enkelin wohl mal beichten, woher wir beide uns kennen.«

Die alte Dame erzählte Alina von der Begegnung im Bus, und Alina mit Bettina fügten den Rest der schrecklichen Verfolgung und der anschließenden Suche nach Sternchen hinzu.

»Und jetzt, Nana, brauchen wir deine Hilfe!«

»So, Alina? Und wie kann ich dir behilflich sein?«

»Indem du dir unser Sternchen ganz genau ansiehst. Bettina, bring die Katze bitte einmal her! Sie soll jetzt aufhören, die Spinnweben unter dem Sofa zu zählen.«

Nana rümpfte die Nase. »Abgesehen davon, Alina, daß es hier keine Spinnweben gibt, gehört es sich nicht, Katzen bei ihrem Rundgang zu stören.«

Aber das war nicht nötig, Sternchen kam von alleine, besah sich die alte Dame, sagte »Brrip!«, sprang auf ihren Schoß, drehte sich zweimal um sich selbst und ließ sich dann gemütlich nieder.

»Aha!« sagte Nana und streichelte Sternchens Stirn. »Du hast dich an ein Märchen erinnert, das ich dir früher einmal erzählt habe.«

»An ein Märchen, das von einer Sternenkatze handelte, aber ich kriege es nicht mehr zusammen. Es ist aber ungemein wichtig, daß Bettina es erfährt, und darum möchte ich, daß du es uns noch einmal erzählst.«

»Ich weiß auch nicht, ob ich es noch zusammenbekomme. Sternchen, du wirst mir helfen müssen.«

»Mau!« stimmte die Rotgoldene zu und kuschelte sich zurecht. Alinas Großmutter schloß die Augen und dachte nach. Sie begann erst langsam, dann immer fließender zu erzählen:

»Ganz weit weg, in großer Ferne, dort, wo wir nachts die Sterne leuchten sehen, gibt es einen geheimnisvollen Ort, an dem ein uraltes, ungeheuer weises Volk lebt. Viel länger lebt es dort schon, als es uns Menschen gibt. Ja, es war schon da, bevor die Erde entstand und die Sonne ihr Feuer entzündete. Die Angehörigen dieses Volkes verbringen ihre Zeit in Ruhe und Gelassenheit, widmen sich tiefsinnigen Gedanken über das

Werden und Vergehen der Welten und aller Lebewesen, die es in den vielen Universen gibt. Es ist ein wunderbares Land, in dem sie dieser Beschäftigung nachgehen. Weite, goldene Steppen werden durchzogen von klaren, singenden Bächen, an deren Ufern blaue Iris und gelbe Dotterblumen blühen. Weich bemooste Steine machen das Überqueren leicht und laden ein, von dem reinen Wasser zu trinken. Die Sonne dort scheint das ganze Jahr, und überall stehen blühende Bäume, deren weit ausladende Zweige duftenden Schatten verbreiten. Flache Felsen fangen die Wärme des Tages ein, und des Nachts kann man wohlig ausgestreckt darauf ruhen.«

Die alte Dame kraulte Sternchen sacht hinter den Ohren, und ein beifälliges Schnurren untermalte ihre nächsten Worte.

»Das Volk dort lebt in Frieden, wohlgenährt und ohne Feinde. Und doch oder gerade deswegen finden sich immer wieder einzelne, die sich die Aufgabe stellen, in andere, weniger glückliche Welten auszuwandern, um dort ihre Weisheit zu lehren. Wer immer sich dazu entschließt, sucht den weißen Tempel auf. Es ist ein hoher, von Säulen getragener Bau, zu dem viele Stufen hinaufführen. In ihm wohnen die Lehrer, die Weisesten der Weisen, die jenen, die berufen sind, alles das beibringen, was sie von den fremden Kulturen wissen müssen. Sie lernen die Sprachen und die Zeichen, sie lernen die Formen der Höflichkeit und Etikette, sie lernen aber auch, wie sie sich dem kälteren oder feuchteren Klima anzupassen haben, wie sich der Wandel der Jahreszeiten vollzieht und wie man in der Wildnis überlebt. Sie lernen jagen und sich zu verteidigen. Nach einer langen Zeit der Ausbildung und nach vielen Prüfungen und Stufen der Einweihung erhalten sie dann das, was sie ›die Gabe‹ nennen. Und mit dem Erlangen der

Gabe zeichnet ihnen die höchste Priesterin ein Mal auf die Stirn.

Dann ist der Zeitpunkt gekommen, an dem sie sich von ihren Familien und Freunden verabschieden müssen. Es ist ein Abschied für immer, denn in diesem Leben ist ihnen die Rückkehr in das Land der goldenen Steppen verwehrt. Und so wird dieser Aufbruch in die andere Welt mit großer Feierlichkeit und mit Würde und Ernst begangen. Dann steigt jene, die sich auf ihre lebenslange Mission begibt, auf eine hohe Klippe, und ohne sich noch einmal umzuwenden, setzt sie zu einem gewaltigen Sprung an. Ihr Flug führt sie durch Galaxien und Sternenstaub, an Planeten und Monden vorbei bis zu ihrem Bestimmungsort. Dort aber kann, wer Glück hat, ihre Ankunft daran erkennen, daß sie wie eine Sternschnuppe mit einem besonders langen und glitzernden Schweif niedergeht.«

Sternchens Schwanz rutschte ab und baumelte vom Knie der Erzählerin herab. Vorsichtig legte Nana ihn wieder nach oben. Die Rotgoldene sagte: »Mirrrr!«

»Und wie ihr beiden wohl erkannt habt, handelt es sich bei diesen Abgesandten aus den goldenen Steppen um Katzen. Wohlgemerkt, ganz besondere Katzen. Man nennt sie Sternschnupper-Katzen, denn eine ihrer Fähigkeiten besteht darin, besondere Sterne am Himmel zu erschnuppern. Aber es gibt noch ein paar andere Kleinigkeiten, an denen man sie erkennt. Zum einen haben sie ungewöhnlich große Pfoten. Vielleicht liegt das daran, weil sie ja aus großer Höhe herabkommen und sicher darauf landen müssen.«

»Brrips!« bestätigte Sternchen.

»Und dann tragen sie natürlich das Zeichen auf der Stirn!« Nana strich sanft über die Sternzeichnung in dem rotgoldnen

Fell. »Als drittes ... nun ja, das ist etwas komisch ... Jedenfalls haben alle Sternschnupper-Katzen einen winzigen Fehler. Sie vergessen manchmal ihre Zunge. Sie hängt oft nach dem Putzen, oder wenn sie in Gedanken ganz woanders sind, ein kleines Stückchen aus dem Maul heraus. Seht ihr!«

Alinas Großmutter tupfte leicht mit dem Zeigefinger auf das rosige Zipfelchen. Sternchen machte »Schlips!«, als sie die Zunge zurückzog, und sah betreten drein. Bettina kicherte und klemmte ebenfalls die Zunge zwischen die Lippen.

»Ja, das sind also die äußeren unverkennbaren Kennzeichen einer solchen wunderbaren Katze. Daß diese Kennzeichen sehr selten auftreten und in keinem Zuchtbuch verzeichnet sind, liegt daran, daß Sternschnupper-Katzen nur alle dreizehn mal dreizehn Jahre auf die Erde kommen.«

»Nur alle hundertneunundsechzig Jahre?«

»Oh, du bist gut im Kopfrechnen, Bettina! Ja, in solch großen Abständen kommen sie zu uns. Nicht alle landen hier bei uns. Sie haben alle Kontinente besucht und alle Völker. Manche haben von ihnen gelernt, andere taten es nicht. Doch eine frühe Kultur hat den wahren Wert dieser Katzen wirklich erkannt. Es waren die Ägypter, die die Weisheit und Gerechtigkeit, die Sanftmut und Verspieltheit, die Freiheit und das Selbstbewußtsein dieser Geschöpfe zu würdigen wußten und ihrer Sternschnupper-Katze zum Dank für das, was sie ihnen geschenkt hat, den Status einer Göttin verliehen haben. Sie bildeten sie als anmutige Frau mit einem Katzenkopf ab und verehrten sie als Bastet, die Gütige. Aber da sie auch die Weisheit des Gegensatzes gelernt hatten, verehrten sie ebenfalls die wilde Sekmet, die Untaten rächt und grausam sein kann.«

Sternchen richtete sich auf, nahm kurzfristig eine überaus hoheitsvolle Pose ein und ließ ihren Blick derart herablassend über die Anwesenden schweifen, als erwarte sie Opfer und Weihrauch. Dann aber wurde der Eindruck göttlicher Majestät dadurch gemildert, daß sich die rosige Zunge wieder ein Stückchen hervorwagte, und der ehrfurchtgebietende Moment war vorbei. Die Rotgoldene rollte sich wieder zusammen und schnurrte weiter.

»Ja, meine Lieben, die Verehrung als Göttin kommt natürlich nicht von ungefähr. Denn wie ich schon erwähnte, haben die Abgesandten jenes weisen Volkes die Gabe mit auf den Weg bekommen. Diese Gabe besteht darin, daß sie Sterne erschnuppern können, die Wünsche erfüllen. Nicht ihre eigenen Wünsche, sondern die der Menschen, die diese Katzen liebevoll bei sich aufnehmen. Einige kleine Haken hat die Sache allerdings. Zum einen ist die Zahl der Wünsche auf exakt dreizehn beschränkt, und sie können nur bei klarem Nachthimmel ausgesprochen werden, wenn die Sterne zu sehen sind. Außerdem gehen die Wünsche immer sofort und wortwörtlich in Erfüllung, und jeder Wunsch kann auch nur einmal ausgesprochen werden. Mehr als drei Wünsch hintereinander erfüllt eine Sternschnupper-Katze auch nicht, denn es scheint ungemein anstrengend zu sein, Sterne vom Himmel zu kratzen. Ja, und wenn die Anzahl der Wünsche aufgebraucht ist, wird die Sternschnupper-Katze zu einer ganz normalen Hauskatze.«

»Grrips!« sagte Sternchen und sprang von ihrem Liegeplatz hinunter, um Bettina einmal um die Beine zu streichen und es sich dann auf der Fensterbank gemütlich zu machen. Von dort konnte sie die Meisen auf dem Balkon beobachten, die an einem Körnerring pickten. Wie alle Katzen es bei einem solchen

Anblick tun, begann sie frustriert zu schnattern, weil sie nicht an die verlockende Beute herankam.

»Eine ganz normale Hauskatze wie Sternchen!« stellte Alina befriedigt fest.

»Na, eine ganz normale Katze scheint Sternchen wohl nicht zu sein, Alina, sonst wärt ihr ja nicht zu mir gekommen.«

»Nein!« bestätigte Bettina, die tiefes Vertrauen zu der alten Dame gefaßt hatte. »Sie hat schon Wünsche erfüllt. Viel zu viele und viel zu dämliches Zeug! Ich könnte diese Dummköpfe erwürgen!«

»Ich glaube, die Sternschnupper-Katzen haben extra dreizehn Mal die Möglichkeit, Wünsche zu erfüllen, damit wir Menschen aus unseren Fehlern lernen und schließlich doch noch ein- oder zweimal die Chance haben, uns etwas wirklich Wichtiges zu wünschen. Wieviel unseliger wäre es, einer Fee zu begegnen, die immer nur drei Wünsche erfüllt!«

»Ja, da ist was dran.«

»Wieviel Wünsche sind denn schon geäußert worden?«

»Da war als erstes das Katzenfutter!«

»Das hast du dir gewünscht?«

»Ja, für Sternchen und Rambert.«

»Ein prima Wunsch, Bettina.«

»Und dann Apfelberliner. Für Bertram und mich. Weil das Abendessen so scheußlich war.«

»Ein verständlicher Wunsch. Aber deinem angewiderten Gesichtsausdruck entnehme ich, daß du etwas daraus gelernt hast!«

»O ja, ich kann keine Berliner mehr essen. Ich habe mir zu viele gewünscht.« Bettina grinste schief. »Und dann hat Bertram sich ein Mountainbike und ein Polizeiauto gewünscht.«

»Macht vier Wünsche, bleiben dir noch neun.«

»Leider nicht. Ich weiß nicht, wieviel Zeugs sich Bertrams Freunde gewünscht haben. Aber Bertram wollte sicher wieder ein Mountainbike haben, denn das erste ist ihm gleich am nächsten Tag geklaut worden.«

»Dieser Wunsch ist verloren, er wird es nicht bekommen haben. Außerdem sagte ich ja, mehr als drei Sternschnuppen erschöpfen Sternchen. Also nehmen wir mal an, diese drei Wünsche sind auch weg, bleiben noch immer sechs.«

Nun mischte sich Alina ein.

»Nein, denn auch mir hat Bettina mit Sternchen einen Wunsch erfüllt.« Sie erzählte den Vorfall von der zerstörten Katzenstatue.

»Ich würde sagen, das war kein vergeudeter Wunsch, sondern einer, aus dem Bettina noch etwas lernen kann, nicht wahr?«

»Kann ich das?«

»Überleg mal. Was unterscheidet den letzten Wunsch von den vorherigen?«

Bettina dachte nach und kam dann drauf: »Es war nichts Neues, also keine Sache, nicht wahr? Eigentlich hat sie etwas heil gemacht. Ja, jetzt verstehe ich, was Sie meinen!«

Alinas Großmutter nickte anerkennend, und dann schlug sie vor, gemeinsam Kaffee trinken zu gehen.

Als sie später wieder mit dem Katzenkorb zum Auto gingen, war es schon dunkel geworden. Bettina war einverstanden, Sternchen noch bei Alina zu lassen, bis das Problem mit Bertram gelöst war. Die Geschichte, die Nana ihr erzählt hatte, hatte sie tief beeindruckt, und so saß sie in Gedanken versunken im Wagen, als sie kurz vor dem Haus plötzlich aufschrie.

13. Kapitel
Ramberts trauriges Schicksal

Es war wieder kälter geworden. Als die Sonne unter gegangen war, gefror der Tau auf den Ästen und den trockenen Gräsern. Seit fünf Tagen hatte Rambert sich kaum aus seinem Versteck gerührt. Er hatte geschlafen und gehofft, daß die Schmerzen allmählich nachlassen würden. Doch hatte er schlimmere innere Verletzungen, als man ihm ansah, und Fieber trübte seit einiger Zeit seinen Verstand. Nicht so weit allerdings, daß er nicht mehr wußte, was mit ihm geschah. Es schwächte ihn nur unendlich. Nun wurde es kalt und kälter, und er merkte, wie seine Kraft immer mehr schwand. Sein Magen war leerer als je zuvor in seinem Leben. Daß es mit ihm zu Ende gehen würde, wenn er keine Hilfe fände, war ihm inzwischen völlig klar. Ob es überhaupt noch Hilfe gab …?

Vielleicht würde ihm die junge Menschenfrau helfen, die Sternchen aufgenommen hatte. Sie hatte zumindest immer Futter für ihn gehabt. Mühsam und unter großen Schmerzen erhob der Kater sich und schleppte sich zum Zaun, der den Garten vom Bürgersteig abgrenzte. Die Straße würde er überqueren müssen, um zu dem Haus zu kommen, wo Bettina wohnte. Da er nur sehr langsam und humpelnd voran kam, würde er schon sehr großes Glück haben müssen, um nicht von einem Auto angefahren zu werden. Aber es war seine einzige Chance.

Leise wimmernd, weil er sich unter den Zaunlatten hindurchwinden mußte, blieb Rambert am Straßenrand stehen. Im Augenblick schien alles ruhig. Langsam und wackelig setzte er Pfote vor Pfote. Er hatte schon die Hälfte der Fahrbahn überquert, als er das nahende Auto hörte. Zwei grelle, glühende Augen näherten sich ihm mit ungeheurer Geschwindigkeit. Noch einmal versuchte der schwarze Kater, seine letzten Kräfte zusammenzunehmen, und machte einen kleinen Satz. Zu spät, er stolperte, seine Beine trugen ihn nicht mehr, und er brach zusammen.

Ergeben wartete er auf den letzten Schlag, als die Reifen schrill quietschten.

»Alina! Halt!«

Auch Alina hatte den schwarzen Schatten im Scheinwerferlicht gesehen. Sie trat schon auf die Bremse, als Bettina noch schrie. Kaum war das Fahrzeug zum Stehen gekommen, sprang das Mädchen auch schon heraus und kniete neben dem bewegungslosen Kater, der nur wenige Zentimeter vor dem Vorderreifen auf dem Asphalt lag.

»Oh, Rambert, alter Freund, lebst du noch?« Bettina streichelte ihm über den Kopf, und ein klein wenig hoben sich seine Lider.

»Paß auf, Bettina! Verletzte Tiere können manchmal sehr aggressiv sein.« Alina kniete ebenfalls neben dem Kater und betrachtete ihn nachdenklich. »Angefahren habe ich ihn nicht. Er muß durch etwas anderes verletzt worden sein.«

»Ja, von dem Fußtritt, den ihm Bertram verpaßt hat. Meinst du, wir können ihn reintragen?«

»Bettina, ich glaube nicht, daß wir ihm noch viel helfen können. Er scheint innerlich zu verbluten. Schau, er hat blutigen Schaum vor dem Mäulchen.«

Das Mädchen schluchzte auf und streichelte Rambert dann noch einmal. »Er hat das nicht verdient. Ach, wenn ich doch …« Sie verstummte und blickte zum Himmel hoch. Er war sternenklar. »Alina, hol Sternchen her! Schnell!«

Alina streichelte Bettina über den Kopf, als sie aufstand, um den Tragekorb zu holen. Sie stellte ihn neben Rambert ab und öffnete ihn. Sternchen schlüpfte hinaus, blieb neben dem Kater stehen und maunzte leise. Es klang sehr traurig.

»Sternchen, willst du mir bitte einen Wunsch erfüllen?«

»Mauuuu!«

»Mach ihn gesund, ja!«

Es blitzte etwas in Sternchens goldenen Augen auf, ein Funke, der sie zum Strahlen brachte. Dann hob sie die dicke rechte Pfote, deutete auf einen Stern und schnupperte, so heftig sie konnte. Der Stern löste sich vom Himmelszelt, zog einen wundervollen Bogen und wurde dann zu einer kleinen orangefarbenen Wolke, die sich wie eine warme Decke über den sterbenden Kater legte. Sie begann von innen zu leuchten und verblaßte dann langsam. Als sie gänzlich verschwunden war, begann Ramberts Schwanz zu zucken. Dann bebten seine Schurrhaare ein wenig. Schließlich blinzelte er verwundert. Sternchen stupste ihn mit ihrer dicken Pfote an und sagte: »Grrips?«

Noch ein wenig unbeholfen kam der Kater auf die Beine und streckte sich, einmal vorne ganz lang, einmal hinten ganz lang. Dann machte er einen Buckel und schüttelte den Kopf.

»Danke, Sternchen«, flüsterte Bettina und nahm die Rotgoldene auf den Arm.

»Das war ein ganz wundervoller Wunsch, Bettina! Aber trotzdem sollten wir langsam die Straße räumen, hinter uns warten schon zwei Autos.«

Rambert war im Garten von Hembergers Haus verschwunden, wo er mit Sicherheit seinen Teller mit Futter finden würde. Bettina klingelte an der Türe, während Alina den Wagen in der Auffahrt parkte.

»Hallo, Papa. Schau, das ist Sternchen. Darf sie kurz mit reinkommen?«

Marius Hemberger schaute seine Tochter an, um deren Hals sich Sternchen wie ein Pelzkragen gewickelt hatte, und mußte über diesen Anblick schmunzeln. »Deinem lebenden Schal hängt die Zunge zum Hals heraus!«

»Ach ja, das passiert ihr manchmal, darin ist sie etwas vergeßlich. Darf Alina auch noch mit reinkommen?«

»Aber selbstverständlich.«

Herzlich begrüßte Marius die Freundin seiner Tochter. Alina half Bettina, ihre Sachen in ihr Zimmer zu bringen, und beide warfen dann einen kritischen Blick nach draußen.

Da saß der schwarze Kater unter dem beleuchteten Tannenbäumchen und schlug sich den Bauch voll. Er war wirklich wieder völlig gesund, nur außerordentlich hungrig. Als er den Inhalt einer großen Dose Katzenfutter sauber aufgefressen hatte, begann er sich sorgfältig zu putzen. Bettina öffnete leise die Terrassentür und wagte sich dann ganz vorsichtig näher. Wachsam beobachtete Rambert sie, lief aber nicht wie sonst fort. Mit sanfter Stimme sprach Bettina auf ihn ein, lobte ihn für sein tapferes Verhalten und berichtete ihm, wie sie Sternchen gefunden hatte. Er blieb noch immer sitzen, und seine Schurrhaare begannen zu vibrieren.

»Ich würde dich ja gerne mal streicheln, Rambert, aber du siehst ganz so aus, als würdest du jede Annäherung mit einem Kratzer beantworten.«

»Das würde er sicher. Warte mal!« Alina kniete neben ihr und betrachtete Rambert ebenfalls. Er war zwar noch immer wachsam, schien aber auch neugierig zu sein.

»Brrrr!« gurrte Alina und gab dann ein paar ungemein

kätzische Maunzlaute von sich. Noch neugieriger spitzte Rambert seine Ohren. Vorsichtig machte er einen Schritt vorwärts und schnüffelte. Er schien zufrieden mit dem Geruch und kam noch näher. Alina streckte sehr langsam ihre Hand aus. Rambert ignorierte sie. Aber er kam noch näher und drückte einmal kurz seinen Kopf an Alinas Arm. Dann drehte er sich um, vermutlich von seiner eigenen Courage verblüfft, und verschwand wie ein Schatten in der Nacht.

»Du wirst Geduld mit ihm haben müssen. Er ist Menschen nicht gewöhnt. So ein Streuner wird immer Abstand halten.«

Bettina nickte. »Er hat bisher nur schlechte Erfahrungen gemacht. Die Jungen haben ihn immer geärgert. Aber was hast du eigentlich zu ihm gesagt? Du hast ja wohl Katzensprache gesprochen, oder?«

»Ich habe ihn höflich begrüßt. Mein Kater hat mir viel beigebracht, er war sehr gesprächig, der alte Maunzer.«

Sie gingen wieder ins warme Haus zurück, und in dem darauffolgenden Gespräch mit Bettinas Vater einigten sie sich darauf, daß Sternchen am folgenden Tag zu Bettina umsiedeln sollte, da Frau Schindler mit ihrem Sohn Bertram über Weihnachten ihre Familie besuchen würde. Alina gab Marius einige strenge Anweisungen, was er alles zum Wohlbefinden einer Katze in seinem Haus benötigte, und er nickte ergeben dazu.

Am Donnerstagmorgen kamen Bettina und ihr Vater dann beladen mit Katzenstreu, Kratzbrett, Dosenfutter, Schälchen, Katzentoilette und Transportkorb zurück, während Frau Schindler die Treppe putzte.

»Heißt das, daß sie doch ein Tier ins Haus nehmen, Herr Dr. Hemberger?« fragte sie voller Empörung.

»Die Katze wird Ihnen schon keine Mehrarbeit machen!«

beschied Marius sie kurz, und Bettina freute sich heimlich über diese kühle Abfuhr.

»Ich habe eine Allergie gegen Katzenhaare!« sagte die Schindler mißmutig und wrang den Putzlappen so heftig aus, als wolle sie einer Katze den Hals umdrehen.

»Brauchen wir Frau Schindler eigentlich wirklich, Papa?« fragte Bettina, nachdem sie die Wohnungstür hinter sich geschlossen hatten.

»Ja, wir brauchen sie, Mäuschen. Ich kann mich nicht um den Haushalt kümmern, für dich kochen, die Praxis sauberhalten, den Garten machen und all diese Dinge.«

»Ja, aber könnte das nicht auch eine andere Frau?«

»Sicher, aber dann müßte ich Frau Schindler erst einmal kündigen und dann eine neue suchen, die hoffentlich genauso zuverlässig ist.«

Bettina zuckte mit den Schultern, strich sich die Haare aus der Stirn und nickte. »Ich versteh' schon. Aber wegen Bertram müssen wir noch mal reden!«

Marius Hemberger hatte bereits mit Bertram gesprochen und ihm sehr deutlich zu verstehen gegeben, daß er der Katze seiner Tochter kein Haar krümmen durfte. Bertram hatte folgsam genickt, aber innerlich brodelte es in ihm. Er war verdammt ungerecht behandelt worden. Nicht nur, daß seine Mutter wegen der Sache mit Bettina ernsthaft böse war, sie hatte ihm auch noch die Weihnachtsgeschenke gestrichen. Wenn Frau Schindler auch nicht unbedingt die liebenswerteste Haushälterin war, so war sie doch aufrichtig darüber empört gewesen, was die drei halbwüchsigen Jungen dem Mädchen angetan hatten. Katze hin, Katze her!

Bertram schmollte und sann auf Rache. Warum sollte diese kleine Mistbiene Bettina eigentlich ganz alleine über die Katze gebieten, die alle Wünsche erfüllte? Wenn er nur einmal unbemerkt an Sternchen herankäme! Er wollte ihr ja kein Leid tun, aber wenigstens den heißbegehrten DVD-Player, der nun nicht auf dem Gabentisch stehen würde, sollte sie herbeizaubern. Und noch zwei, drei andere Dinge, die seinen Status bei seinen Freunden noch etwas erhöhen würden. Viel Zeit blieb ihm nicht mehr. Es war der dreiundzwanzigste Dezember, und morgen vormittag würde er seine Mutter zu den Großeltern begleiten müssen. Er wußte, daß diese rothaarige Frau Sternchen gegen Abend bei Bettina abliefern wollte, und hielt daher aufmerksam Ausschau. Die Katze würde doch wohl nicht nur oben in der Wohnung bleiben. Irgendwie mußte er versuchen, ihrer habhaft zu werden.

Um fünf am Nachmittag kam Alina mit Sternchen. Was für ein Tamtam die da oben um dieses Vieh machten! Körbchen hier, Leckerchen da, Deckchen drüber, Deckchen drunter. Und das alles wegen eines dummen Tieres! Genauso blödsinnig wie das Theater, das sie wegen dieses schwarzen Katers veranstalteten. Nicht nur, daß sie ihm Futter nach draußen brachten, nein, sie hatten auch noch auf der Terrasse eine Kiste mit einer alten Decke hingestellt.

Wenn es nach Bettina gegangen wäre, hätte sie Sternchen am liebsten in ihrem Zimmer behalten. Aber Alina hatte ihr empfohlen, der Katze, die sich in den Tagen nach ihrer Gefangenschaft gut erholt hatte, ihre Freiheit zu lassen und ihr zu gestatten, draußen umherzustreifen, wenn sie es wünschte.

Nach dem Abendessen tat Sternchen ihren Willen dadurch kund, daß sie auffordernd miauend am Rahmen der Terrassentür kratzte.

»Na gut, Sternchen. Aber komm heute nacht wieder zurück. Es beginnt schon zu frieren!«

»Grrips!« sagte Sternchen und hüpfte hinaus.

Bertram hörte auf seinem Lauschposten die Tür zuschlagen und spähte angestrengt in die Dunkelheit. Ja, da war gegen den erleuchteten Tannenbaum die Silhouette einer Katze zu sehen. Er griff nach der Decke, die ihm schon einmal beim Fangen der Katze gute Dienste geleistete hatte, und machte vorsichtig das Fenster seines Zimmers auf. Durch den Flur und die Haustür wagte er nicht zu gehen, aber den Fluchtweg durch sein Fenster hatte er schon einige Male angetreten, wenn seine Mutter von nächtlichen Ausflügen nichts ahnen sollte. Es war ja auch zu einfach, das Parterrefenster bot keine Schwierigkeiten.

Es war bitterlich kalt, und bibbernd sah Bertram sich um. Wo war die Katze? Seine Augen gewöhnten sich allmählich an die Dunkelheit, und dann sah er sie. Sternchen belauerte ein raschelndes Eichenblatt, hinter dem sich vielleicht eine Maus verbergen mochte. Lautlos setzte Bertram einen Fuß vor den anderen. Die Decke hielt er schon ausgebreitet in der Hand.

Noch ein Schritt. Und noch einer. Er war schon ganz nahe. Gleich würde er sie haben.

Grüne, wutsprühende Augen beobachteten ihn von einem Ast aus.

Bertram nahm die Decke in beide Hände. Noch ein Schritt.

Der schwarze Körper über ihm bebte vor Zorn.

Ein gekonnter Wurf, und die Decke landete über der Wunschkatze. Bertram warf sich mit seinem Körper auf das zappelnde Bündel – und schrie plötzlich auf!

In seinem Nacken saß der Teufel und schrie ebenfalls. Vor allem aber kratzte er.

Bertram schüttelte sich mit der Kraft der Verzweiflung. Der schwarze Teufel ließ von ihm ab. Die rote Teufelin aber hatte sich befreit und schlug ihm mit aller Kraft die Krallen in die Wade. Er schrie noch einmal vor Schreck und Schmerzen auf.

Bettina stürzte aus dem Wohnzimmer in den Garten, gefolgt von ihrem Vater.

Es bot sich ihnen ein groteskes Bild. Bertram stand starr vor Entsetzen vor der Decke am Boden. Da kauerte ein schwarzer Kater. Doch es war nicht einfach Rambert, der dort mit weit aufgerissenen Maul stand, die Augen blitzend, die Ohren flach nach hinten gelegt, mit peitschendem Schwanz. Nein, der Kater hatte das getan, wozu alle kleinen Katzen im Moment größter Wut in der Lage sind. Er schien plötzlich seinem Gegner viel größer als ein magerer Streunerkater zu sein. Er wurde zu seinem Bruder, dem schwarzen Panther, und seine Zähne und Krallen versprachen den Tod!

Dann kam das Fauchen! Ein Pantherfauchen! Ein Brummen folgte, und dann setzte der Kampfgesang ein, so schaurig, daß selbst Bettina erzitterte. Doch sie faßte sich sofort wieder, denn neben ihr tauchte, ebenfalls fauchend, Sternchen auf.

»Schluß, ihr beiden!« sagte das Mädchen ruhig und bückte sich, um Sternchen aufzunehmen.

Bertram schien wie erstarrt, und Marius trat auf ihn zu und verpaßte dem Jungen eine solche Ohrfeige, daß er rückwärts in das feuchtkalte Laub fiel.

»Was habe ich dir heute mittag gesagt, Bertram? Du sollst die Katzen in Frieden lassen. Es ist unglaublich, was sich hier abspielt! Ich würde gerne mal erfahren, was dich dazu treibt?«

»Die soll nicht alle Wünsche erfüllt kriegen!« schnaufte Bertram wütend und gedemütigt.

»Wer ist die?«

»Bettina!«

»Was bist du nur für ein mißgünstiger und egoistischer Bengel! Neidisch auf das Kätzchen, das Bettina sich gewünscht hat! Kaum hat sie mal etwas, das du nicht hast, willst du es ihr wegnehmen!«

»Das hat doch damit nichts zu tun. Es ist doch wegen der Wünsche, die die Katze erfüllt!« giftete Bertram, während er sich langsam aufrappelte.

»Hast du jetzt völlig den Verstand verloren? Du siehst wohl zu viele Fantasy-Filme. Katzen, die Wünsche erfüllen! Ich werde mit deiner Mutter ein ernstes Wort reden. Und jetzt sieh zu, daß du in dein Zimmer kommst.«

Bettina streichelte Sternchen und lächelte heimlich in deren Fell. Es war nur gut, daß Bertram ihr Grinsen nicht sah.

Rambert war wieder im Dunkel verschwunden.

14. Kapitel
Weihnachtswünsche

Als Marius später an das Bett seiner Tochter trat, um ihr eine gute Nacht zu wünschen, mußte er feststellen, daß neben ihrer Schulter zwei spitze rotgoldene Ohren unter der Decke hervorschauten. Eine bräunliche Nase gehörte auch dazu und ein Stück rosiger Zunge.

»Also, Bettina ...«

»Ich weiß, das ist nicht hügniänisch, aber Sternchen hat sich ganz gründlich geputzt, bevor sie ins Bett gekommen ist.«

Marius mußte über den treuherzigen Blick seiner Tochter lächeln und war entwaffnet. »Nein, richtig hygienisch ist es nicht. Katzenhaare, Flöhe, Milben ...«

»Sternchen hat keine Flöhe. Sie ist mindestens so sauber wie ein Mensch. Sag mal – ist das denn so wichtig, daß alles hy-giänisch ist, was man lieb hat?«

»Schon gut, Mäuschen. Du hast ja recht, ich würde dich ja auch ungewaschen in die Arme nehmen. Was die Frage aufwirft – hast du dir die Zähne geputzt!«

»Aber natürlich!« kam es im Brustton der Überzeugung aus dem Munde der Zahnarzttochter. »Ich will doch nicht, daß sie verfaulen! Aber – muß ich Sternchen auch die Zähne putzen?«

»Nein, ich glaube nicht. So, und jetzt schlaft schön, ihr beiden. Morgen ist Weihnachten!«

»Ach ja, morgen ist Weihnachten!« seufzte Bettina zufrieden und kuschelte sich dichter an Sternchen, die mit einem schläfrigen Schnurren antwortete.

Es war wie immer am Heiligabend. Bettina besuchte mit ihrem Vater die Großeltern, und nach dem opulenten Essen spielte sie auf dem Klavier Weihnachtslieder, zu denen die anderen sangen. Es gab natürlich Geschenke für alle. Bettina hatte ihrem Vater einen Kalender mit Bildern und Gedichten angefertigt. Sie wußte, daß er ihn in seiner Praxis über den Behandlungsstuhl hängen würde, wo alle Patienten ihn sehen mußten. Für die Großeltern hatte sie gebastelt und Handarbeiten gemacht. Sie selbst bekam die Bücher, die sie sich gewünscht hatte, und leider auch so ein paar praktische Sachen wie Nachthemden und Wollmützen. Aber das machte ihr diesmal sehr wenig aus, denn sie hatte ja ihre Katze.

Sternchen war zu Hause geblieben, und als Bettina spät am Abend in ihr Zimmer kam, die Reste der gebratenen Putenbrust und ein Tellerchen Schlagsahne in der Hand, wurde sie freudig begrüßt.

»Leckerchen, extra für dich geklaut!«

»Grrips!« sagte Sternchen. Sie schien zu grinsen und machte sich dann über die kulinarischen Köstlichkeiten her.

Währenddessen saß Bettina nachdenklich am Fenster. Es war ein schönes Weihnachtsfest, gewiß, aber sie war auch ein bißchen traurig, denn alle hatten an ihre Mutter gedacht, auch wenn niemand es deutlich ausgesprochen hatte.

Geistesabwesend kraulte sie Sternchen. Sie hatte noch vier Wünsche frei. Wenn sie sehr gut nachdenken würde, dann könnte sie mit ihnen vielleicht sehr viel Gutes anrichten. Bettina grübelte beinahe die halbe Nacht lang. Stück für Stück kam sie dahinter. Es waren nicht Geschenke, die sie glücklich machen würden. Es war das Glück selbst. Und das hatte viele Facetten. Das Mädchen überlegte weiter, und schließlich kam ihr gegen Mitternacht die Erkenntnis!

Es war ganz einfach – wenn sie glücklich sein wollte, mußte sie sich etwas wünschen, was die anderen glücklich machte. Vater, die Schindlers, Rambert, Alina …

»Sternchen, ich fürchte, du mußt noch mal arbeiten!«

»Mirrr!«

Freundlich stupste die Katze sie mit ihrem Kopf an den Arm und sprang auf das Fensterbrett, um in die sternenfunkelnde Weihnacht zu schauen.

Sie hatten am Weihnachtsmorgen alle lange geschlafen. Bettina aber übertraf sogar noch die Katze. Ihr Vater mußte sie zum Mittagessen wecken. Sie entschuldigte sich gähnend.

»Macht nichts, Mäuschen. Wir haben ja heute nichts vor. Obwohl … wir werden uns über etwas unterhalten müssen.«

Bettinas Neugierde war geweckt. Worüber wollte sich ihr Vater mit ihr unterhalten?

Sie erfuhr es, als sie sich über ihr Brötchen hermachte.

»Frau Schindler hat vorhin angerufen. Sie hat von den Nachbarn ihrer Eltern ein großartiges Angebot bekommen. Sie soll dort als Hausdame arbeiten, und das gefällt ihr viel besser als bei uns, da sie sich mehr um ihre kranke Mutter kümmern kann. Ich fürchte, wir werden sie gehen lassen müssen.«

»Ja, aber so schlimm ist das doch nicht. Sie hätte sich hier doch immer über die Katzenhaare aufgeregt.«

»Da ist was dran. Ich hoffe nur, wir finden jemanden, der sich um alles kümmert.«

»Ist das so schwer, eine Putzfrau zu finden?«

»Wahrscheinlich nicht. Aber es sollte sich ja auch jemand um dich kümmern, und das möchte ich nicht einer Putzfrau überlassen.«

»Ich werde zehn, Papa!«

»Ich weiß, aber das Essen sollte schon noch auf dem Tisch stehen, wenn du nach Hause kommst!«

»Also auch eine Köchin!«

»Ach nein, Mäuschen. Am liebsten eine Mutter für dich.«

»Ja«, sagte Bettina leise. Aber dann fing sie sich wieder und fragte: »Du, Yvonne gibt heute eine Weihnachtsparty. Um vier. Darf ich hingehen?«

»Aber natürlich. Ich fahre dich.«

Bettina war daher nicht zu Hause, als Alina mit einem Geschenk für sie an der Tür stand. Doch Marius, der recht gedankenverloren am Kamin gesessen hatte, freute sich über ihren Besuch und bat sie herein.

Yvonnes Eltern brachten Bettina gegen Abend zurück. Sie hatte den Haustürschlüssel mitgenommen, weil ihr Vater gemeint hatte, er würde vielleicht einen Spaziergang machen. Sie schloß auf und zog ihren Mantel aus. Mit einem Lächeln stellte sie fest, daß Alinas Weste ebenfalls in der Garderobe hing. Aber irgendwas war seltsam. Es war so unheimlich still im Haus.

Beklommen schlich sie auf Strümpfen zum Wohnzimmer. Hier stimmte doch etwas nicht, oder?

Bettina öffnete die Tür und blieb abrupt stehen. Nur das Feuer im Kamin erfüllte den Raum mit seinem rotgoldenen Flackern und warf sein flackerndes Licht auf die beiden Menschen, die dort eng umschlungen auf dem Sofa saßen. Vor dem Kamin aber lag Sternchen, und um sie herum schmiegte sich ein schnurrender, schwarzer Samtpelz.

Der Lockenkopf hob sich von Marius' Schulter, und Alina sah seine Tochter schuldbewußt an.

»Oh!« sagte sie, während Bettina langsam in den Raum schritt.

»Schön, daß du da bist, Alina!« sagte sie und stürzte sich in ihre Arme. Marius räusperte sich verlegen und suchte nach irgendwelchen erklärenden Worten, aber Bettina zwinkerte ihm zu.

»Das hatte ich mir eigentlich gewünscht, Papa!«

»So?«

Alina sah das Mädchen nachdenklich an.

»Schön, wenn Wünsche in Erfüllung gehen. Übrigens kam dieser schwarze Kater vor ungefähr einer Stunde hier vorbei und hat vor dem Fenster so eindringlich gemaunzt, daß wir ihn einlassen mußten. Er hat sich sofort zu Sternchen begeben und ihr die Ohren geleckt. Sogar von uns hat er sich streicheln lassen. Hätte ich nie gedacht, daß ein solch unabhängiger Streunerkater so zutraulich wird.«

»Ich glaube, er mag Sternchen«, meinte Bettina und beugte sich zu dem schwarzen Kater herunter, der eine seiner Vorderpfoten über Sternchens Hals gelegt hatte. Er sah sehr zufrieden aus.

Alina lächelte dem Mädchen zu und sagte: »Scheint ganz so. Wie gut, daß eure Haushälterin schon gekündigt hat, nicht wahr? In einem Haushalt mit zwei Katzen wäre sie wohl sehr unglücklich geworden.«

»Ganz bestimmt.«

Bettina war sich sicher, daß Alina genau wußte, warum alles so geschehen war, und sie war ungeheuer froh, daß sie ihr nicht böse darüber war. Aber immerhin hatte sie nur gewünscht, daß ihr Vater und Alina sich gut verstehen mögen. Wie gut, hatte sie in ihrem Wunsch nicht zum Ausdruck gebracht.

Drei Wünsche waren also in Erfüllung gegangen.

Einen letzten Wunsch, den dreizehnten, hat Bettina noch offen.

15. Kapitel
Der dreizehnte Wunsch

Wieder war es Abend geworden. Bettina war in ihr Zimmer gegangen, um sich schlafen zu legen. Sternchen hatte sie begleitet, und Rambert hatte seine Runde durch die Gärten machen wollen. Alina war zum Essen geblieben und saß noch mit Marius vor dem Kamin.

Bettina stand am Fenster und blickte in die helle Nacht hinaus. Ein voller, runder Mond hing über den Baumwipfeln und färbte die Welt silbern. Gefrorener Tau glitzerte auf Ästen, Gräserhalmen und trockenen Blättern. Weißer Rauch stieg aus einem Schornstein auf, und am Himmel blinkten die Sterne. Irgendwo weit entfernt von dieser kalten, silbernen Welt gab es da den Ort der goldenen Steppen, durchzogen von klaren Bächen, warm und sonnig, mit Plätzen zum Ruhen und zum Träumen. Eine friedliche Welt, in der Sternchen einst zu Hause war und wo ihre Familie und ihre Freunde lebten.

Sternchen hockte erwartungsvoll neben Bettina auf der Fensterbank.

»Sternchen«, begann Bettina und mußte ihr Taschentuch zu Hilfe nehmen, weil ihr Tränen über die Wange rollten. »Wir haben noch einen Wunsch übrig.«

»Brrip!« bestätigte die Katze und tupfte mit der Pfote an die Scheibe.

Alina, die sich verabschieden wollte, war ins Zimmer getreten, ohne daß Bettina sie bemerkte. Das Mädchen hatte die Katze in den Arm genommen und flüsterte mit tränenerstickter Stimme: »Sternchen, ich wünsche mir, daß du nach Hause zurückkehrst. Zu deinen Freunden, deiner Familie und allen, die dich liebhaben. Hol dir einen Stern, der dich auf deine goldenen Steppen zurückbringt!«

Sternchen schaute sie an, ein tiefes Leuchten lag in ihren goldenen Augen. Bettina sah durch ihren Tränenschleier darin das weite Land, ein wogendes Grasmeer voller bunter Blumen, blühender Bäume und moosiger Felsen. Sie sah den weißen

Tempel der Eingeweihten und schließlich die majestätische schwarze Katze, die weiseste der Weisen, die einen goldenen Ring in ihrem Ohr und einen silbernen Stern auf ihrer Stirn trug.

Dann verblaßte das Bild, und Sternchen hob die dicke Pfote.

Doch sie tupfte nicht an die Scheibe damit, sondern fuhr Bettina über die nasse Wange. Dann zappelte sie kurz, wand sich aus ihren Armen, stolzierte auf das Bett zu und begann mit großer Ernsthaftigkeit, eine Kuhle in das Kopfkissen zu treten.

Alina kam näher und legte ihren Arm um Bettina. »Das war das Größte, was ein Mensch tun kann. Jene freizugeben, die man liebt. Aber mir scheint, als ob Sternchen sich diesmal kategorisch weigert, deinen Wunsch zu erfüllen.«

Die Katze hatte das Kissen zufriedenstellend in Form gebracht und ruhte nun wie ein rotgoldenes Törtchen darin, die Zungenspitze aber hing nachlässig aus dem Mäulchen heraus.

»Ja!« seufzte Bettina und wischte sich die Tränen weg. »Sie will bei mir bleiben. Oh, das ist mein schönstes Weihnachtsgeschenk!«

»Ja, und warum sollte sie auch nicht bleiben? Wo könnte sie wohl mehr geliebt werden als hier? Heb dir diesen dreizehnten Wunsch auf, Bettina. In vielen Jahren, wenn Sternchen alt und müde geworden ist, hat sie vielleicht den Wunsch, zurückzukehren. Aber bis dahin wird noch viel, viel Zeit vergehen. Sternschnupper-Katzen pflegen außerordentlich lange zu leben, hat Nana gesagt.«

Die Katze und der Weihnachtsengel

1.
Der Anfang vom Ende

Pippin starrte mit seinen großen grünen Augen sehnsuchtsvoll in das Grau und Braun des winterlichen Gartens vor dem Fenster. Welche Verlockungen warteten dort auf einen strammen, schwarzen Kater! Andererseits mußte er zugeben, daß, wenn er sich seinen Bauch mit der rosigen Zunge bürstete, von stramm so recht nicht die Rede sein konnte. Pummelig war die passendere Beschreibung. Wenn er denn überhaupt mal an seinen Bauch herankam.

Heute zum Beispiel hatten ihm die Zwillinge eine hellblaue Puppenjacke angezogen. Sie hatten seine Vorderpfoten in die Ärmel gesteckt, obwohl er gefaucht und geknurrt hatte, die Jacke am Hals mit einer breiten blauen Schleife zugebunden und sogar noch über der Brust zugeschnürt. Als er wütend versucht hatte, das Wollzeug herunterzufetzen, hatten sie mit ihm gekreischt und geschimpft und ihn in die dunkle Gästetoilette eingesperrt. Wann immer sie das taten, wußte er, daß er wieder einmal etwas falsch gemacht hatte und es am besten war, sich völlig ruhig zu verhalten. Sonst gab es kein Futter.

Und Futter war so ungefähr das einzige, woran er wirklich noch Spaß hatte.

Vor anderthalb Jahren war er der kuscheligen Obhut seiner Mutter entrissen und als übermütiger Kater in jenes Haus verschleppt worden, wo er als Spielzeug für die beiden Mädchen bestimmt war. Anfangs hatte ihm das sogar Spaß gemacht, Menschenkinder waren nicht so sehr viel anders als Katzenkinder. Vom Raufen verstanden sie allerdings nichts. Er hatte es nur zu bald gemerkt. Und daß er nicht die Gardinen hochklettern durfte, hatte er auch schmerzlich gelernt, genauso, daß er nicht die Blumentöpfe umgraben sollte und an den Sesseln nicht zu kratzen hatte. Am liebsten mochten sie es, wenn er sich schlaff machte und willenlos herumschleppen, in Puppenwagen stopfen oder in Decken wickeln ließ. Dann gab es zur Belohnung immer ein Leckerchen. Meist ein Stückchen Wurst oder Käse.

Pippin hatte nur noch eines in Erinnerung, von dem, was ihm seine Katzenmutter mitgegeben hatte: »Egal, wie schrecklich die Verhältnisse sind, in die du gerätst, mein Kleiner – versuche zu überleben. Katzen können das – Hunger, Durst, Schmerzen, Kälte, alles das läßt sich ziemlich lange aushalten.«

Weder Hunger noch Durst, noch Schmerzen oder Kälte erlitt er hier in diesem Haus, aber er hatte nach und nach seinen Stolz verloren.

Manchmal saß er auf der Fensterbank und beobachtete einen getigerten Kater, der frei und unabhängig durch die Gärten strich und oftmals laut maunzend mit einer Maus im Maul durch die Hecke schlüpfte.

Das Größte, was Pippin bisher gefangen hatte, war eine verstörte Stubenfliege.

Sie hatten ihn nicht lange eingesperrt gehalten, das taten sie nie.

»Morgen ist der erste Advent! Komm, Pippin, wir wollen

Kekse backen!« hatten sie gerufen und ihn in die Küche geschleppt. Küche war im Grunde in Ordnung, doch an diesem Tag gab es keinen Schinkenzipfel oder ein Stückchen Fisch. Auf dem Tisch standen eine Schüssel mit Mehl, eine mit Eiern, eine Schachtel mit Kakao und ein Glas Honig. Die Mädchen knackten Walnüsse und boten ihm an, davon zu probieren. Er wandte sich entsetzt ab. Ja, wenn sie ihm ein Ei aufgeschlagen hätten … Aber die Eier zerschlug die Mutter und kippte sie in die Schüssel mit Mehl. Nur von der Butter, die unbeaufsichtigt neben dem Kühlschrank stand, nahm er einen herzhaften Schlapp. Dann versuchten die Mädchen, ihn mit Schokolade zu füttern, ihn von dem Kuchenteig zu überzeugen und ihm Honig in den Bart zu schmieren.

Er wehrte sich nicht – das hatten sie ihm schon lange abgewöhnt. Er zog sich jedoch schmollend auf die Fensterbank zurück.

Der Backofen summte und strahlte Hitze aus. Süße Duftwolken füllten die Küche, und die Scheiben beschlugen vom Dunst. Pippin hatte sich hinter einem Weihnachtskaktus so unsichtbar wie möglich gemacht, um nicht noch mehr drangsaliert zu werden, und darum bemerkte die Mutter ihn auch nicht, als sie das Fenster öffnete.

Kühle, frische Luft strömte über seinen Pelz. Der Geruch feuchter Erde, modernder Blätter und harziger Baumrinden erquickte seine Nase. Verheißungsvolles Rascheln ließ seine Ohren jucken, sein Schwanz zuckte unwillkürlich vor Jagdfreude. Dort draußen gab es Mäuse, richtige, echte Mäuse, die man jagen konnte!

Es klingelte an der Tür. Plötzlich war die Küche leer. Noch nie hatte es eine solche Gelegenheit gegeben. Bisher hatten die

Menschen immer sehr streng darauf geachtet, ihm keine Möglichkeit zu eröffnen, das Haus zu verlassen. Und nun …

Die Freiheit lockte.

Es war nicht sehr tief, ein mutiger Sprung abwärts, und Pippin war seiner Gefangenschaft entronnen. Noch einen Blick warf er zurück, dann machte er sich mit dem Gebiet vertraut, das er bisher nur vom Haus aus hatte betrachten können. Ah, was für ein Gefühl, Erde unter den Pfoten zu haben, Laub, Gras, Tannennadeln, Sand … Der Sand verlockte ihn, darin zu scharren, und sofort machte sich seine Verdauung bemerkbar. Er verrichtete sein Geschäft und vergrub es sorgsam. Dann machte er sich auf den Rundgang. Am Zaun vor den Büschen roch es nach dem getigerten Kater. Pippin ignorierte die Warnung, die da hieß: »Vorsicht, Reviergrenze!« Er wollte wissen, wie die Welt hinter den Hecken beschaffen war.

Er fand eine wilde Wiese. Zwischen dem gelben verdorrten Gras floß ein kleiner Bach, den vereinzelte Büsche säumten, und dazwischen lockten jede Menge Mauselöcher. Oder zumindest das, was Pippin dafür hielt. Er näherte sich einem Loch, forschte mit einer Pfote nach und hoffte, er könne die Bewohnerin, ähnlich wie diese Spielmäuse, welche die Kinder für ihn hatten, einfach herausangeln.

So beschäftigt war er damit, daß er den Getigerten nicht kommen hörte. Erst als das warnende Brummen hinter ihm ertönte, schrak er zusammen. Der andere Kater beschied ihn auf ungehobelte Weise, er vergreife sich an fremdem Eigentum, und als Pippin nicht schnell genug die Pfote aus dem Mauseloch bekam, hatte er auch schon einen Tatzenhieb empfangen.

Da er durch die Puppenjacke behindert war und die Mädchen nichts vom Raufen verstanden hatten, erkannte er flugs, wie weit er seinem Gegner unterlegen war.

Pippin wurde auf das Schmählichste verprügelt und suchte sein Heil in der Flucht.

Irgendwann fand er unter einem kratzigen Gebüsch an einem steilen Hang Zuflucht und blieb schnaufend liegen. Doch schon erfüllte ihn der nächste Schrecken. Oben auf dem Hang kam irgend etwas donnernd näher. Er wäre gerne weiter geflohen, aber die dornigen Ranken hatten sich in dem blauen Jäckchen verfangen und hielten ihn unerbittlich fest.

Das Donnern wurde lauter, die Erde erbebte, Metall kreischte, ein grelles Licht erhellte kurzzeitig die Umgebung. Starr vor Angst lag Pippin auf den Boden gedrückt und erwartete sein Ende.

2.
Irdische Bäckerei

»Und vergiß nicht, die Schokostreusel mitzubringen!«

»Und goldene Zuckerperlen ...«

»Und kandierte Orangen! Du weißt doch, die ißt Papa so gerne!«

»Und Kokosraspel!«

»Und denk auch an die Nougatmasse ...«

Merita hatte erst einen Ärmel ihres warmen, braunen Mantels angezogen, an dem anderen hing ihr dreijähriger Enkel mit schokoladeverschmiertem Gesicht, an den Saum klammerten sich die marmeladenklebrigen Finger seiner vierjährigen Schwester. Ihre Schwiegertochter kritzelte noch schnell etwas auf die lange Einkaufsliste, die sie Merita mit weiteren Ermahnungen in den großen Weidenkorb legte. Die alte Dame seufzte leise, machte sich von den Kindern los und schaffte es endlich, mit verrutschter Wollkappe und halb zugebundenen Schuhen aus dem Haus zu entfliehen. Erst in der Straßenbahn kam sie dazu, sich richtig anzuziehen. Nach vier Stationen straffte sie sich dann, stieg aus und besuchte die verschiedenen, hell erleuchteten Geschäfte, in denen sie die Ingredienzien für die alljährliche Weihnachtsbäckerei zusammenkaufte. Resigniert stellte sie Tüten mit gemahlenen Mandeln, Rosinen, Haselnüssen und Orangeade in den Korb, legte Päckchen mit farbiger Zuckerglasur, Vanillestangen und Hagelzucker darauf, packte Mehl, Eier und sehr viel Butter dazu und schleppte ihre Last zur Kasse, um sich in die lange Schlange einzureihen. An diesem Samstag vor dem ersten Advent waren die Läden überfüllt, alles drängelte und hatte schlechte Laune.

Auch Merita war nicht glücklich.

Seit vier Jahren, nachdem sie in den Ruhestand gegangen war, lebte sie bei ihrem Sohn. Was eigentlich ein glückliches Arrangement hätte sein können, hatte sich zu einer rechten Belastung ausgewachsen, denn ihre Schwiegertochter legte ihr mit Freuden alle Hausarbeiten auf die Schultern und überließ es ihr auch, sich um die beiden recht wilden Kinder zu kümmern. Vor allem aber war sie der festen Überzeugung, in der Adventszeit müßten Unmengen von Keksen gebacken werden. Früher einmal hatte Merita das ganz gerne und auch mit großem Geschick getan. Ein kleines Blech knuspriger Makronen gab es vielleicht oder ein paar zarte Kipferl, doch nicht die Mengen bunter, übersüßter Plätzchen, die ihre Schwiegertochter für angemessen hielt.

»Völlig ungesund!« murmelte sie leise, als sie goldene Zuckerperlen und klebrige Schokotaler auf das Kassenband legte. »Wird nur Löcher in den Zähnen und Speck auf den Rippen geben!«

Ihr Murren ging in der Hektik des Kassierens unter.

Draußen war es trüb geworden, und ein unangenehmer Nieselregen legte sich wie ein feiner Schleier über ihren Mantel. Mit einem Ächzen hob Merita die schweren Tüten und den Korb hoch. An sich war sie eine kräftige Frau, voller Energie und Tatendrang, aber die Aussicht, tagelang in der Küche stehen zu müssen, um Teig zu kneten und zu walken, Herzen und Sterne auszustechen und im süßen Dunst am Backofen zu stehen, machte sie immer mißmutiger. Die Last der kommenden Tage drückte sie mehr nieder als das eigentliche Gewicht der Einkäufe. Weihnachtlich war ihr überhaupt nicht zumute.

Die Straßenbahn war ihr vor der Nase weggefahren, was ihre Laune auch nicht aufhellte. Die Haltestelle war schmuddelig, auf der einzigen Bank klebten Kaugummis, eine Windböe wirbelte schmutziges Papier um ihre Knöchel. Mit einer müden Geste wischte sie sich die feuchten Haare aus der Stirn und dachte an ihre Freundin Hetty. Noch letzte Woche hatte sie einen Brief von ihr erhalten. Wie glücklich Hetty war! Mit zwei weiteren Frauen hatten sie ein Haus auf dem Land bezogen, werkelten vergnügt in ihrem gemeinsamen Garten herum, besuchten zusammen Theater und Ausstellungen, hatten prallvolle Terminkalender, weil sie allerlei ehrenamtlichen Tätigkeiten nachgingen, und ließen die Hausarbeit von einer Putzfrau erledigen.

Und im Hause ihres Sohnes spielte sie, Merita, die Putzfrau! Und die Köchin! Und das Kindermädchen! Und die Bäckerin natürlich!

Die nächste Straßenbahn hielt endlich, und Merita drängelte sich hinein. Es bot ihr niemand einen Platz an. Vier Stationen balancierte sie mit Tüten und Korb irgendwie so, daß nichts herausfiel, dann stieg sie aus und ging mit schleppenden Schritten nach Hause. Dort hatte ihre Schwiegertochter inzwischen eine wild flackernde Fensterdekoration angebracht, die in allen möglichen und unmöglichen Farben aufleuchtete. Aus den Lautsprechern plärrte ein Kinderchor lauthals etwas von den Glocken, die süßer nie klängen.

Merita riß endgültig der Geduldsfaden.

»Herr im Himmel, muß man denn Weihnachten immer mit Kitsch und Plunder feiern?« fauchte sie leise. Panische Fluchtgedanken packten sie, und mit einem dumpfen Geräusch ließ sie ihre Einkäufe auf die Treppen vor der Tür fallen, drehte sich um und eilte mit energischen Schritten die Straße hinab in Richtung Bahnhof.

Ein ICE stand eben am Gleis und, ohne nachzudenken, stieg sie ein.

3.
Himmlische Bäckerei

Widerwillig klatschte Malachi den Teig auf die Arbeitsplatte. Seine ganz unengelische Wut lag darin. Seit drei Tagen hatte man ihn hier in die Abteilung Himmlische Weihnachtsbäckerei verbannt, angeblich, weil er keinen Takt halten konnte. Dabei war sein höchster Ehrgeiz seit Anbeginn der Zeiten, in einen der renommierten Engelschöre aufgenommen zu werden. Die Harmonie habe er gestört, hieß es, die Sphärenklänge durcheinandergebracht mit seinem ewigen Fußtappen und Fingerschnippen. Er hatte aufbegehrt – und na gut, er hatte den Chorleiter einen halbtauben, räudigen Hühnerhabicht genannt, was nur in einem Punkt zutraf. Das Gefieder seiner Flügel wirkte zwar immer etwas gesträubt, wenn er sich aufregte, aber hören konnte er erstaunlich gut.

Klatsch-bum, Bum-klatsch, Klatsch-bum, Bum-klatsch, so bearbeitete Malachi den Stutenteig, und dieser Rhythmus war das, was ihn überhaupt dazu brachte, sich in der Backstube zu betätigen. Das und die Götterspeise, die er erst vor kurzem entdeckt hatte. Im Vorratsraum stand ein gut verschraubtes Glas, in dem diese durchsichtige, blau schillernde Masse verlockend leuchtete. Malachi hatte in einem unbeobachteten Moment den Deckel geöffnet und seinen Finger hineingesteckt. Vorsichtig mit der Zungenspitze hatte er daran gekostet und festgestellt, daß es ihm einen überwältigenden Genuß bescherte. Es war eine Speise für Götter, fürwahr. Unbeschreiblich der Geschmack, sich immer wieder wandelnd, immer prickelnder, je länger man ihn im Mund behielt. Selbst als er den ersten Fingervoll schon hinuntergeschluckt hatte, blieb noch lange eine überaus köstliche Empfindung zurück.

Da sein Naschen bald aufgefallen war und er streng gerügt wurde, beließ er es zunächst dabei. Doch schon am nächsten Tag, als man ihn wieder anwies, aus der Vorratskammer Nektar und Ambrosia zu holen, konnte er nicht widerstehen und steckte noch einmal den Finger in das schillernde Gelee. Wieder wurde er hart gescholten.

Dennoch – er träumte davon, er sehnte sich nach dieser göttlichen Speise. Er stellte sich vor, wie er mit einem Löffel Happen um Happen dieser Köstlichkeit zu sich nahm. Mannhaft unterdrückte er jedoch das Verlangen danach. Diese Speise war nicht für ihn bestimmt.

Am nächsten Abend aber passierte es. Auf den Wolken hatte sich der rotgoldene Widerschein der Backöfen gelegt, die wie ein Feuerbrand glühten. Doch auch im Himmel gab es die Versuchung, und sie schlich sich an den naschhaften Engel heran. Malachi schlüpfte noch einmal in die Vorratskammer und schraubte vorsichtig den Deckel von dem kostbaren Glas ab. Ein Zeigefinger tauchte in die köstliche Nahrung, einmal nur, und der wundervolle Geschmack füllte seinen Gaumen.

»Malachi!«

Zornschnaubend fuhr ihn der Oberbäcker-Engel an und zerrte ihn am Ohr aus der Vorratskammer. Malachi hatte vor Schreck das Glas mit der Götterspeise an sich gedrückt. Er ließ es jedoch fallen, als ihn die gewaltigste aller Ohrfeigen traf, die je einem Engel zuteil werden sollte. Er verlor den Halt, stolperte über einen Wolkenfetzen und stürzte kopfüber aus dem Himmel.

Flatternd und zappelnd versuchte er, in eine flugtaugliche Lage zu kommen, aber der Schlag hatte ihn so wirr im Kopf gemacht, daß es ihm einfach nicht gelang, das Gleichgewicht zu halten. Trudelnd und sich überschlagend näherte er sich dem Erdboden. Kurz vor seinem Aufprall streifte er mit den Flügeln die Stromleitung über den Gleisen der Bahnlinie. Funken stoben auf, und der ICE, der diese Stelle soeben passierte, blieb mit kreischenden Rädern stehen. Es roch ein wenig nach verbrannten Federn, als der verdutzte Engel mit einem Purzelbaum die Böschung hinunterrollte und in einer flachen Grasmulde landete.

Über ihm kreischte noch immer Metall auf Metall.

Neben ihm kreischte ein schwarzes Geschöpf mit glühenden Augen, das geradewegs aus der Hölle gekommen zu sein schien.

In blanker Panik starrte Malachi es an.

4.
Verständigungsprobleme

Merita hatte die feuchte, braune Wollkappe abgenommen, aber den Mantel anbehalten, weil sie noch immer fror. Sie fühlte sich dennoch seltsam leicht und unbeschwert und ließ es gar nicht erst zu, daß sich irgendwelche Gedanken zu ihrer überstürzten Handlung in ihrem Kopf sammelten. Statt dessen schaute sie aus dem Zugfenster und ließ die Landschaft an sich vorbeifliegen. Die Wolken hatten sich am Horizont etwas gehoben, und wie ein gewaltiger Feuerball ging die Sonne dahinter unter. Ein alter Kindervers ging ihr plötzlich durch den Kopf.

Schau mal, was ist der Himmel so rot!
Das sind die Engel, die backen das Brot,
Das sind die Engel, die backen die Stuten,
Für all die kleinen Leckerschnuten!

Sie lächelte bei dem Gedanken, ein Engel könnte ihr die Weihnachtsbäckerei abnehmen.

Dann aber überschlugen sich die Ereignisse.

Ein Blitz schien vom Himmel niederzufahren, der Waggon ruckte so kräftig, daß sie vom Sitz rutschte. Die Beleuchtung flackerte, und die Mitreisenden schrien entsetzt auf. Mit einem ohrenbetäubenden Kreischen verlangsamte der ICE seine Fahrt. Ohne sich über ihre Handlungsweise klar zu sein, stand Merita auf und rannte zur Tür, die soeben mit einem Zischen aufsprang, und weil genau in diesem Moment der Zug zum Halten kam, glitt sie ab und fiel hinaus in das Dunkel.

Merita hatte Glück, zwar landete sie hart auf dem Schotter, aber ihr dicker Mantel fing den schlimmsten Aufprall ab. Danach rollte sie über weiches Gras den Abhang hinunter und blieb leise keuchend in einer sanften Mulde liegen. Die braune Kappe kullerte hinter ihr her und blieb in einem Ast hängen.

»Herr im Himmel!« stöhnte Merita.

»Nein, nein, nur eine seiner Hilfskräfte. Und dazu auch noch in Ungnade gefallen!« sagte jemand neben ihr. Die Stimme war jung und rauh und hatte einen Unterton von Unsicherheit.

Mühsam richtete Merita sich in eine sitzende Stellung auf und sah sich verdattert um. Sie entdeckte in ihrer unmittelbaren Nähe die weißgewandte Gestalt mit den zerrauften Flügeln und blinzelte ungläubig. Dann aber fiel ihr eine passende Erklärung ein.

»Du singst bestimmt im Chor beim Krippenspiel mit?«

Mit gesenktem Kopf schüttelte Malachi den Kopf. »Da haben sie mich rausgeworfen.«

»Unsinn gemacht, was?«

Er zuckte schuldbewußt mit den Schultern.

»Na, macht doch nichts. Du wirst hingehen und dich entschuldigen. Das ist immer das Beste, mein Junge.«

»Geht nicht. Kann nicht mehr zurück.«

»Himmel, was hast du denn ausgefressen, Junge?«

»Die Götterspeise.«

Merita mußte unwillkürlich lachen. »Wer wird denn wegen ein bißchen Wackelpudding ein solches Theater machen! Komm schon, da hat nur jemand furchtbar schlechte Laune gehabt. Das legt sich wieder.«

»Sie verstehen das nicht …«

»Nein? Ich denke aber doch.«

»Hat man Sie denn auch rausgeworfen?«

»Nein, ich bin freiwillig gegangen«, erklärte Merita mit einer gewissen Endgültigkeit.

»Hierhin?« Mit großen Augen schaute Malachi sie an.

»Na ja, hierhin bin ich eher durch Zufall geraten. Die Zugtür ging nämlich plötzlich auf.«

»Zugtür?«

»Ja, von dem ICE da oben auf den Gleisen. Das hätte eigentlich wohl nicht passieren dürfen, aber irgendwie scheint es ein Problem mit der Elektronik gegeben zu haben.«

»ICE? Elektronik? Wo, im Namen der himmlischen Heerscharen, bin ich denn hier?«

Nun war Merita denn doch erstaunt. »Ja, das hatte ich eigentlich von dir erfahren wollen. Ich habe nämlich nicht auf die Stationen geachtet.«

»Stationen? Ich dachte, ich sei in der Hölle gelandet.«

»Aber warum denn das?«

»Wegen des Dämonen.«

»Ach, Dämonen gibt es hier auch?«

Malachi nickte ernsthaft. »Einen schwarzen, mit glühenden Augen und einem blauen Wams. Er lauert da, unter dem Busch!«

Der ICE war wieder angefahren, und das Rollen und Grollen seiner Räder entfernte sich allmählich. Als es verklungen war, beugte sich Merita zu der Stelle im Gebüsch, um den schrecklichen Dämonen ausfindig zu machen. Der Junge in dem Engelsgewand schien eine arg lebhafte Phantasie zu besitzen. Oder er stand irgendwie unter Schock. Auf jeden Fall bedurfte er ihrer Hilfe, befand sie.

Ihrer Hilfe bedurfte auch der angebliche Dämon. Denn wie sich herausstellte, kauerte unter den dornigen Ästen eine vollkommen verstörte schwarze Katze, die kurioserweise ein blaues Jäckchen trug.

»Herr im Himmel!« stieß Merita noch einmal hervor. Sie zog ein paar feste Lederhandschuhe aus ihrer Manteltasche und begann, die Ranken zu entfernen, ohne sich um das Fauchen des Katers zu kümmern.

»Schon gut, mein Kleiner. Dieses dumme Jäckchen mußt du unbedingt loswerden!« murmelte sie vor sich hin. »Was für ein Dummkopf hat dir das nur angetan. Das ist doch einer Katze unwürdig.«

Sie band die Schleife auf, und Pippin hatte gleich darauf die Pfoten frei, doch er zog sich mißtrauisch tiefer in das Gebüsch zurück.

»Er will nicht wieder zurück, sagt er. Sie sollen ihn in Ruhe lassen.«

»Bitte?« Merita hatte den Jungen fast vergessen.

»Es ist kein Dämon, sondern ein Kater. Ich glaube, ich bin doch bloß auf der Erde gelandet. Ach wie beruhigend!«

»Auf der Erde sind wir hier alle gelandet. Und du meinst, der Kater ist auch ein Ausreißer?«

»Was heißt auch? Ich bin kein Ausreißer.«

»Aber ich!« Merita mußte plötzlich lächeln, und die vielen kleinen Fältchen in ihrem Gesicht vertieften sich.

Malachi erwiderte ihr Lächeln und streckte dann seine Hand zu dem Kater hin. Das verängstigte Tier erlaubte sich ein ganz vorsichtiges Schnüffeln und kam etwas näher.

»Ich habe ihm versprochen, wir würden ihn nicht zurückbringen. Das geht doch in Ordnung, oder?«

»Ich weiß nicht. Seine Leute könnten ihn schmerzlich vermissen.«

Wieder wandte sich Malachi an Pippin und übersetzte dann: »Er meint nein, seine Leute würden sich einfach ein neues Spielzeug kaufen.«

»Herr im Himmel, ein Kater ist doch kein Spielzeug.«

»Findet er auch.«

Dann kam Merita die eigenartige Form der Unterhaltung zu Bewußtsein. »Sag mal, verstehst du den Kater eigentlich?«

»Klar! Und er versteht Sie auch. Aber er sagt, Menschen haben Katzensprache nicht so gut drauf. Das können Engel besser.«

»Engel ...?«

»Na ja, ich meine, das sieht man doch, oder?«

Malachi flatterte einmal kurz mit den Flügeln und rückte den demolierten Heiligenschein zurecht, ein etwa CD-großes Goldscheibchen, das über seinem lockigen Hinterkopf schwebte.

Merita hatte früher viele Jahre als Bibliothekarin gearbeitet und unzählige Bücher gelesen. Sie hatte sich für alle Themen interessiert und sich dabei einen offenen und toleranten Geist erhalten. Sie erfreute sich durchaus auch an Märchen und phantastische Geschichten und wußte, daß es in allen Religionen die Vorstellung von überirdischen Mächten gab, von jenseitigen Welten und himmlischen Boten. Wer war sie, das zu bezweifeln. Allerdings einem Jungen zu glauben, er sei ein

Engel … Andererseits hatte sie sich vor noch nicht einmal zwei Stunden zu einer verrückten Handlung verleiten lassen. Warum sollte sie nicht auch seine Behauptung glauben?

»Also gut, du bist ein Engel und – ach ja, du hast an der Götterspeise genascht und bist dafür aus dem Himmel geworfen worden.«

»So ungefähr. Ich heiße übrigens Malachi. Und Sie?«

»Merita.«

»Ein hübscher Name. Der Kater wird übrigens Pippin gerufen.« Malachi wies auf den Kater, der neugierig näher gekommen war.

»Hallo, Pippin!« grüßte Merita ihn und streckte ihm, wie es die gesellschaftliche Etikette im Umgang mit Katzen vorschreibt, die geschlossenen, ausgestreckten Finger entgegen, so daß er sie, sofern es ihm genehm war, beschnuppern konnte.

Der Kater streckte seine Nase vor.

»Er findet Sie in Ordnung!«

»Danke, Pippin.«

Sie kraulte ihn vorsichtig hinter den Ohren, was sich der Kater zögerlich gefallen ließ. Dann aber stand sie auf und klopfte sich Erde und Laub aus dem Mantel.

»Wir können nicht die ganze Nacht hier sitzen bleiben. Ich zumindest brauche ein warmes Zimmer und etwas zu essen.«

»Ja, hier bleiben können wir wirklich nicht, aber ich kenne mich in der Menschenwelt nicht besonders gut aus.«

»Es muß ja irgendwo Häuser geben. Woher kommst du, Pippin?«

»Sagt er nicht.«

»Uh! Na, schon gut. Wir bringen dich nicht zurück. Du kannst hierbleiben oder mit uns kommen!«

Malachi beugte sich zu dem Kater herab und schien sich in eine heftige Diskussion mit ihm zu verstricken. Pippins Barthaare begannen heftig zu zittern, seine Ohren drehten sich, und sein Schwanz peitschte hin und her. Dann erhob der Engel sich wieder und erklärte: »Er kommt mit uns. Hier ist er von einem Revierrivalen verprügelt worden, aber er läßt sich nicht einsperren, und Weihnachtskekse will er auch nicht essen.«

»Wie gut ich das verstehen kann«, entgegnete Merita.

»Ja? Sie auch nicht? Ich finde Stollenbacken blöd, echt! Ich mußte die ganze Zeit in der Backstube arbeiten, weil sie mich doch im Engelschor nicht wollten!«

»Ach, deswegen. Nun, dann wissen wir drei ja schon mal, was wir nicht wollen.«

»Pippin sagt auch, da hinter den Hecken fangen die Gärten an, und vor den Häusern ist eine Straße.«

»Gut, da gehen wir jetzt erst einmal hin.«

Pippin trottete an Malachis Seite mit ihnen, und tatsächlich befanden sie sich am Ortsrand eines kleinen Städtchens. Mutig schlug Merita eine Richtung ein, von der sie glaubte, sie könne sie zur Ortsmitte führen, und als ein Passant den Engel Malachi etwas irritiert ansah, beeilte sie sich, ihn zu fragen, wo es denn zur Kirche ginge, sie hätten gleich eine Chorprobe!

Die Auskunft, die sie erhielten, war hilfreich, denn die Kirche befand sich am Marktplatz mitten in der Stadt. Nur Pippin machte Schwierigkeiten. Er sei so langes Laufen nicht gewöhnt, ihm täten die Pfoten weh.

»Ach ja, du bist ja bisher ein Zimmerkater gewesen. Na, dann wollen wir mal sehen, wie wir dir helfen können.«

Merita öffnete ihren Mantel und zog das große karierte

Wolltuch hervor, das sie darunter trug und lud Pippin ein, es sich darin gemütlich zu machen. Er war einverstanden, die Zwillinge hatten ihn oft genug auf unbequemere Weise umhergeschleppt.

5.
Eine unerwartete Gelegenheit

Sie erreichten den angegebenen Platz, und Merita erklärte Malachi und Pippin, es handele sich bei den vielen kleinen Buden, die dort aufgebaut waren, nicht wie von ihnen angenommen, um Wohnhäuschen der Menschen, sondern um die Stände des Weihnachtsmarktes, der vermutlich am nächsten Tag beginnen würde.

»Aber wir gehen jetzt am besten in die Kirche, da fällst du am wenigsten auf, Malachi. Und ich besorge dir etwas menschlichere Kleidung.«

Der Engel grinste zustimmend und folgte ihr in das leere Gotteshaus. Pippin wurde aus dem Tuch entlassen und erklärte sich bereit, in der Nähe zu bleiben.

»Wenn du umgezogen bist, suche ich uns ein Hotel, und dann sehen wir zu, daß wir etwas zu essen bekommen«, schlug Merita vor, als sie anhand des karierten Tuchs, das sie als Maßband benutzte, Malachis Größe und Umfang einigermaßen festgestellt hatte. Pippins Augen leuchteten bei der Erwähnung von Essen auf, und mit einem wissenden Lächeln fragte sie den Kater: »Und, was ißt du besonders gerne?«

»Er sagt, er mag Knusperbissen mit Fisch sehr.«

»Nun, wir werden sehen.«

Merita suchte einen Geldautomaten auf, hob eine große Summe Bargeld von ihrem Konto ab und erledigte dann einige wesentliche Einkäufe, zu denen ein paar Jeans und ein Kapuzen-Sweatshirt gehörten, aber auch ein Nachthemd für sie selbst. Als sie die Zahnbürsten einpackte, fragte sie sich kurz, ob Engel sich wirklich die Zähne putzen mußten. Darüber wurde ihr ihre absurde Situation erst recht bewußt, und leider entwischte ihr ein ziemlich albernes Kichern, was die Kassiererin mit einem strengen Blick mißbilligte. Die Frau hielt sie offensichtlich für eine etwas abgedrehte alte Schachtel, aber das machte Merita, die ihre neue Freiheit genoß, überhaupt nichts aus.

Ihre beiden Begleiter waren noch an Ort und Stelle, und Pippin hatte, wie Malachi berichtete, die Witterung einer armen Kirchenmaus aufgenommen. »Er ist allerdings nicht gut im Mausen, der Ärmste. Er hat es nie gelernt. Anscheinend hatten seine Leute nur Stoffmäuse zum Spielen. Er denkt immer, die echten würden einfach sitzen bleiben und sich von ihm fressen lassen.«

»Darum kümmern wir uns später. Zieh die Sachen mal an, Malachi!«

Geflissentlich drehte Merita sich um, während der Engel sich in einen Menschen verwandelte.

»Gut so?« fragte er.

»Enger kannst du wohl die Flügel nicht zusammenfalten?«

»Nee, ist so schon ziemlich unangenehm.«

»Na ja, dann bist eben ein etwas verwachsener junger Mann. Sag mal, wie alt bist du eigentlich?«

»Och, so genau weiß ich das nicht. Vielleicht dreizehn oder vierzehn Äonen.«

»Äh… Äonen. Nun, hier wirst du für dreizehn oder vierzehn Jahre gut durchgehen. Und wir werden dich als meinen Enkel ausgeben, einverstanden?«

»Ist recht!«

»Du kannst mich Großmutter nennen, aber bitte nicht Oma!«

»Mache ich gerne. Du bist sehr resolut, Großmutter.«

Merita hob die Schultern. »Man tut, was man muß!«

»Ich hatte mir die Menschen anders vorgestellt.«

»Ach ja? Und wie?«

»Sündiger! Und hilfloser.«

»Keine Sorge, mein Junge, das wirst du auch noch kennenlernen. Jetzt gehen wir in den Gasthof, der sich ›Zum Engel am Markt‹ nennt, der hat mir, als ich eben daran vorbeiging, einen recht manierlichen Eindruck gemacht. Pippin, komm bitte wieder in das Tuch. Ob sie Katzen aufnehmen, bezweifle ich, also müssen wir dich einschmuggeln. Und Malachi, da hast du auch schon die erste sündige Handlung meinerseits.«

»Einer Katze zu helfen ist keine Sünde, meint Pippin.«

Zufrieden nickte Merita, und sie machten sich auf den Weg.

Die Wirtin war liebenswürdig und bot ihnen zwei nebeneinander liegende Zimmer an, deren Fenster auf den Markt wiesen. Da stand Merita eine halbe Stunde später und betrachtete die geschäftige, beleuchtete Szenerie. Offensichtlich legten die Budenbesitzer letzte Hand an ihre Stände, damit sie am nächsten Vormittag pünktlich öffnen konnten. Lichterketten wurden montiert, Tannenzweige aufgesteckt, Kabel unter Schutzplanen gelegt, Vorräte gestapelt und Waren eingeräumt.

»Pippin sagt, er muß mal! Und wie das mit dem Essen

wäre?« Malachi stellte sich neben Merita und schaute auch auf den Marktplatz. »Kann ich dir irgendwie helfen?«

»Im Augenblick nicht. Ich werde noch einmal einkaufen gehen müssen. Ein Katzenklo und einen Korb und etwas Futter für ihn.«

»Pippin sagt, er könne auch im Garten ...«

»Na gut, dann begleite du ihn in den Garten, und ich besorge das Futter.«

Merita verließ den Gasthof und schaute sich etwas unschlüssig um. Ein Tiergeschäft war ihr bisher noch nicht aufgefallen, aber an einer der Hütten standen drei Männer und zwei Frauen in eine Unterhaltung vertieft, und auf die Gruppe ging sie entschlossen zu, um sie um Hilfe zu fragen.

»Ach ja, es gibt den Zoo-Maier, aber ich sage Ihnen gleich, der ist teurer als eine Apotheke!« meinte eine der Frauen.

»Ich brauche nicht viel. Nächste Woche werde ich bestimmt einen Supermarkt finden!«

»Sind Sie neu hier?«

»Zu Besuch, einige Tage. Mit meinem Enkel und seinem Kater. Er wollte sich nicht von ihm trennen.«

»Hab' ich Sie doch vorhin aus der Kirche kommen sehen. Der Junge ... er ist ...«

»Ja, leider, ein schlimmer Unfall. Er wird demnächst weiterbehandelt. Jetzt erholt er sich erst mal ein wenig.«

Eine angeregte Plauderei entwickelte sich, bei der Merita nach Herzenslust flunkerte, um ihrem angeblichen Enkel eine glaubhafte Biographie zu verschaffen. Um nicht zuviel von sich selbst preiszugeben, fragte sie auch nach dem Weihnachtsmarkt, denn ihre Gesprächspartner gehörten offensichtlich zu dessen Organisationsteam.

»Dieses Jahr läuft es gut. Nur hier der Stand wird leider unbesetzt bleiben. Unsere Betty hat sich gestern das Bein gebrochen und kann das Backen nicht übernehmen. Dabei waren ihre Plätzchen immer ein großer Erfolg!«

Einen Moment lang starrte Merita versonnen auf das hübsche Bretterhäuschen. Sollte das ein Wink des Schicksals sein? Sicher, sie hatte ihre Kreditkarte dabei und auch ausreichend Geld auf dem Konto – aber man würde sie bestimmt schnell genug ausfindig machen, falls sie die Karte weiterbenutzte. Wenn sie ihre Freiheit behalten wollte, würde sie irgendwie Geld verdienen müssen.

Die eine Frau folgte ihrem Blick und fragte zögernd: »Sagen Sie ... Können Sie womöglich backen?«

Ein feines Lächeln kräuselte sich um Meritas Lippen. »Doch, ja, das kann ich zufällig.«

»Ich weiß, Sie wollten Urlaub hier machen, aber wenn Sie wenigstens zwei, drei halbe Tage ... Sie brauchen keine Standgebühr zu zahlen, und die Zutaten sind auch schon da.«

So kam es, daß Merita mit dem Engel Malachi und dem Kater Pippin am nächsten Vormittag in dem Büdchen Einzug hielt und die Ausstattung musterte. Ein moderner Backofen wartete auf sie, ein Sack Mehl stand da, in dem Kühlschrank stapelten sich Butterpakete und Eierkartons, aber vor allem gab es in den Regalen bunte Zuckerperlen, farbige Glasur, klebrige kandierte Früchte und massenweise Puderzucker.

»Herr im Himmel«, schnaubte Merita angesichts der vielen Süßigkeiten empört.

6.
Himmlisches Desaster

Auch der Herr im Himmel schnaubte empört.

»Du sagst, er ist über einen Wolkenzipfel gestolpert und nach unten gestürzt?« fuhr er den Oberbäcker-Engel an, dessen Flügel vor Angst zitterten und dabei kleine Wolken von Mehlstaub verbreitete.

»Er hat sich vergangen, Herr!«

»Und deswegen ist er gestolpert?«

Der Oberbäcker-Engel wand sich. Er wußte, der Herr im Himmel hieß Ohrfeigen nicht besonders gut. In diesen Heiligen Hallen kannte man diese Bestrafung nicht. Er hätte Malachi durch Ermahnung und Liebe zur Pflicht führen müssen. Ihm kam jedoch von unverhoffter Seite Hilfe, denn auch der Chorleiter beklagte sich: »Herr, der Engelbengel war beständig aufsässig. Und sein Verhalten ist ein Greuel.«

»Und deswegen ist er gestolpert?«

Die Stimme des Herrn wurde ein wenig lauter, und das Flammenschwert des Erzengels Michael, der nahe dem Thron stand, begann bedrohlich zu flackern.

Der Oberbäcker-Engel druckste, schluckte trocken, und ein Hauch Puderzucker umwallte seine Flügel. »Herr, er hat von der Götterspeise genascht.«

»Und deswegen ist er gestolpert?«

Die Stimme des Herrn erhob sich zu einem Donnern, und ein zischender Blitz fuhr aus Michaels Schwert.

»Ich ... ich habe ihn ermahnt. Ich habe ihn zweimal ermahnt.«

»Und deswegen ist er gestolpert?«

Das Himmelsgewölbe erbebte

»Und ihm beim dritten Mal eine Ohrfeige gegeben!« bekannte der Oberbäcker-Engel kleinlaut.

»Und deswegen ist er gestolpert?«

»Ja!« kam die geflüsterte Antwort.

Der Engelschorleiter war mutig genug hinzuzufügen: »Er hat es herausgefordert, der Lauseengel. Er ist widerspenstig. Stellt Euch vor, Herr, er hat mich – mich den Schöpfer der Sphärenklänge, den Dirigenten der himmlischen Chöre, den Ausbilder lieblichster Engelstimmen – einen halbtauben, räudigen Hühnerhabicht genannt!«

»Ach!« sagte der Herr und musterte die aufgeplusterten, struppigen Federn des aufgebrachten Engels. Der Chorleiter hielt dieser Musterung nur wenige Wimpernschläge lang stand, dann drehte er sich beleidigt um und stürmte von dannen. Der Oberbäcker-Engel folgte ihm unter Hinterlassung eines Wölkchen Backpulvers.

Nur der Erzengel Michael blieb weiterhin nahe dem Thron stehen, aber bedauerlicherweise zitterte das Flammenschwert in seiner Hand, weshalb im Himmel lauter Lichterscheinungen tanzten und auf Erden das Nordlicht flackerte.

»Räudiger Hühnerhabicht!« prustete der Herr, und Michael gluckste. »Weißt du was, Michael, mir gehen das süßliche Sphärengeklingel und das eintönige Frohlocken auch manchmal auf die Nerven. Die Engelschöre könnten mal frischen Wind gebrauchen!«

»Wohl wahr!« Der Erzengel hatte seine Fassung wiedergewonnen. »Aber zunächst müßten wir uns wohl um Malachi kümmern.«

»Du mußt das tun, Michael. Ich habe andere Aufgaben hier

oben. Schließlich steht der Geburtstag meines Sohnes an, und Maria liegt mir in den Ohren, es müsse mal wieder eine ordentliche Feier mit allen Heiligen geben.«

»Wie Ihr wünscht, Herr. Wo soll ich anfangen zu suchen? In den unteren Regionen?«

»Das will ich doch nicht hoffen. Der Kollege dort ist nicht sonderlich kooperativ, und als der Sohn der Morgenröte abgestürzt ist, hat er ihn auch nicht wieder herausgegeben.«

»Nein, Luzifer wälzt sich noch immer in dem Sündenpfuhl. Ich werde es dann erst einmal in der Welt der Sterblichen versuchen.«

»Ja, aber nimm ihre Gestalt an, sonst verursachst du nur übermäßig Aufregung. Verwende nur menschliche Methoden, und nutze nur in äußersten Notfällen deine engelischen Kräfte. Und das Flammenschwert läßt du besser auch hier oben. Ich wage gar nicht daran zu denken, wie die Menschen auf unseren gefallenen Engelbengel reagieren. Hoffentlich verursacht er keine Hysterie. Du weißt schon, wie diese Madonnenerscheinungen, als Maria sich mal nach unten verirrt hat«, grollte der Herr im Himmel.

»Ich werde sehen, daß ich ihn so schnell wie möglich aufstöbere. Am besten springe ich an der Stelle ab, wo er gestolpert ist.«

Erzengel Michael machte sich also auf den Weg zur Erde und landetet auch ziemlich genau an der Stelle, an der auch Malachi gelandet war. Nur ziemlich genau allerdings, denn er befand sich in einem Nachbarort und hatte gerade noch die Möglichkeit, hinter einer Garage zu verschwinden, bevor er in seinem himmlischen Aussehen entdeckt wurde. Hier beobachtete er eine Weile das Treiben der Welt und seufzte dann erleichtert auf. So schlecht war es wohl gar nicht, direkt neben dem Polizeirevier angekommen zu sein.

Flugs nahm er die ihm nicht ganz fremde Gestalt eines gestrengen Gesetzeshüters an.

7.
Katzenkekse

»Schon wieder bunte, zuckersüße Weihnachtskekse«, stöhnte Merita. Malachi betrachtete ebenso trübselig die Backutensilien. Pippin schnüffelte an der Zuckerglasur, hob dann eine Vorderpfote und schüttelte sie, als ob er in etwas ganz besonders Ekelerregendes getreten wäre.

»Aber Geld verdienen müssen wir, meine Lieben, da beißt keine Maus den Faden ab!«

»Pippin sagt, wir sollten Mausekekse backen.«

»Dann soll er Mäuse fangen!« murrte Merita und gab Mehl in die Rührschüssel. »Auf jeden Fall werde ich keine kitschig bunten Plätzchen backen, sondern Honigkuchen. Malachi, geh mal über den Markt und schau, ob jemand Blüten- oder Tannenhonig anbietet. Und du weißt ja, du bist mein Enkel, der wegen eines Unfalls nicht zur Schule gehen kann und auf weitere Behandlungen wartet.«

Malachi wollte loseilen, doch Merita hielt ihm am Arm fest.

»Warte, du mußt Geld mitnehmen. Du kannst nicht so einfach etwas nehmen, wir Menschen müssen für alles bezahlen.«

»Ja, das sagt man im Himmel auch immer – ich meine, daß

die Menschen für alles bezahlen müssen. Und dafür ist das Geld gut?«

»Ja, auf Erden, mein Junge. Alles kann man damit zwar auch nicht kaufen – aber eine Menge. Laß dich nicht übers Ohr hauen, und zieh die Kapuze über den Heiligenschein!«

Am vergangenen Abend hatte Malachi vergeblich versucht, dieses leuchtende Scheibchen loszuwerden; es besaß jedoch die fatale Eigenschaft, gleichgültig, wie weit er es von sich warf, wieder zu seinem Hinterkopf zurückzukehren. Schließlich mußten sie sich damit abfinden, und Merita hatte es von dem Schmutz gereinigt, der sich nach dem Sturz aus dem Himmel dort abgesetzt hatte und es schließlich mit einem Handtuch aufpoliert. Nun glänzte der Heiligenschein zwar wieder golden wie die Locken des Engels, aber dafür eine Erklärung zu finden, überforderte sie alle drei.

»Pippin möchte auch über den Markt gehen!« bat Malachi, bevor er die Hütte verließ.

Merita nickte. »Kann er gerne machen, doch er soll sich vorsehen.«

Die beiden zogen von dannen, jeder in eine andere Richtung, und Merita begann Teig zu kneten. Dabei beobachtete sie ihre Umgebung. Nebenan öffnete ein weiterer Stand, ein dunkelhäutiger Mann ordnete afrikanische Holzmasken, Webwaren und Trommeln auf der Ausstellungsfläche und rund um die Hütte an. Liebenswürdig begrüßte er Merita und stellte sich als Ahmet vor. In der Hütte gegenüber wurden Tee und Gewürze angeboten, und ihr Duft vermischte sich mit dem Aroma des Glühweins, das von ferne durch die kalte Morgenluft zog. Ein Korbflechter begann mit seiner Arbeit, ein Holzschnitzer ließ die Späne fliegen, die ersten Crêpe fanden ihren Abnehmer, und die Klänge eines Weihnachtsliedes, auf einer Drehorgel gespielt, waren leise zu hören.

Der würzige Geruch aber war es, der Merita das Rezept von Gewürzkuchen in den Kopf zurückrief. Gewürzkuchen war allemal besser als zuckersüße Butterplätzchen. Sie besuchte die Händlerin gegenüber und war bald in Fachsimpelei über Nelken und Zimt, Kardamom und Piment, Sternanis und Ingwer verwickelt. Etwas zufriedener kehrte sie an ihre Arbeit zurück und wies Malachi an, der mit einer schönen Ausbeute an Honig, direkt vom Imker, zurückgekehrt war, eine zweite Portion Teig zu kneten. Der Engel maulte zwar ein wenig, dann jedoch ging ihm mit einem fröhlichen Klatsch-bum, Bum-klatsch, Klatsch-bum, Bum-klatsch die Arbeit leicht von der Hand.

Die ersten Bleche mit Gebäck verbreiteten schon ihren Duft und lockten einige Kunden an, die neugierig an Probehäppchen knabberten, als sich Pippin in die Hütte schlich. Malachi bemerkte ihn zuerst.

»He, was hast du denn da mitgebracht!«

»Mmfisch …«, mummelte der Kater vollmundig und ließ den Bratfisch in eine leere Rührschüssel fallen. »Ist köstlich!« artikulierte er dann etwas deutlicher und leckte sich ausgiebig die Lippen. »Verdammt viel leckerer als das süße Zeug. Die Frau hätte besser eine Fischbratküche aufgemacht!«

»Geschenkt hat dir den Fisch doch keiner, oder?« Streng sah Malachi den schwarzen Kater an.

»Nein, eigentlich nicht. Der lag da so rum …«

»Ich bin wegen weniger großen Vergehen aus dem Himmel geflogen!«

Pippin hatte den Anstand, verlegen mit den Pfoten zu treteln.

»Aber verstehen kann ich dich ja«, murmelte der Engel leise. »Ich mag diese Weihnachtsbäckerei auch nicht!«

»Könntest du nicht ... so einen Keks mit Fischgeschmack backen. Das wäre doch etwas.« Der Kater bekam leuchtende Augen. »So ganz frisch und knusprig! Vielleicht mit einem Hauch Katzenminze gewürzt?«

»O ja!« meinte Malachi und spähte zu Merita hinüber, die gerade einer Kundin einen Beutel Honigkuchen verkaufte.

Dann nahm er den Fisch, streute etwas Mehl darüber, schlug zwei Eier auf und gab eine Prise Salz dazu. Er begann, den Teig zu kneten. »Katzenminze habe ich nicht, ich glaube, die wächst im Moment hier auf der Erde auch nicht.«

»Was ist mit Baldrian?« fragte Pippin.

»Magst du denn Baldrian?«

»Da könnte ich mich drin wälzen!«

Malachi unterbrach seine Tätigkeit und wandte sich an Merita. »Großmutter, darf ich bitte noch ein paar Gewürze kaufen? Mir ist da eine Idee gekommen.«

Er erhielt einige Münzen und erbat am Stand gegenüber getrockneten Baldrian. Die Tochter der Gewürzhändlerin, eine hübsche Dreizehnjährige, bediente ihn, und als sie ihm die Tüte reichte, zwinkerte sie ihm verstohlen zu. Malachi stutzte.

»Ich hab's gesehen, du holst das für den Kater. Er hat einen Fisch stibitzt, nicht wahr?«

»Nun ja. Er mag das Zeug.«

»Ja, Kater lieben Fisch. Sieh mal, hier habe ich noch etwas Katzenminze, die ich selbst im Sommer für meine Mumuscha getrocknet habe. Das wird ihm auch gefallen.«

»Mag deine Mumuscha die denn nicht?«

»Sie ist vor einem Vierteljahr gestorben!«

Tränen glitzerten in den Augen des Mädchens, und Malachi mußte vor Mitgefühl schlucken. Er streichelte vorsichtig ihre Hand.

»Hast sie sehr liebgehabt?«

Stumm nickte die Kleine.

»Dann wird sie auch wieder zu dir zurückkommen.«

Sie schüttelte den Kopf. »Tot ist tot, hat Mama gesagt.«

»Nein, das ist es nicht. Die Liebe, die man gibt, kehrt immer wieder zurück. Glaub mir!«

»Woher willst du das wissen?«

Beinahe hätte sich Malachi verplappert und von den vielen kleinen Katzenseelen gesprochen, die oben im Himmel auf den goldenen Steppen nur darauf warteten, um in einem neuen Pelz zu den Sterblichen zurückzukehren. Statt dessen fragte er das Mädchen: »Wie heißt du überhaupt? Ich bin Malachi, und der Kater da drüben heißt Pippin.«

»Ich bin Svenja. Du mußt mir trotzdem sagen, woher du weißt, daß Katzen zurückkommen.«

»Ein andermal. Großmutter schaut schon ganz vorwurfsvoll. Ich muß arbeiten.«

Da auch die Gewürzhändlerin einen kritischen Blick auf die beiden geworfen hatte, entkam Malachi der schwierigen Frage und hatte etwas Zeit, über eine glaubhafte Antwort nachzudenken.

Pippin zeigte sich erfreut über die Kräutermischung und überwachte mit glänzenden Augen die Herstellung der Katzenkekse. Malachi formte aus dem Teig gleichmäßige, halbmondförmige Bissen und legte sie auf ein Backblech. Als er es in den Ofen schieben wollte, runzelte Merita kritisch die Brauen.

»Was wird das denn?«

»Ein Versuch. Pippin wollte auch Plätzchen haben. Mit Fischgeschmack!«

»Herr im Himmel, Malachi! Wir verdienen unser Geld mit Weihnachtsgebäck, nicht mit Katzenfutter!«

»Ja, ich weiß. Und Katzen haben kein Geld, um Futter zu kaufen. Geld ist schon eine komische Erfindung von euch Menschen.«

Nachdenklich schnupperte Merita in Richtung Backofen. Es roch nicht schlecht, was da so langsam braun wurde. Vor dem Stand blieb ein Hund stehen und winselte. Ein zweiter zerrte sein Herrchen in ihre Richtung.

»Nein, Katzen haben kein Geld. Hunde auch nicht. Aber deren Besitzer!« Merita grinste Malachi an. »Möglich, daß ihr beiden da gar keine so schlechte Idee hattet.«

Der Kater knusperte genießerisch die eben abgekühlten Fischplätzchen und gab beifällig schnurrende Kommentare von sich. Merita probierte auch eines und fand es etwas fade für den menschlichen Geschmack, aber über den ließ sich ja bekanntlich streiten. Ein Hund, der mit großen, hungrigen Augen und sabberndem Maul vor dem Büdchen saß, bekam auch eine Kostprobe und jaulte begeistert auf.

»Wir werden mit dem Fischhändler ein Abkommen treffen müssen«, stellte Merita fest und packte für den Hundebesitzer ein Beutelchen Fischkekse ab.

8.
Engel in Uniform

Drei Einbrüche, ein verrückt gewordenes Wildschwein im Garten, vier Ruhestörungen, ein Randalierer in der Straßenbahn, Sachbeschädigung in der Kirche, ein verwirrter Rentner am Bahnhof, zwei Taschendiebstähle, eine Gruppe aufsässiger Jugendlicher, die Mülltonnen umwerfen, ein Killerdackel, der einen Passanten angefallen hat …«

»Tja, friedliche Adventszeit, Peter. Meine Liste sieht nicht besser aus. Ein Übergriff auf einen Obdachlosen, eine entlaufene Großmutter, mehrere Kaufhausdiebstähle, ein mieser kleiner Drogendealer auf dem Schulhof, ein Schwan im Gartenteich, ein aufgebrochenes Auto – und alles das schon vor zehn Uhr morgens! Und ich wollte mit Uschi heute ins Theater!«

Die beiden Polizisten tranken ihren Kaffee aus und machten sich dann wieder über die Formulare her. Sie wirkten leicht genervt und überarbeitet, stellte Michael fest. Keine schlechte Ausgangslage.

Er klopfte an die halboffene Tür und trat ein.

»Guten Morgen allerseits!«

»Ja, bitte?«

Zwei überraschte Augenpaare sahen ihn an.

»Die oberste Behörde schickt mich, damit ich hier einspringe. Sie seien etwas überlastet, hat man uns gemeldet. Kann ich behilflich sein?«

»Sie schickt der Himmel!«

»Gelegentlich!« erwiderte Michael lächelnd. »Nun, meine Spezialität sind verwirrte und obdachlose Personen. Ich kann aber auch mit Jugendlichen ganz gut umgehen.«

»Wie steht es mit Großmüttern?«

»Wenn nötig auch.«

»Da müßte unbedingt jemand rausfahren. Hier ist die Adresse. Die vierundsechzigjährige Mutter des Anrufers ist am Samstag nicht nach Hause gekommen. Die Umstände ihres Verschwindens klingen ein wenig seltsam. Da, lesen Sie, und trinken Sie erst einmal einen Kaffee!«

Die beiden Polizisten stellten sich vor, und der Neuankömmling behauptete, er hieße Michael Engel, was beinahe stimmte. Er nahm sich Meritas Akte, aber daneben fiel sein Blick auch auf die aufgeschlagene Zeitung. Ein Artikel handelte von einer Störung im Bahnverkehr. Ein ICE war durch einen unerwarteten Blitzeinschlag zum Stehen gebracht worden. Diese Meldung erregte Michaels Aufmerksamkeit nicht unerheblich, und er bat sich das Blatt aus.

Anschließend machte er sich auf den Weg zu Meritas Familie.

Etwas irritiert stand Michael später vor dem Haus, dessen Adresse man ihm gegeben hatte. Meterlange Lichterketten um Tür und Fenster zuckten, flimmerten und pulsierten in allen Farben des Regenbogens. Ihr tieferer Sinn wollte ihm indes nicht so recht einleuchten.

Die Schwiegertochter der vermißten älteren Dame war zu Hause und nur zu bereit, ihm ihre Sorgen anzuvertrauen.

»Stellen Sie sich vor, einfach die Taschen mit den Zutaten für die Weihnachtsbäckerei vor die Tür zu stellen und dann spurlos zu verschwinden. Mich hier einfach mit den beiden Kindern und dem ganzen Haushalt sitzenzulassen. Und das in der Adventszeit!«

Michael wollte es erscheinen, als sei die Frau eher empört als besorgt, aber er machte sich eifrig Notizen. Er ließ sich ein Foto zeigen und die Vermißte beschreiben.

»Könnte sie zu anderen Verwandten gefahren sein?« fragte er dann vorsichtig nach.

»Sie hat keine anderen Verwandten. Wir sind schließlich ihre Familie!« Die Frau zeigte sich äußerst ungehalten, fast, als hätte er sie persönlich angegriffen.

»Oder vielleicht zu Freunden oder Bekannten?«

»Sie hat kaum Bekannte, höchstens diese verschrobenen Alten, die in so einer Senioren-WG zusammenhausen.«

»Einer Senioren-WG?«

»Einer Wohngemeinschaft. Irgendwelche drei alte Zausel, die sich zusammen ein Haus gemietet haben und sich gegenseitig auf den Geist gehen. Sie hat manchmal Briefe von ihnen bekommen.«

»Haben Sie dort schon mal angerufen?« wollte Michael wissen, aber die Frau schüttelte den Kopf. »Die Nummer habe ich nicht.«

»Die Adresse vielleicht?«

»Weiß nicht.«

»Haben Sie in dem Zimmer Ihrer Schwiegermutter nachgesehen? Es könnte dort ein Adreßbuch oder ein Brief liegen.«

Einigermaßen unwillig ging die Frau zusammen mit Michael die Treppe hoch und öffnete ihm die Tür zu dem kleinen Appartement, das Merita bewohnte. Es wirkte sehr viel aufgeräumter und ordentlicher als der Rest des Hauses und war mit einigen sehr hübschen Möbeln eingerichtet. Eine Wand bedeckten vollständig überfüllte Bücherborde.

»Eine eifrige Leserin, will mir scheinen?«

»Sie war Bibliothekarin. Selbst hier hatte sie immer die Nase in einem Buch. Na ja, wem es gefällt!«

Offensichtlich hatte die Hausfrau keine Neigung zur Literatur.

»Wirkte Ihre Schwiegermutter übrigens hin und wieder verwirrt oder geistesabwesend?« wollte Michael dann wissen.

»Das kann man wohl sagen! Wenn sie sich in ein Buch vertieft hat, dann konnte sie auch eine einschlagende Bombe nicht aus ihrer Versunkenheit holen!« lautete die unwirsche Antwort.

»Und wenn sie nicht las?«

»Hatte sie oft genug verschrobene Ideen. Vor allem, was die Erziehung meiner Kinder anging.«

Aus dieser Antwort schloß Michael, daß er hier einen andauernden Streitpunkt berührt hatte. Er beließ es dabei und sah sich weiter um.

Auf dem Nachttisch fand sich ein aufgeschlitzter Briefumschlag, und er bat die Dame des Hauses, nach dem Absender zu schauen.

»Ach ja, tatsächlich. Das ist eine von den alten schrägen Vögeln. Lesen Sie nur, Herr Wachtmeister!«

Michael überflog das Schreiben, das mit einem PC erstellt worden war und von mannigfaltigen Tätigkeiten berichtete, denen die drei Damen nachgingen. Es endete mit einer herzlichen Einladung, Merita möge jederzeit auf einen Besuch vorbeikommen.

»Sie ist eingeladen worden. Nun, ich notiere mir die Adresse. Und Sie rufen dort am besten sogleich an. Wahrscheinlich ist damit das Verschwinden Ihrer Schwiegermutter geklärt!«

»Wenn das stimmt, dann werde ich ihr gehörig die Meinung sagen!« Mürrisch griff die Frau zum Telefon und wählte die Nummer, die auf dem Briefkopf vermerkt war. Sie lauschte einen Moment, dann legte sie auf. »Nur der Anrufbeantworter!«

»Sie hätten eine Nachricht aufsprechen können.«

»Mache ich nicht gerne!«

»Dann schicken Sie den Damen eine E-Mail. Die Adresse steht auch hier!«

»Das kann ich nicht.«

Kopfschüttelnd ging Michael aus dem Zimmer und klappte dann sein Notizbuch zu. »Ich habe noch ein paar wichtigere Dinge zu erledigen. Nehmen Sie Kontakt mit den Freunden Ihrer Schwiegermutter auf. Wenn sie dort nicht ist, benachrichtigen Sie mich wieder.«

»Also hören Sie mal …«

Hätte Michael sein Flammenschwert dabeigehabt, hätte es vermutlich grell aufgeflackert ob dieser Gleichgültigkeit. Er nahm sich zwar vor, nach der Vermißten zu suchen, verließ aber das Haus nur mit einem kurzen Gruß – und gerümpfter Nase, denn aus der Küche roch es streng nach angebranntem Gebäck. Er hatte vor, zunächst der für ihn weitaus wichtigeren Spur zu folgen.

Diese Spur führte ihn gut fünfzig Kilometer weiter zu der Stelle, wo der seltsame Blitz aus heiterem Himmel vor zwei Tagen den ICE zum Halten gebracht hatte. Den Streifenwagen ließ er am Straßenrand stehen und begab sich über einen schmalen Feldweg zum Bahndamm. Dort suchte er sorgfältig nach Hinweisen. Er brauchte bis fast zur Dämmerung, bis er endlich etwas fand, das ihm als Hinweis dienen konnte. In einer Grasmulde fand er ein paar angesengte weiße Federchen, in dem Brombeergestrüpp daneben allerdings seltsamerweise eine blaue Puppenjacke, ziemlich zerfetzt, einige schwarze Katzenhaare und eine braune Wollkappe. Die Federn mochten von Malachis Flügeln stammen. Daß sie angesengt waren, konnte durch den Kontakt mit der Stromleitung hervorgerufen worden sein. Durchaus möglich war es auch, daß hier ein herumstreifender Kater einen weißgefiederten Vogel erlegt hatte. Die Kappe und die Jacke konnte Michael jedoch zunächst überhaupt nicht zuordnen.

Doch zumindest dafür fand er auf dem Rückweg zu seinem Polizeiwagen eine Erklärung. Sein Weg führte ihn nämlich an den Hecken und Zäunen der Häuser vorbei, und in einem Garten kamen zwei kleine Mädchen zu ihm gelaufen. Sie waren sich so ähnlich, wie es nur Zwillinge sein können. Sie riefen und winkten ihm, und so blieb Michael in seiner Uniform stehen, um sich anzuhören, was die beiden zu sagen hatten.

»Herr Polizist, wir suchen unseren Kater Pippin. Er ist am Samstag weggelaufen. Können Sie ihn uns nicht zurückbringen?«

Michael seufzte. Nicht nur ein entflogener Engelbengel und eine entflohene Großmutter, nein, auch noch einen entlaufenen Menschenknaben sollte er zurückbringen.

»Suchen denn eure Eltern nicht nach ihm?« wollte er als erstes wissen.

»Nö, die sagen, es gibt im Frühjahr einen neuen.«

Michael knirschte mit den Zähnen. Das Menschengeschlecht schien ja wahrhaftig an den moralischen Abgrund geraten zu sein.

»Nun, wie alt ist denn euer Pippin?«

»Anderthalb Jahre!«

Der Erzengel dankte dem Herrn im Himmel, ihm verboten zu haben, das Flammenschwert mitzunehmen. Der Zorn auf die Gleichgültigkeit der Eltern hätte die Hecke in Flammen gesetzt. So bemühte er sich, ruhig zu bleiben, und fragte: »Wie sieht denn der Pippin aus?«

»Er ist ganz schwarz!« beschied ihn das eine Mädchen.

»Und hat grüne Augen!« fügte das andere hinzu.

»Und er hat ein blaues Wolljäckchen an!«

Die Flammen der Wut erloschen.

»Sprecht ihr von eurem Kater?«

»Ja natürlich!« riefen die beiden Mädchen wie aus einem Mund.

»Habt ihr ihm zufällig eine blaue Jacke angezogen?« wollte Michael, nun etwas ruhiger, wissen.

»Wir haben mit ihm Mutter und Kind gespielt.«

»Er ist auch im Kinderwagen gefahren.«

»Und hat Leckerchen gegessen.«

»Und Fläschchen haben wir ihm gegeben.«

»Und wir haben ihn nur ganz selten ins Gästeklo gesperrt.«

»Nur wenn er gefaucht hat!«

»Er durfte auch in unserem Bett schlafen!«

»Aber nach draußen durfte er nicht.«

»Weil er dann nämlich Mäuse mit ins Haus gebracht hätte!«

»Und wer weiß was sonst noch angeschleppt hätte!«

Das war der altkluge letzte Satz, der gewiß von der Mutter abgelauscht war, vermutete Michael.

»Und dann ist er euch doch entwischt?«

»Ja, weil die dumme Mama das Küchenfenster aufgemacht

hat. Aber sie sagt, es gibt bald eine neue Katze. Die vermehren sich doch wie die Karnickel.«

Michael schüttelte über diese gleichgültige Haltung verständnislos den Kopf. Den Kindern gegenüber jedoch blieb er ruhig.

»Mädchen, ein Kater braucht seine Freiheit. Ich denke, wenn er sich wohl gefühlt hat bei euch, dann wird er von alleine zurückkommen.«

»Aber wir haben ihm doch immer Futter gegeben!«

»Und wir konnten so schön mit ihm spielen.«

Michael sah die Zwillinge streng an. »Eine Katze ist kein Spielzeug. Katzen sind Persönlichkeiten, die ihren eigenen Willen haben. Nichtsdestotrotz, dort hinten am Bahndamm habe ich ein blaues, ziemlich zerrissenes Jäckchen in den Dornenranken gefunden. Ich denke, euer Kater hat sich davon befreit und streunt jetzt hier durch die Wiesen. Ruft ihn dann und wann, vor allem in der Abenddämmerung. Wenn es ihm gefällt, kommt er wieder. Wenn nicht, sucht er sich vermutlich ein Heim, in dem man ihn mehr achtet.«

Die beiden Mädchen zogen Schmollmünder und liefen, ohne sich zu bedanken oder zu verabschieden, zum Haus zurück.

»Oh!« sagte Michael vor sich hin. »Da wird Malachi zumindest eine gute Tat getan haben. Denn von alleine ist dieser Pippin nicht aus den Ranken und dem Jäckchen gekommen! Aber wohin mag der Lauseengel anschließend gegangen sein?«

Michael entschied sich, auf dem Revier seine Nachforschungen weiterzuführen. Ein Engel auf Erden hinterließ üblicherweise Spuren, und kriminalistischer Spürsinn konnte hier weiterhelfen.

9.
Pippins Erkundungen

Pippin genoß seine neue Freiheit. In der ersten Nacht war er noch im Hotelzimmer geblieben und hatte bei Merita im Bett schlafen dürfen. Er fand die alte Dame ganz in Ordnung. Zumindest drangsalierte sie ihn nicht. Sie hatte ihm erzählt, sie habe bis vor einiger Zeit fast zwanzig Jahre lang mit einem rotgetigerten Kater zusammengelebt. Nun, dieser Kater hatte sie anscheinend gut erzogen, mußte Pippin zugeben. Merita wußte, wo die richtigen Stellen zum Kraulen waren, und tat es auch mit dieser liebevollen Kraft, die viel angenehmer war, als das fluselige Streicheln, das er bisher kannte.

Am ersten Tag hatte er einen vorsichtigen Rundgang gewählt, immer ganz nahe an den Wänden der Buden entlang, um ja niemandem aufzufallen. So ganz sicher fühlte er sich trotz aller Abenteuerlust noch nicht, aber die Neugier lockte. Zunächst einmal ließ er sich von seiner Nase leiten. Die Gerüche waren so außerordentlich vielfältig. Wundervoll zum Beispiel dort, wo die Schafwollpullover verkauft wurden und diese weißen Lammfelle. Sich da hineinzukuscheln müßte sein wie damals an Mamas Bauch. Es duftete so schön nach Tier. Auch die Bienenwachskerzen rochen nicht schlecht. Der Honig hingegen war Pippin zu süßlich. Dafür fand er das Angebot des Korbflechters bemerkenswert, denn es gab dort katzengerecht geformte Körbe, in denen man sich mit rundem Rücken schön anlehnen könnte. Langweilig roch der Stand mit den Edelsteinen. Steine hatten keinen besonders bemerkenswerten Duft, aber das Aroma der Räucherstäbchen kitzelte ihm unangenehm in der Nase. Den Glühweinstand umging er im großen Bogen, dort gab es zu viele Menschen, und besonders aufmerksam schienen sie auch nicht zu sein. Zu leicht bekam da ein schwarzer Kater einen bösen Tritt ab. Dort, wo es Trockenblumengestecke gab, roch es zwar angenehm nach Heu, aber ein angeleinter Hund knurrte ihn warnend an. Im Dunkel der Erinnerung klang eine Alarmglocke durch Pippins Hirn. Vor Hunden, so hieß es da, solle man sich besser in acht nehmen. Außerdem zog ihn der Würstchengrill mehr an. Speichel sammelte sich in seinem Mäulchen und erinnerte ihn daran, außer einer sehr kleinen Dose Katzenfutter noch nichts zu sich genommen zu haben. Doch an den Grill war nicht heranzukommen. Es lag jedoch das eine oder andere Pappschälchen am Boden. Vielleicht gab es Reste? Pippin beschnüffelte ein Pappschälchen und fand das gelbe Zeug darauf grauenerregend. Senf war nichts für Katzen! Empört war er weitergeschlendert und hatte schließlich den Fischbräter gefunden, der gerade ein wenig unaufmerksam war.

Der Rest war einfach – und nun gab es Fischkekse bei Merita.

Pippin war einigermaßen stolz auf sich.

Am Abend hatte sie ihm erlaubt, die Nacht über draußen zu bleiben. Es gab einen Durchlaß zur Hütte, der gerade so groß war, daß eine Katze sich hindurchzwängen konnte. Dahinter hatte Merita ihm eine Decke hingelegt, so daß er, sollte ihn die Müdigkeit übermannen, sich zurückziehen konnte. Er hatte darauf gedöst, bis es ruhig auf dem Marktplatz wurde.

Im Dunkeln versprach der Rundgang noch viel spannender zu werden. Es lag noch kein Frost in der Luft, ja eigentlich war es sogar recht warm für Dezember, und trocken war die Nacht auch. Endlich konnte Pippin sich erlauben, auch zwischen den Buden umherzulaufen. Immer größer und größer wurden die Runden, die er um den eigenen Standort herum zog. Bis zur Kirche war er gekommen, unter parkenden Autos hindurchgeschlüpft, um Mülltonnen geschlichen, und an dem großen Tannenbaum mit den vielen Lichtern hatte er auch geschnuppert. Unter diesem Baum blieb er sitzen, als ein anderer Kater über den Platz strich. Der andere war wohlgenährt, grau getigert und schien sich ausnehmend gut auszukennen. Selbstbewußt markierte er eine Häuserecke und verschwand dann mit einem kühnen Sprung auf der Mauer des Kirchhofs. Eine Kätzin kam von der anderen Seite, schnüffelte einen Baumstamm nach irgendwelchen Nachrichten ab und zog enttäuscht weiter. Ein magerer Geselle tauchte wenig später auf und schlitzte mit geübter Kralle einen Müllsack auf, um nach Essensresten zu wühlen. Zwei noch magerere Jungkatzen machten ihm die Beute streitig. Es wurde gekreischt und gefaucht, und es setzte Tatzenhiebe und Ohrfeigen. Zum ersten Mal beobachtete Pippin einen richtigen Kampf zwischen seinen Artgenossen, und er war sowohl fasziniert als auch erschreckt.

Als der Platz wieder leer war, sprang auch er über die Kirchhofmauer und fand hier ein hübsches Stückchen Natur. Der alte Friedhof wurde nicht mehr benutzt. Die flechtenüberzogenen Grabsteine standen schief und krumm im Gras, aber dazwischen waren Kieswege angelegt. Im Sommer würden bestimmt Büsche und Blumen blühen.

Mäuse gab es auch.

Pippin roch sie.

Er wählte ein Mauseloch – und angelte mit der Pfote nach der Bewohnerin.

»Guck mal, der Blödmann versucht, eine an den Haken zu kriegen!« spottete eine junge Stimme.

»Der hat bestimmt bisher nur mit Stoffmäusen gespielt.«

»Ja, und die sind immer so gefällig!«

»Aber sie schmecken nicht.«

»Das hat der sowieso noch nie probieren müssen. Schau dir mal die Wampe an, die der mit sich rumschleppt.«

Wie spitze Nadeln trafen diese Worte Pippin, denn leider war ihm nur zu sehr bewußt, wieviel Wahrheit in ihnen lag. Betreten und geduckt schlich er sich außer Hörweite der beiden strubbeligen Jungkater, die ihrerseits fröhlich im alten Laub nach Mäusen stöberten. Immerhin beobachtete er dabei, welche Technik sie anwendeten, und mußte zu seinem Erstaunen feststellen, wie höchst beweglich echte Mäuse waren. Sie zu fangen schien auf der einen Seite eine unsägliche Geduld und auf der anderen eine überaus schnelle Reaktion zu erfordern. Es fesselte Pippin, den beiden Katern zuzuschauen, wie sie bewegungslos lauerten und dann urplötzlich auf ihr Opfer sprangen, um es mit einem Biß oder Tatzenschlag außer Gefecht zu setzen. Mit einem gewissen Neid hörte er zu, wie sie dann schmatzend ihre Beute vertilgten. Erst als die beiden fort waren, traute er sich an einen eigenen Versuch.

Geduldig war Pippin, schnell allerdings nicht und geschickt erst recht nicht. Er übte jedoch bis in den Morgen hinein, und einmal hätte er auch fast eine Maus am Schwanz erwischt.

Aber eben nur fast.

Als die Müllabfuhr durch die Straßen klapperte, machte er sich schließlich, müde und hungrig und äußerst unzufrieden mit sich, auf den Weg zur Hütte, schlüpfte durch seinen Einlaß und rollte sich nach kurzem, nicht sehr gründlichem Putzen auf seiner Decke zusammen.

10.
Verkaufserfolge

Merita hingegen war glücklich. Bevor sie sich erneut ans Backen machte, hatte sie noch einige Einkäufe getätigt. Der braune Wollmantel blieb im Zimmer, der damenhafte Rock und die Bluse ebenfalls, sie trug nun, wie ihr Adoptivenkel, Jeans und ein Sweatshirt. So war sie für die Arbeit viel praktischer gekleidet.

Über ihre Familie hatte sie sich bisher noch nicht viele Gedanken gemacht, was völlig ungewöhnlich für sie war. Sie genoß ihre neu gewonnene Freiheit. Am Nachmittag zuvor hatte sie bei ihrem Sohn angerufen, aber nur ihre dreijährige Enkelin Sabine hatte sich am Telefon gemeldet. Quengelnd hatte die Kleine darauf bestanden, mit dem Weihnachtsmann zu sprechen, und Merita hatte all ihre Geduld darauf verwendet, ihrer Enkelin klarzumachen, daß ihre Oma die Eltern zu sprechen wünsche.

»Sin nich da!« hatte Sabine gejammert. »Will Weihnachtsmann!«

Schließlich hatte sie ihr gut eingeprägt, die Oma habe angerufen, es gehe ihr gut und sie werde sich wieder melden. Dann hatte Merita für sich beschlossen, mit dieser Auskunft ihre Pflicht getan zu haben. Ihr Leben lang hatte sie gehorcht und Rücksicht genommen und sich untergeordnet. Ihren Eltern war sie eine artige Tochter, ihren Lehrern eine ordentliche Schülerin, ihrem Mann eine rücksichtsvolle Frau, ihrer Chefin eine duldsame Mitarbeiterin und ihrer Familie eine geduldige Großmutter gewesen. Irgendwie hatte sie das Gefühl, das Maß sei nun voll, und ihr eigenes Leben habe Vorrang.

Als sie am Morgen mit frischem Tatendrang den Marktstand betrat, hatte sie keinen Gedanken mehr für ihre Familie übrig. Liebevoll streichelte sie zunächst den erschöpft auf seiner Decke schlummernden Pippin, dann machte sie sich an die Vorbereitungen für das Tagwerk. Sie hatte sich mit Malachi abgesprochen. Er sollte sich um die Katzenkekse, sie würde sich um das süße Gebäck kümmern.

Noch war wenig los auf dem Markt, nur ein paar Hausfrauen, Rentner und Schulschwänzer kamen vorbei, einige blieben auch bei Merita stehen und erhielten Probierhäppchen. Meist kauften sie anschließend ein oder zwei Beutel.

»Schade, daß man Katzen nicht an der Leine Gassi führen kann. Dann könnte man die auch mit unseren Katzenkeksen verführen!« meinte Merita, als wieder ein Hund glücklich knuspernd auf einem Fischkeks kaute.

»Ich könnte uns ein Schild mit einer Katze malen«, meinte Malachi.

»Das ist eine gute Idee.«

Malachi gestaltete mit großem Geschick ein Pappschild – alle Engel sind künstlerisch begabt – und stellte es auf. Den eigentlichen Durchbruch im Verkauf brachte aber schließlich Pippin.

Der Kater war gegen Mittag mit einem brüllenden Hunger aufgewacht und auf die Verkaufstheke gesprungen.

»Na, mein Freund! Ausgeschlafen?« fragte Merita und kratzte ihn sanft zwischen den Ohren.

Der schwarze Kater gähnte mit weit aufgerissenem rosa Mäulchen und zeigte sein mörderisches, glänzend weißes Gebiß.

»Wo's Futter bleibt, will er wissen!« übersetzte Malachi.

»Oh, verflixt … Daran habe ich nicht gedacht. Ich glaube, ich werde alt. Es steht noch im Zimmer oben.«

»Dann hole ich es gleich!« bot sich Malachi an, aber Pippin, dessen leerer Magen knurrte, knurrte ebenfalls. Hunger war ein Gefühl, das er bisher noch nicht kennengelernt hatte und das er nicht erquicklich fand. Malachi übersetzte seine diesbezüglichen Äußerungen nicht für Merita, sondern schlug vor, ihm vorab ein Schälchen mit den frischen Katzenkeksen und eine Schüssel Sahne anzubieten.

Pippin verschlang das alles direkt auf der Verkaufstheke, und wie der Zufall es wollte, blieb gerade in diesem Moment eine Frau stehen, die selbst zwei überaus verwöhnte Katzen ihr eigen nannte.

»Das scheint ihm aber zu schmecken. Was füttern Sie da? Meine beiden Burmesen sind so mäkelig!«

Merita reagierte geschwind. »Oh, unsere eigenen Katzenkekse. Nach einem geheimen Rezept hergestellt, ganz frisch und knusprig. Nehmen Sie doch ein Beutelchen zum Probieren mit!«

Sie füllte der Dame ein Tütchen ab und schenkte es ihr.

Keine halbe Stunde später war die Kundin wieder da, erzählte mit überschwenglicher Begeisterung von dem Erfolg, den sie bei ihren beiden Lieblingen erzielt hatte, und war bereit, jeden angemessenen Preis für einen Wochenvorrat Futterkeks zu bezahlen. Da sie zudem eine schwatzhafte Frau war, kamen den ganzen Nachmittag über weitere Interessenten vorbei, die sich für das ausgefallene Angebot interessierten.

»Herr im Himmel!« summte Merita erfreut, als sie später das Geld in der Kasse zählte.

Malachi übersetzte einen Vorschlag, den Pippin sich ausgedacht hatte. »Er meint, wir sollen auch mal Kekse mit Fleisch machen! Er kann Fisch nicht mehr riechen!«

Der Engel schob die Kapuze von der verschwitzen Stirn zurück. Er hatte unablässig Teig geknetet und Bleche in den Ofen geschoben.

»Da hat Pippin wohl recht!« stimmte Merita zu. »Ich werde für morgen mal etwas Hackfleisch besorgen. Und Hühnerfleisch, Pippin?«

»Brillante Idee, meint er!«

»Ah!«

Während sie die Mengen der Zutaten planten, bemerkten sie allerdings den Mann im grauen Mantel und mit dem grauen Gesicht nicht, der sie verstohlen von der Ecke am Gewürzstand beobachtete.

11.
Engelsgespräche

Zwei Tage später hatte sich der ehemalige Gebäckstand der Nachfrage angepaßt und vollkommen verändert. Nur noch ein kleines Eckchen war den süßen Plätzchen und Kuchen gewidmet, den größten Teil nahmen die flachen Körbe mit den unterschiedlichsten Katzenkeksen ein. Merita hatte ein wenig mit dem Teig experimentiert, Pippin hatte getestet, und Malachi hatte sich dann wohlklingende Namen ausgedacht. Sie hatten herausgefunden, daß Maismehl eine bessere Grundlage als Weizenmehl abgab, auch Reis hatte Anklang gefunden, und Schmalz paßte manchmal besser als Butter. Feingehackte Geflügelleber kam sehr gut an, aber auch Käse wurde goutiert. So gab es nun Fisch-Crisps, Gacker-Knacker, Käse-Knusper, Hack-Backer, Reis-Beißer und Speck-Krustis in unterschiedlichen Formen.

Nur Maus-Bissen waren im Sortiment nicht anzutreffen.

Obwohl Pippin Fortschritte gemacht hatte.

Überhaupt hatte Pippin sich in den fünf Tagen verändert, in denen er nun schon als freier Kater lebte. Sein Bäuchlein war merklich geschwunden und sogar etwas straffer geworden. Nicht, daß er gehungert hätte, doch er war jede Nacht unterwegs und hatte ein paarmal schon ziemlich rasch Reißaus nehmen müssen, um Hunden, dem örtlichen Revierfürsten, einem betrunkenen Steinewerfer und sogar einem Marder zu entkommen. Außerdem trieb ihn seine Neugierde immer weiter. Er hatte nun auch schon einige Gärten erkundet, in die er nur kam, wenn er auf hohe Mauern sprang oder sich durch dichte Hecken zwängen mußte. Er wußte, wer zu welcher Zeit seine Runden drehte, wem er aus dem Weg zu gehen und welche Reviergrenzen er zu respektieren hatte. Es unterschied getigerte und einfarbige, rote und weiße, langhaarige und kurzhaarige Katzen – nur schwarze hatte er bislang noch nicht getroffen. Darüber wunderte er sich ein wenig.

In den letzten Nächten war es kälter geworden, frostig sogar, und in den Morgenstunden gefror der Tau. Pippins Fell war dichter, seine Pfoten waren rauher geworden, und seine Bewegungen hatte jegliche Trägheit verloren. Zwei Mäuse hatte er auch schon … na ja, gefunden. Sie waren erfroren.

Sie schmeckten ihm allerdings nicht.

Tagsüber schlief er bis Mittag, dann nahm er in aller Öffentlichkeit, langsam und mit deutlich zur Schau gestelltem Genuß seine erste Mahlzeit ein. Das hatte Malachi ihm vorgeschlagen. Es wirkte jedesmal.

Der Engel war überhaupt recht überzeugend. Pippin mochte ihn. Aber warum sollte ein Engel auch unsympathisch sein? Ihn verwunderte lediglich, warum Malachi so nachdenklich war. Man sah es ihm zwar nicht an, nach außen hin hatte er immer gute Laune, war immer gefällig, hatte für jeden ein Lächeln und ein paar nette Worte, doch etwas zehrte an ihm. Pippin probierte es mit ein paar kleinen Zärtlichkeiten – Kopfreiben am Ärmel, ein leises Schnurren beim Um-die-Beine-Streichen, ein sanftes Pfotenauflegen. Malachi erwiderte es mit Freundlichkeit, vertraute sich ihm jedoch nicht an. Nur einmal hatte er ihn um Rat gefragt.

»Die Svenja von nebenan hat ihre Katze verloren. Und ich habe ihr versichert, sie würde zu ihr zurückkommen. Nun löchert sie mich täglich, woher ich das weiß. Was soll ich ihr nur sagen? Pippin, ich kann ihr doch nicht von den goldenen Steppen erzählen.«

»Warum eigentlich nicht?«

Natürlich kannte der Kater die Mythen und Sagen seines Volkes und wußte auch, daß die meisten davon sich als wahr erwiesen.

»Weil sie mich dann fragt, woher ich das nun schon wieder weiß. Und das letzte, was man hier auf Erden herausfinden darf, ist, daß ich ein Engel bin. Bei Großmutter Merita ist das gerade noch mal gutgegangen. Sie ist eine ungewöhnlich verständige Frau. Ich hätte es ihr auch nicht gesagt, wenn ich nicht noch so von dem Sturz verwirrt gewesen wäre, als wir uns getroffen haben. Inzwischen habe ich aber nachgedacht. Die Menschen reagieren ziemlich komisch auf uns, heißt es. Entweder sie halten uns für Spinner, oder sie erstarren vor Ehrfurcht. Oder sie verjagen uns. Sie sind ziemlich engstirnig. Fremdes und Ungewöhnliches macht ihnen angst.«

»Ich kenne noch nicht viele von ihnen, doch es gibt so 'ne und solche, will mir scheinen.«

»Das ist wohl wahr.«

»Svenja scheint mir auch ein besonderer Mensch zu sein. Sie ist allerdings sehr traurig«, schnurrte der Kater und warf einen grünen Blick zu ihr hinüber.

»Ich weiß.«

»Geh und sag ihr, ich hätte dir von den Goldenen Steppen und der Rückkehr der Katzen erzählt. Dann fragt sie nicht mehr. Sie will es doch glauben.«

Malachi sah Pippin an und nickte dann. »Für dein Alter bist du ziemlich weise!«

»Wäre mir lieber, ich könnt' 'ne ordentliche Maus fangen!«

Svenja nickte mit leuchtenden Augen, als Malachi sie fragte, ob sie wirklich ein Geheimnis behalten könne. Dann erzählte er ihr von dem fernen Katzenstern, wo sich die Seelen der verstorbenen Katzen versammelten, um dort all ihr Leid, ihre Krankheiten und ihre Wunden zu vergessen, die ihnen das irdische Leben geschlagen hatte. Er berichtete ihr von den endlosen Goldenen Steppen, deren Grashalme sich in einem ewigen Frühlingswind wiegten, voll von verlockenden Mauselöchern, von den moosigen Ufern der murmelnden Bäche, an denen die Katzen aus dem kristallklaren Wasser ihre Fische angelten, von den uralten Wäldern, deren Baumhöhlen zum

Schlummern einluden oder deren hohe Äste zum Klettern verlockten, von den sonnenwarmen Felsen, wo sie sich räkelten und träge ins Licht blinzelten.

»Sie haben dort alle ein gleichmäßig graues Fell und leben in friedlichen Bruder- und Schwesternschaften zusammen. Sie verlieren die Erinnerung an all das Böse, was ihnen je zugestoßen ist, nur eines vergessen sie nie – die Liebe, die ihnen geschenkt wurde. Sobald die Zeit reif ist, sobald ihre Seelen geheilt sind, dann zieht die Sehnsucht sie zurück in die Welt der Sterblichen. Dann wählen sie einen neuen Pelz aus und kommen dort zur Welt, wo die beste Chance besteht, wieder demjenigen zu begegnen, der sie geliebt hat.«

Wieder schwammen Svenjas Augen in Tränen, die sie sich mit dem Ärmel aus das Gesicht wischte. »Dann muß ich meine Mumuscha nur suchen, ja?«

»Nicht suchen, Svenja, auf sie warten. Suchen nützt nichts.«

Schniefend nickte sie, dann aber wurden ihre Augen wieder klar und neugierig. »Malachi, ich verstehe ja, daß diese Geschichte ein Geheimnis zwischen uns bleiben muß, aber sag mal: Woher kennst du sie eigentlich? Bist du sicher, daß sie überhaupt wahr ist?«

»Ganz sicher. Schließlich hat Pippin sie mir anvertraut.«

»Pippin? Dein Kater? Du willst mich auf den Arm nehmen!«

»Niemals, Svenja. Denk mal gut nach! Hast du dich mit deiner Mumuscha nicht auch verständigen können?«

Das Mädchen biß sich auf die Unterlippe. »O ja. Sie hat mir viel erzählt, nicht so mit Worten, wie Menschen, aber auf ... ihre Weise.«

»Siehst du, so geht das zwischen Pippin und mir auch.«

»Aber warum hat Mumuscha mir das mit den Goldenen Steppen nicht gesagt?«

»Erstens, weil es ein Geheimnis ist, und zweitens, weil die ganze Wahrheit nur die Weisen unter den Katzen kennen. Und Pippin ist einer der Ältesten unter den Weisen!« In Gedanken fügte Malachi hinzu: Er weiß es nur selbst noch nicht.

»So eine Art Hohepriester der Katzen?«

»Ja, so könnte man ihn nennen, allerdings nicht in dieser Welt und nicht vor den Menschen.«

»Gut, das verstehe ich. Aber ...« Svenja warf einen vorsichtigen Blick zur linken Ecke ihres Marktstandes, »paßt gut auf ihn auf, Malachi. Hier steht manchmal ein Mann in einem grauen Mantel herum, der ihn ganz intensiv beobachtet. Mir ist nicht wohl dabei.«

»Ein grauer Mann?«

Malachi folgte ihrem Blick und betrachtete die angegebene Stelle. Für Menschenaugen war dort nichts zu erkennen, aber seine engelischen Gefühle ließen ihn schaudern.

12.
Ein Verdacht

Michael hatte in seiner Rolle als Polizist bei den Damen der Senioren-Wohngemeinschaft angerufen und die Auskunft bekommen, Merita sei nicht bei ihnen eingetroffen. Auch ihr Sohn hatte keine weiteren Nachrichten erhalten. Michael hatte dann am Bahnhof Erkundigungen eingezogen, aber niemand konnte sich an eine ältere Dame in einem unauffälligen braunen Mantel erinnern. Hätte er seine engelischen Kräfte einsetzen dürfen, hätte er wohl recht schnell herausgefunden, wo Merita sich aufhielt, aber das wollte er lieber nicht wagen. Einzig und allein auf seine innere Stimme hörte er, und die verriet ihm, der Frau sei kein Unglück geschehen, sondern sie fühle sich sogar ungewöhnlich wohl. Darum verfolgte er die Angelegenheit nur oberflächlich weiter. Insgeheim fand er durchaus Verständnis dafür, daß die ältere Dame dem bedrückenden Haushalt der Schwiegertochter entwischt war. Vermutlich hatte sie mit jener Hetty ausgeheckt, niemandem etwas von ihrem Aufenthalt dort zu erzählen. Leise grinsend gönnte der Erzengel ihr die Ferien.

Malachi gönnte er seine Ferien indes nicht. Seine innere Stimme schwieg, wenn Michael an ihn dachte, und dafür mochte der Engelbengel selbst sorgen. Immerhin zollte Michael ihm einiges an Achtung. Offensichtlich hatte er noch nicht für unliebsames Aufsehen gesorgt. Nirgendwo waren Meldungen von hysterischen Gläubigen aufgetaucht, die einen himmlischen Boten gesehen haben wollten, es waren keine neuen, ekstatischen Sekten entstanden. Auch von Wunderheilungen hörte man nichts, nichts von überirdischen Visionen, ebenso nichts von nächtlichen Lichterscheinungen, dem Besuch von Außerirdischen oder Ufos.

Das war beruhigend.

Aber wo war der Bursche?

Zunächst hatte Michael angenommen, Malachi könne ebenfalls in den ICE eingestiegen sein, aber da wäre er mit Sicherheit aufgefallen. Flügel und Heiligenschein ließen sich nicht so einfach verstecken, und die Fähigkeit zur Gestaltwandlung wurde von dem Herrn im Himmel lediglich in besonders begründeten Einzelfällen verliehen. Michael verfolgte also weiterhin gründlich den Polizeifunk, las die Zeitungen der umliegenden Städte und Gemeinden und verfolgte jede noch so vage Spur. So hatte er dann einen jugendlichen Ausreißer aufgelesen, der mit Mutters Haushaltskasse durchgebrannt war, um seine Freundin zu besuchen, einen halbwüchsigen Selbstmörder vom Brückengeländer geklaubt und überredet, ihm seine Sorgen anzuvertrauen. Er hatte einen jungen Dummkopf auf die Wache geschleppt, der sich sinnlos betrunken hatte, einem nächtlichen Graffiti-Sprayer das Handwerk gelegt, der kopfüber an einer Autobahnbrücke hing, um sein Kunstwerk zu gestalten. Er hatte einen U-Bahn-Surfer geschnappt, kurz bevor dessen klamme Finger den Halt verloren, eine Prügelei unterbunden, bei der das Opfer ein dunkelhäutiger Junge war, einen frechen Taschendieb in Gewahrsam genommen und drei Rabauken die Ohren lang gezogen, die Passanten anpöbelten.

Keiner von ihnen war ein Engel gewesen.

Alle hatten allerdings hinterher das Gefühl, es habe sich in ihrem Leben etwas zum Guten gewendet.

Das war jedoch nur ein Nebeneffekt, der immer dann eintritt, wenn man einem Engel begegnet.

In unzähligen Kirchen war Michael zudem gewesen und hatte sich die unterschiedlichsten Chorproben angehört. Außerdem hatte er sich die seltsamsten Engelskostüme angesehen. Dann und wann hatte er sich schaudernd dabei nach den himmlischen Sphärenklängen gesehnt. Manchmal hingegen war er einfach in einer der hinteren Reihen sitzen geblieben und hatte sich gefragt, ob sich unter den Sängern nicht vielleicht doch der eine oder andere Engel verbarg.

Dem war aber nicht so.

Die Tage vergingen, ohne daß er auch nur den kleinsten Zipfel von Malachi gesehen hätte.

Dann aber fand er einen anderen Hinweis, der ihn nachdenklich werden ließ.

Sein Kollege Peter hatte ihm einen Kontoauszug vorgelegt und auf die vermißte Frau verwiesen. Tatsächlich hatte die Nachforschung bei der Bank ergeben, daß sie noch am Tage ihres Verschwindens eine größere Summe Bargeld abgehoben hatte, und zwar an einem Kassenautomaten, der sich in der Stadt befand, wo der ICE außerplanmäßig gehalten hatte. Danach waren keine Kontenbewegungen mehr eingetreten.

Die braune Wollkappe fiel Michael wieder ein.

Sollte jene Merita den Zug verlassen haben und auf Malachi gestoßen sein? Und ihn – aus welchen Gründen auch immer – akzeptiert haben? Ihm sogar geholfen haben, sich zu verbergen?

Es gab solch wunderliche Menschen.

Michael nahm sich vor, am nächsten Tag seine Ermittlungen in diesem Städtchen aufzunehmen. Dort nahm soeben das Verbrechen seinen Lauf.

13.
Überfall

Pippin war den Streunern bisher aus dem Weg gegangen. Sie versetzten ihn in Angst.

Die einheimischen Katzen, die nächtens ihr Zuhause verließen, um ihre Streifzüge durch die Straßen und Gärten zu machen, hatte er inzwischen weitgehend kennengelernt. Mit dem einen oder anderen Kater hatte er vorsichtige Grüße ausgetauscht, mit zwei zierlichen Kätzinnen sogar einen schnellen Nasenstups. Allesamt waren sie gepflegt, wohlgenährt und gesund. Zwar verhielten sie sich angemessen vorsichtig, waren aber weder scheu noch aggressiv.

Ganz anders die Streunerbande. Das waren ausgemergelte Gesellen, kampferprobt und bereit, ihr Revier und ihre schäbigen Futterquellen bis aufs Blut zu verteidigen. Sie beharkten sich gegenseitig, und trugen Kratzspuren und schorfige Wunden in ihrem Fell, aber einen Fremden, der ihren Pfad kreuzte, bedrohten sie selbstverständlich gemeinsam.

Wo Pippin ihre Markierungen fand, umging er die Gegend.

Dennoch sah er sich in der Nacht des zweiten Advents mit ihnen konfrontiert.

Daß es an einem der Marktstände überaus köstliches Futter gab, hatte sich selbstverständlich bei den ewig hungrigen Streunern herumgesprochen. Natürlich ebenso die Kunde von dem schwarzen Kater, der dort sein Stammquartier hatte. Ein großer, strammer Kater! Man hatte ihn beobachtet, heimlich, aus den unterschiedlichsten Verstecken. Man hatte seine Wege zur Kenntnis genommen, seine Gepflogenheiten studiert und seine Kontakte geprüft.

Man war zu dem Schluß gekommen, er müsse ein harmloses Weichei sein; verwöhnt, nie hungrig, in der Jagd unbeholfen, naiv und viel zu menschenfreundlich.

Ein einfaches Opfer.

Ritzard, der nicht ganz unumstrittene Chef der Bande, beschloß, die Hütte zu überfallen und zu plündern. Man stimmte ihm begeistert zu.

So schlichen sich dann im Schutze der mondlosen Nacht die fünf Übermütigsten der räudigen Bande an den Marktstand, beschnupperten die Holzplanken, aus denen sie errichtet war, und fanden rasch den schmalen Durchlaß, den Pippin für gewöhnlich benutzte.

Pippin selbst befand sich auf seinem Rundgang, und so drangen sie – furchtsam und gierig – in das Büdchen ein. Sie brauchten nicht lange, um die Reste der Katzenkekse aufzustöbern. Scharfe Krallen fuhren durch die Verpackungen, Zähne rissen an widerspenstigen Papiertüten, Fetzen flogen, eine Milchtüte platzte auf, und schließlich trat schmatzende Stille ein.

Pippin fühlte sich seltsam unruhig, während er durch die Gassen streifte. Zwar hatte er sich von jener Bande ferngehalten, das hieß aber nicht, daß er ihr Fehlen in dieser Nacht nicht bemerkte. Alles war ungewohnt ruhig; weder gab es Zankereien um Essensreste noch Grenzstreitigkeiten, und auch die Markierungen hatten eine andere Bedeutung. Vorsichtig schnüffelnd und lauschend, machte er sich auf den Weg zurück zu seinem Heim. Hier verdichteten sich die Anzeichen für ein ungewöhnliches Vorkommnis. Mehrere Pfotenspuren auf dem von Tau benetzten Boden führten in eine Richtung – in seine Richtung.

Dann witterte er es. Mehrere seiner Artgenossen hatten sich über die Vorräte hergemacht.

Ein vollkommen unerwarteter und überwältigend heftiger Zorn durchschoß Pippin wie eine Stichflamme.

Man vergriff sich an seinem Eigentum!

An dem Eigentum seines Menschen!

Pippin raste auf den Durchlaß zu, und unversehens fuhr er unter die futternde Meute wie ein krallenbewehrter Wirbelsturm. Er hieb um sich, wie er es noch nie in seinem Leben getan hatte. Krümel stoben auf, Fellstückchen wirbelten durch die Luft, gellendes Kreischen erfüllte die Hütte, die Körbe polterten auf der Theke, und scheppernd fiel ein Backblech zu Boden.

Eine magere Kätzin suchte als erste das Weite. Die beiden Jungkater versuchten noch, eine Tüte mit Futter zum Ausgang zu zerren, bekamen aber jeder einen heftigen Schlag an den Kopf, so daß sie ihre Beute fallen ließen und ebenfalls mit zerfetzten Ohren flüchteten. Die Siamesin war mutiger, sie sprang Pippin ins Genick und trommelte mit ihren Tatzen auf ihn ein. Zu ihrem Unglück aber war sie um so vieles leichter als der wohlgenährte Kater. Er schüttelte sie fauchend ab und schnappte nach ihrem ausgefransten Schwanz. In letzter Sekunde rettete sie sich mit einem Sprung durch den Ausschlupf.

Dann standen sich nur noch Ritzard, der graubraune Kater, und Pippin gegenüber. Ritzards gelbe Augen waren von dunklem Haß erfüllt. Knurrend stellte er die Rückenhaare auf, und sein Schwanz plusterte sich dick auf. Auch Pippin machte einen Buckel und grollte. Fauchend tauschten sie heftige Beschimpfungen aus. Schließlich griff der Eindringling an. Pippin, nicht besonders kampferprobt, erhielt einen schmerzenden Krallenstreich in der Flanke, da er nicht schnell genug ausgewichen war. Der Schmerz jedoch verlieh ihm neuen, wilden Mut. Mit seinem nicht unbeträchtlichen Gewicht stürmte er auf Ritzard ein, der auf den Arbeitstisch sprang. Eine Tüte Mehl zerbarst, eine weiße Staubwolke verwehrte beiden die Sicht. Pippin aber hatte den Vorteil, sich besser auszukennen. Er erhob sich auf die Hinterbeine, breitete die vorderen Pfoten aus und gab einen schrillen Schrei von sich. Auch Ritzard erhob sich und kreischte. Sie schlugen mit ausgefahrenen Krallen auf einander ein.

Ritzard rutschte ab.

Pippin sprang ihm nach.

Sie rollten über den Boden und verkrallten sich ineinander.

Ritzard schlug mit dem Kopf an die scharfe Kante des Backblechs und blieb regungslos und blutend liegen.

Heftig schnaufend ließ Pippin von ihm ab.

Malachi lag bäuchlings auf dem Bett. Er genoß es, seine Flügel zu entfalten und gelegentlich damit zu wedeln, während er ein spannendes Buch las. Schlaf brauchen Engel nicht, und richtig in einem Bett liegen können sie auch nicht. Als das Kreischen begann, stand er auf und lief zum Fenster. Seine scharfen Augen erkannten auch im Dunkel den Aufruhr, der sich um ihren Marktstand entwickelte. Eilig zog er sein Sweatshirt über und drückte sich die Baseballmütze auf den Heiligenschein. Dann lief er nach unten, um zu sehen, was sich dort abspielte.

Merita schlief tief und fest und träumte von einem schönen Garten, in dem sie zwischen duftenden Rosen, von summenden Bienen umgeben, im warmen Sonnenschein Unkraut jätete. Sie träumte auch von ihrem alten Kater, der friedlich zwischen den Lavendelbüschen ruhte und ihren gemurmelten Worten dann und wann mit einem Schnurren antwortete. Es irritierte sie ungemein, daß er plötzlich zu kreischen begann, und sie wachte auf.

Das Kreischen hörte nicht auf.

Etwas benommen, weil sie sich erst wieder erinnern mußte,

wo sie sich befand, setzte sie sich auf. Es polterte und schepperte in der Stille der Nacht, und das Geräusch schien von unterhalb ihres Fensters zu kommen. Alarmiert stand sie auf und zog den Vorhang beiseite. Sie sah gerade noch drei Katzen die Flucht ergreifen, doch die Auseinandersetzungen schienen noch nicht beendet. Eilig zog sie sich ihre Kleider über den Schlafanzug, stieg ohne Socken in die Schuhe, packte den Schlüssel zum Marktstand und lief nach unten.

Hier traf sie mit Malachi zusammen, der leise flüsterte: »Pippin hat Probleme!«

Sie schlossen die Tür auf und schalteten das Licht ein.

Ein Bild der Verwüstung bot sich ihren Augen dar. Milch tropfte von der mehlverschmierten Arbeitsplatte, aufgeplatzte Tüten lagen herum, Gebäck war zerkrümelt, überall befanden sich Büschel von Katzenhaaren in den unterschiedlichsten Farben.

Neben dem verbogenen Backblech saß Pippin, der verstört auf einen graubraunen Kater hinabstarrte. Als er Merita und Malachi bemerkte, wandte er sich mit traurigem Blick zu ihnen.

»Pippin sagt, er wollte ihn nicht umbringen!« übersetzte der Engel. »Eine ganze Bande ist hier eingebrochen. Vier hat er verjagt. Der eine hier wollte kämpfen. Dann ist er auf das Blech gefallen. Ein Unfall! Es tut ihm jetzt entsetzlich leid, weil – die Streuner waren so hungrig.«

Merita kniete nieder und betrachtete den mageren Eindringling. Er blutete aus vielen Kratzern, hatte einen langen Riß im Fell, und vor allem sein Kopf hatte eine böse Wunde abbekommen.

»Herr im Himmel!« stöhnte die alte Dame. »Er lebt noch, aber er braucht dringend einen Arzt. Wenn ich nur wüßte …«

Malachi kniete ebenfalls nieder und betrachtete den Verletzten. »Versprichst du mir, niemals über das zu reden, was jetzt passiert, Großmutter?«

»Was hast du vor, Junge?«

»Versprich es!«

Merita sah in die uralten Augen des Engels und nickte.

»Dreh dich um!«

Sie befolgte seinen Befehl.

Daher sah nur Pippin, wie Malachi mit sanften Händen über den alten Streuner strich und sich ein feines, blaues Leuchten über dessen Wunden verdichtete. Die Verletzungen heilten bei der Berührung der Engelsfinger, ohne eine Narbe zu hinterlassen. Die Kratzer heilten sehr schnell, der Riß auch; lediglich die Kopfwunde, die sehr tief war, brauchte etwas länger. Dann aber blinzelte Ritzard plötzlich, und sein Blick wurde klarer. Er wollte aufspringen, doch Malachis Augen blieben auf ihn gerichtet, und so entspannte er sich allmählich. Zudem schnurrte Pippin beruhigend.

Beide hörten sich bald danach das bedrückende Schicksal an, das Ritzard widerfahren war und das Malachi für Merita übersetzte.

14.
Ermittlungen

»Ich habe ein Schild geschrieben, Großmutter, und Ritzard überredet, sich heute auf die Theke zu setzen. Er hat aber Lampenfieber!«

»Das legt sich, Ritzard!« beruhigte Merita den Graubraunen

und strich ihm über den Kopf. Er zuckte ängstlich zurück und fauchte leise, ohne jedoch wegzulaufen. Auch als Pippin kam, blieb er sitzen, obwohl sich sein Fell leicht sträubte. Dann ging er vorsichtig, als ob er seinen eigenen Beinen noch nicht recht trauen wollte, zu dem mit einer weichen Decke ausgepolsterten Korb auf der Theke neben den frischen Katzenkeksen.

Noch in der Nacht hatten Merita und Malachi die Unordnung aufgeräumt und dann sehr früh, bevor die anderen ihre Stände eröffneten, begonnen, neue Ware zu backen. Dabei hatten sie überlegt, was sie mit dem Streuner anfangen sollten, der inzwischen erschöpft in einer Ecke eingeschlafen war. Auch Pippin hatte sich, in gebührendem Abstand, zusammengerollt und lag wie ein glänzender Lakritzringel schnarchend auf seiner Decke. Seine Kratzer hatte Malachi ebenfalls geheilt.

»Wenn der Mann wirklich in diese Stadt gezogen ist, wird er sicher nicht auf die Idee kommen, sein Kater könne ihm bis hierher gefolgt sein. Ritzard ist aber auch ein Dummkopf, er hätte mehr Vertauen in seinen Menschen haben sollen, statt beim Anblick der verpackten Möbel Reißaus zu nehmen. Und sich dann auch noch in Nachbars Keller zu verstecken und da zwei Wochen eingesperrt zu werden! Was für eine Kette tragischer Ereignisse«, resümierte Merita, während sie die ersten Gacker-Knacker aus dem Ofen holte.

»Nein, suchen wird er ihn hier sicher nicht. Aber er könnte ihn finden, nicht wahr, Großmutter?«

»Doch wie, Malachi?«

»Er wird bestimmt auch einmal über den Weihnachtsmarkt gehen. Pippin kennt inzwischen schon jeder. Ritzard könnte sich auch einmal neben die Körbe setzen. Vielleicht bemerkt er ihn da. Oder jemand, der ihn kennt, wird ihm von dem Kater berichten. Oder es findet sich jemand, der ihm ein neues Heim gibt.«

»Malachi, du hast hervorragende Ideen!«

Darum stand nun auf dem Schild schlicht: *Kater sucht ein Zuhause!*

Ehrlich gesagt, Ritzard war kein schönes Tier. Die drei Monate Wanderschaft, die karge Kost, der ständige Überlebenskampf hatten ihn gezeichnet. Sein Fell hatte Merita zwar ein wenig aufgebürstet, aber es war noch immer stumpf und an manchen Stellen verfilzt. Einen Reißzahn hatte Ritzard verloren, und den Schwanz hatte er sich auch einmal gebrochen, weshalb das Ende etwas abgeknickt war. Die Besucher bemitleideten ihn, aber keiner machte das Angebot, ihn zu sich zu nehmen.

Auch der Mann in dem grauen Mantel mit dem grauen Gesicht nicht, obwohl er wieder einmal verstohlen den Marktstand beobachtete – diesmal von Ahmets Marktbude aus.

Dieser Standnachbar allerdings hatte es Malachi angetan. Schon vom ersten Tag an hatte er immer wieder mit gespitzten Ohren zu ihm hin gelauscht, und zwar immer dann, wenn sich dort keine Kundschaft aufhielt. Dann hatte sich der Mann nämlich mit einer seiner Trommeln hingesetzt und leise darauf gespielt. Alles an Malachi bebte und wippte in den mitreißenden Rhythmen, die zu ihm hinüber klangen, und er erwischte sich dabei, im selben Takt die Bleche zu schrubben, Teig zu kneten oder nur mit den Füßen auf den Boden zu klopfen. Zu gerne hätte er eine dieser Trommeln besessen, aber er hatte inzwischen den Wert des menschlichen Geldes kennengelernt.

Der Verkauf des Gebäcks ließ sich zwar gut an; trotzdem reichten die Einnahmen gerade für neue Vorräte, die Hotelzimmer, Kleidung und Mahlzeiten für sie drei. Wobei er selbst eigentlich kaum etwas benötigte, aber Merita bestand darauf, daß er angemessene Kleider trug.

»Auch wenn ein Engel durchaus barfuß und nur mit einem dünnen Hemd im Schnee stehen kann, würde es doch ziemlich komisch aussehen, wenn du das so halten würdest. Was meinst du, was für dummen Fragen ich ausgesetzt wäre, wenn ich meinem Enkel keine vernünftige Schuhe kaufen würde!« hatte Merita mit Recht eingewandt. Dummen Fragen wollte Malachi sie weiß Gott nicht ausgesetzt sehen.

Kurz und gut, eine Trommel war im Etat nicht drin, aber seine sehnsuchtsvollen Blicke konnte auch ein Engel nicht zurückhalten.

Einen dieser Blicke fing Ahmet auf und grinste ihm zu. Er stellte die Trommel zurück auf das Bord und kam zu ihrem Stand hinüber.

»Gab heute nacht hier Gezeter, nicht wahr?«

»Eine Streunerbande!« Malachi nickte. »Pippin hat sie verjagt, aber er hier scheint Zutrauen gefaßt zu haben!« Der Engel deutete auf Ritzard.

»Ihr seid gute Menschen. Kümmert euch um die Tiere. Wenn sich keiner findet, der ihn will, kann er mit zu mir kommen. Ich hab' nur eine kleine Wohnung, aber es wird schon reichen.«

»O danke, Ahmet!«

»Der Schwarze ist ein kluger Kerl, was?«

»Ja, Pippin hat es faustdick hinter den Ohren. Er hat den ersten Fisch geklaut und uns damit auf die Idee mit den Katzenkeksen gebracht.«

Während Malachi sich unterhielt, knetete er den Teig weiter. Klatsch-bum, Bum-klatsch, Klatsch-bum, Bum-klatsch, so knallte er die Masse auf den Tisch.

»Du hast Rhythmus im Blut, Junge!«

»Meinst du?«

»Aber wirklich. Komm nachher mal rüber, dann zeige ich dir was.«

»Sehr gerne!«

Einige Kunden waren an Ahmets Stand stehengeblieben, daher winkte er Malachi nur noch kurz zu, um sich ihnen dann zu widmen.

Der Engel jedoch strahlte bei der Aussicht, später vielleicht eine der Trommeln ausprobieren zu dürfen.

Darüber bemerkte er nicht den Polizisten, der mit aufmerksamem Blick durch die Menge streifte. Ihm fiel auch nicht auf, wie der graue Mann plötzlich in der Menge verschwand.

Michael hatte sich bei den beiden Kollegen verabschiedet und die Polizeiwache des kleinen Städtchens aufgesucht, zu dem ihn die Spur von Meritas Kreditkarte geführt hatte. Die Lage war in der Wache die gleiche, die überarbeiteten Beamten nur zu froh, Unterstützung zu bekommen und fragten nicht genau nach, wem sie diesen glücklichen Umstand verdankten. Mit Freuden übernahm Michael es, auf dem Weihnachtsmarkt Streife zu gehen. Er machte seine Sache gut. Hitzige Glühweintrinker beruhigten sich, wenn er höflich einschritt, der Zank zwischen dem Würstchengriller und der Crêpe-Bäckerin wurde durch seine Vermittlung beigelegt, ein in der Menge verlorengegangenes Kleinkind faßte vertrauensvoll seine Hand und ließ sich zu den Eltern führen, zwei wütende Hunde ließen voneinander ab, und der ertappte Taschendieb händigte mit einer Entschuldigung die Börse wieder aus.

Zwischendurch beobachtete er aufmerksam alle Standbesitzer. Er hatte ein Foto von Merita, das sie in einem strengen Kostüm, dezent geschminkt und mit einer sorgfältig frisierten Dauerwelle zeigte. Darum muß man ihm wohl nachsehen, daß er die fröhliche Bäckerin mit der Schirmmütze, unter der sich die grauen Haare wild ringelten, dem grünen Pullover und den mehlbestäubten Jeans nicht direkt mit der Vermißten in Zusammenhang brachte. Auch beim Anblick des buckeligen Jungen, der so geschickt mit den heißen Backblechen jonglierte, blitzte keine Erkenntnis bei ihm auf, zumal der seine goldenen Locken nebst Heiligenschein an diesem Tag geschickt unter einer roten Nikolausmütze versteckt hatte. Der schwarze Kater ließ sich nicht blicken, Ritzard hatte ja die Aufgabe übernommen, die Kunden – und gegebenenfalls eine Adoptivfamilie anzulocken. Michael betrachtet das Schild und den struppigen Kater. Der öffnete plötzlich weit seine goldenen Augen und begann zu zittern.

»Schon gut, Alter, ich kümmere mich drum!« flüsterte Michael ihm zu und wandte sich schnell ab, um nicht dabei beobachtet zu werden, wie er eine Unterhaltung mit dem Kater führte. Als er an Ahmets Stand vorbeiging, fühlte er eine unangenehme Kälte, und als er genauer hinsah, schien ein grauer Schatten hinter dem Stand zu verschwinden. Irritiert sah er hinterher. Krankheit und Verwirrung hatten ihre Spuren hinterlassen. Aber mehr war nicht zu erkennen. Schulterzuckend setzte Michael seinen Streifengang fort, diesmal aber mit einem weiteren Anliegen. Er suchte einen ganz bestimmten

Mann, einen älteren, zurückhaltenden Herrn, der ein wenig hinkte, gerne eine karierte Kappe trug und manchmal Pfeife rauchte. Ein Mann, der alte Bücher liebte.

Es gab einen Stand mit antiquarischen Büchern, den er besonders im Auge behalten wollte.

Die Lichterketten und Laternen leuchteten schon früh an diesem dunklen Nachmittag, und in der Luft lag der Geruch von Schnee. Dennoch drängelten sich die Menschen über den Markt, aßen hier einen Flammkuchen, dort ein Fischbrötchen, mal eine heiße Waffel oder eine marmeladetropfende Crêpe. Außerdem kauften sie Weihnachtsgeschenke oder Dekorationen.

Oder Katzenkekse.

Ritzard hatte genug davon, auf dem Präsentierteller zu liegen. Er war nach unten gesprungen, hatte sich dort in die Decken gerollt und war eingedöst. Seit langem einmal mit warmen Knochen, denn der Backofen strahlte den ganzen Tag seine Hitze ab. Er war auch satt, was ebenfalls seit Monaten ein unbekanntes Gefühl für ihn war. Er träumte von dem Zuhause, das er aus eigener Dummheit verloren hatte. Er träumte auch von dem Menschen, mit dem es sich so gepflegt hatte zusammenleben lassen, einem älteren Herren, der ihm abends, wenn er auf seinem Schoß lag, mit ausdrucksvoller Stimme aus den Büchern vorlas, die er so liebte. Er träumte, er höre seine Stimme …

»Entschuldigung, gnädige Frau, ich hörte, Sie haben eine Katze abzugeben? Oder habe ich das falsch verstanden, und es bezog sich nur auf Katzenfutter?«

Merita drehte sich um und wischte sich die Locken aus der Stirn. Sie betrachtete den Mann, der etwas weitsichtig einen Beutel Käse-Knusper in seiner ausgestreckten Hand beäugte.

»Nein, wir haben tatsächlich einen Kater abzugeben. Er ist uns zugelaufen. Nur – im Moment ist er gerade eingeschlafen.«

»Ja, dann will ich ihn nicht stören. War nur ein Versuch. Noch einen schönen Abend.«

»Moment, warten Sie doch«, rief Merita dem Mann hinterher.

Der ältere Herr mit der karierten Mütze blieb stehen und drehte sich um.

»Haben Sie denn Interesse daran, eine Katze aufzunehmen?«

»Vielleicht. Obwohl ...«

»Wollen Sie sich den Kater nicht wenigstens einmal ansehen?«

Merita hatte den ganzen Tag darauf gewartet, daß jemand Interesse an Ritzard bekundete, aber dessen jämmerliches Aussehen hatte wohl nicht für ihn gesprochen. Wahrscheinlich würde auch dieser Mann mitleidig das Gesicht verziehen und dann dankend ablehnen. Trotzdem wollte sie nichts unversucht lassen. Sie bedauerte, Malachi gerade auf eine Beschaffungsrunde geschickt zu haben, er konnte einen hinreißenden Charme in jedem Verhandlungsgespräch entwickeln.

»Na ja, aber ... wissen Sie, eigentlich ... Es war nur so eine spontane Idee. Ich weiß nicht, ob ich mich noch einmal an einen anderen Kater gewöhnen könnte!«

Schnell hakte Merita nach. »Haben Sie denn schon einmal mit einer Katze zusammengelebt? Sehen Sie, ich hatte einen Kater, mit dem war ich zwanzig Jahre zusammen. Wenn ich die Möglichkeit hätte, ich würde jederzeit wieder einen bei mir aufnehmen.« Sie redete auf den Mann ein, während sie sich zu Ritzards Deckenlager vorarbeitete. Sie war sich nicht ganz sicher, wie der alte Streuner reagieren würde, wenn sie ihn so einfach aus dem Schlaf holte und hochhob. Bisher hatte er sich höchst widerwillig und auch nur von Malachi berühren lassen.

Vorsichtig wickelte sie die Decke eng um ihn, damit nur sein Kopf noch hervorschaute und eine überstürzte Flucht nicht möglich war. Sie plapperte unablässig weiter, und Ritzard murrte etwas im Schlaf.

»Er hat ein hartes Leben gehabt, aber er scheint sich nach menschlicher Gesellschaft zu sehnen. Er war gewiß nicht immer ein Streuner. Leider sieht er im Moment etwas ungepflegt aus, aber das würde sich in liebevoller Umgebung bestimmt bald geben!«

Immerhin war der Mann stehengeblieben und wartete, bis sich Merita mit einem leisen Stöhnen erhob und das Deckenbündel zu ihm drehte.

Ritzard schlug die Augen auf.

Dem älteren Herren entglitt der Spazierstock. Er wurde kreideweiß im Gesicht, schwankte und mußte sich an der Theke festhalten.

Ahmet sprang herbei und stützte ihn.

»Linke Jackentasche!« keuchte der Mann.

»Herr im Himmel!« entfuhr es Merita. Plötzlich stand ein hilfsbereiter Polizist neben ihm, griff in besagte Tasche und förderte eine Sprayflasche zutage. Rasch hatte er dem Schwankenden eine Dosis des Medikamentes in den Mund gesprüht.

Merita hatte Ritzard wieder auf den Boden gelegt und schon die Tür des Büdchens geöffnet.

»Bringen Sie ihn hier herein!«

Ahmet führte den älteren Herren vorsichtig zu ihr und half ihm, auf dem mehlbestäubten Hocker Platz zu nehmen.

Ritzard lag noch immer da, wo Merita ihn niedergesetzt hatte, aber kaum saß der Mann, sprang der Kater auch schon auf dessen Schoß und begann, wie ein wohlgepflegter Motor zu schnurren. Zitternde Händen hielten ihn fest und wurden dann ruhig.

»Ritzard!« flüsterte der Mann. »Ritzard, alter Freund!«

Das Schnurren wurde noch lauter.

Merita fand es beruhigend, daß das Gesicht unter der karierten Kappe nun wieder eine gesunde Farbe angenommen hatte, und fragte vorsichtig nach, ob ein Arzt geholt werden solle.

»Nein, gnädige Frau. Ich habe alle Medizin, die ich brauche. Ritzard!« murmelte der Mann noch einmal und streichelte das struppige Fell. »Ich habe ihn vor drei Monaten verloren. Ich hätte nie gedacht, ich würde ihn noch einmal wiedersehen. Ritzard, mein Kater!«

Der Kater richtete sich auf, legte dem älteren Herrn die Pfoten auf die Schultern und schmiegte seinen Kopf an dessen Wange.

»Na, da haben sich aber zwei gefunden!« stellte die Gewürzhändlerin fest, die mit Svenja ebenfalls vorbeigekommen war, um zu fragen, ob sie helfen könne.

»Das sieht wirklich so aus!«

»Soll ich vom Korbhändler da drüben einen Tragekorb holen?« fragte Svenja, die damit als erste praktischen Verstand bewies.

»Was für ein kluges Mädchen!« lobte der Mann sie und

nickte. »Ja, kauf einen Korb. Ich gebe dir gleich das Geld.« Und zu Merita gewandt, meinte er: »Mag er denn diese Katzenkekse?«

»Die Käse-Knusper scheinen es ihm besonders angetan zu haben, aber die anderen mag er auch recht gerne.«

»Packen Sie mir von jedem eine Tüte ein.«

Als Svenja mit einem hübschen, halbkugelförmigen Deckelkorb zurückkam, gab er nicht nur ihr das Geld dafür, bezahlte die Katzenkekse, sondern legte Merita auch noch einen großen Geldschein auf die Kasse.

»Finderlohn!«

»Aber nicht doch!«

»Natürlich. Obwohl es gar nicht genug sein kann. Ritzard wiederzuhaben ist mit Geld nicht zu bezahlen.«

»Wenn Sie darauf bestehen. Ich werde es dem Tierheim spenden.«

Die Helfer hatten sich inzwischen wieder zu ihren Arbeiten zurückgezogen, dafür war aber Malachi, beladen mit Vorräten inzwischen eingetroffen. Er lächelte erfreut, als er von der Entwicklung hörte, und kraulte Ritzard noch einmal zwischen den Ohren. Der ältere Herr wollte ihn in den Korb legen, doch völlig unerwartet wehrte sich der Kater. Er sprang auf und gab einen leichten Tatz auf die ihn haltenden Hände.

»Nanu …?«

Schon war Ritzard zu Boden gesprungen, ging schnurstracks in die Ecke, aus der Pippin das Geschehen reglos beobachtet hatte, und baute sich vor ihm auf. Auch der Schwarze stand auf, und einen kleinen Moment sahen sich beide tief in die Augen. Dann gab Ritzard Pippin einen ganz raschen Nasenstups und hüpfte freiwillig in den Tragekorb.

»Sie haben sich ein wenig angefreundet«, erklärte Malachi mit einem engelhaften Grinsen und streichelte Pippin dankbar.

15.
Vermittlungen

Malachi hatte anschließend eine atemberaubende Stunde bei Ahmet verbracht und sich in die Kunst des Trommelns einweisen lassen. Wie alle Engel war er ungemein begabt und hatte die Technik schon bald gemeistert. Der Rhythmus lag ihm, wie sein Lehrmeister es ganz richtig vermutet hatte, wirklich im Blut. Darum stand er nachts auch wieder am Fenster und sah auf den beleuchteten Marktplatz hinaus. Dabei klopften seine Finger leise die kompliziertesten Taktfolgen auf das Fensterbrett. Doch als Pippin seine schwarze Nase aus der Marktbude streckte, schlich er sich aus seinem Zimmer, um ihn zu begleiten. Mit kindlicher Freude haschte Malachi, als er auf den Marktplatz kam, nach den weißen Flocken, die lautlos herniederrieselten. So etwas hatte er im Himmel, der bekanntlich über den Wolken liegt, noch nicht erlebt und fand es bezaubernd. Auf seinen Fingerspitzen schmolzen die sternförmigen Kristalle nicht, und wieder und wieder bewunderte er in ihrer klaren Schönheit die umsichtige Schöpfung des Herren.

»Mir gefällt das nicht!« stellte Pippin fest, der versuchte, sich von allen vier Pfoten gleichzeitig das kalte, nasse Zeug zu schütteln. Er hatte dabei Mühe, nicht auf die Nase zu fallen.

»Nein, vermutlich nicht, aber du gefällst mir.«

»Ach was! An mir ist nicht viel zu bewundern.«

»Doch, deine Großmut, Pippin. Der Streuner ist jetzt glücklich.«

»Der Alte auch. Er wird Ritzard sicher keine blauen Jäckchen anziehen!«

Malachi kicherte. »Nein, ganz gewiß nicht. Er wird ihn auf seinen Schoß nehmen und ihm eine wundervolle Geschichte vorlesen. Dann wird er ihn herauslassen und so lange wach bleiben, bis der Kater wieder reinkommt. Ich nehme an, Ritzard wird in seinem Bett schlafen. Es ist gut, ein sicheres Heim zu haben.«

Pippin hatte darüber noch nicht sehr viel nachgedacht. Ihm war es derzeit noch erheblich angenehmer, seine großzügig bemessene Freiheit genießen zu dürfen. Das sagte er dem Engel auch, während sie durch die verschneiten Straßen wanderten.

»Sei da nicht so sicher, Pippin. Wie würdest du dich fühlen, wenn du heute nacht keine warme Hütte hättest und in diesem Schneetreiben draußen bleiben müßtest?«

Wie auf Befehl fuhr ein kalter Windstoß um die Häuserecken und trieb dem schwarzen Kater eine besonders dicke Ladung Schnee ins Gesicht.

»Beschissen!« gab er zu.

Sie stapften weiter und kreuzten die Pfade zweier Katzen.

»Die beiden Jungkater! Denen möchte ich lieber nicht begegnen«, meinte Pippin und wählte eine andere Route.

»Sind nicht viele deinesgleichen heute unterwegs, was?«

»Nur die Streuner.« Der Kater schnüffelte an einem Zaunpfahl. »Arme Kerle!«

Malachi sagte nichts.

»Meinst du, Malachi ...?«

»Ja, ich meine.«

Pippin beschnüffelte noch einmal den Zaun. »Die Kätzin! Ihr geht es nicht gut. Sie muß hier irgendwo im Garten sein.«

»Dann sollten wir sie wohl mal aufstöbern!«

Der Kater hüpfte elegant auf einen Pfahl und sprang auf der anderen Seite hinunter. Malachi kletterte etwas weniger elegant hinterher. Die Menschenkleidung störte ihn bei derartigen Aktionen ein wenig.

Sie fanden das grau getigerte Tier unter einer Eibe, die mit ihrem Geäst den Schnee abhielt. Die Kätzin hatte sich eng zusammengerollt, aber ihre Flanken bebten. Als sie Pippin bemerkte, sprang sie erschrocken auf.

»Ruhig, Mädchen!« murmelte Malachi und kniete nieder. Ängstlich wich die Kätzin zurück, ohne ihre fiebrigen Augen abzuwenden. Was immer sie in dem Engel erkannte, brachte sie dazu, sich wieder hinzusetzen und mit aufgestellten Ohren und gespreizten Schurrhaaren zuzuhören.

»Wie heißt du?« wollte er wissen, nachdem er sich und Pippin ordentlich vorgestellt hatte.

»Mimi«, flüsterte die Magere.

»Mimi hört sich hübsch an. Ritzard hat übrigens seinen Menschen wiedergefunden.«

»Hab' ich gehört.«

»Wie sieht es mit dir aus?«

»Vergißß eß. Ich will meine Menschen nicht wiederfinden. ßie haben mich außgeßetzt, als ßie fortgeßogen ßind.«

Mimi lispelte sehr stark.

»Und andere?«

»Eß gibt keine guten Menschen.« Mimi wollte sich wegdrehen, zum Zeichen, daß sie dieses Thema nicht vertiefen wollte, doch Pippin mischte sich ein.

»Du bist krank gewesen und bist noch immer zu schwach zum Jagen.«

Mimi murrte leise

»Was ist passiert?« fragte Malachi.

»Jagdunfall. Hab' einen Vogel gefangen, der dann nach mir gehackt hat. Hat mir die ßunge zerrißßen.« Sie öffnete ihr Mäulchen und zeigte eine gespaltene rosige Zunge. »War entßündet. Tut noch immer weh.«

»Du kannst also weder essen noch trinken und dich auch nicht putzen. Darum bist du so mager und so strubbelig«, folgerte Malachi.

»Na und?«

»Der Schnee wird liegenbleiben, Mimi ...«

»Dann werde ich ßterben.«

»Nicht alle Menschen sind so gemein wie diejenigen, die dich ausgesetzt haben. Die ersten, bei denen ich lebte, haben mich zwar nicht rausgelassen, aber gesorgt haben sie schon für mich. Und Merita ist wirklich eine gute Frau. Wir könnten die richtigen Leute für dich aussuchen.«

Mimi wehrte sich noch ein Weilchen, dann aber ließ sie plötzlich den Kopf hängen und maunzte leise: »Ich will nicht ßterben.«

»Ich weiß, Mimi. Komm her!«

Malachi nahm die magere Kätzin sanft in die Arme und drückte sie an sich. Sacht strich er das Fieber und die Entzündungen aus ihrem Körper, glättete das verfilzte Fell und heilte die vielen kleinen Kratzer. Nur die Zunge ließ er an der Spitze geteilt. Nach einer Weile begann Mimis Körper zu vibrieren, und ein zaghaftes Schnurren klang aus ihrer Kehle.

»So, und nun denke ich an ein Schälchen Sahne und ein paar Bissen gedünstetes Hühnerfleisch.«

»Oh, ich auch!«

Am nächsten Morgen hatte Malachi schon ein neues Schild aufgehängt. *Mimi sucht ein liebevolles Zuhause*, hieß es diesmal. Merita tat noch nicht einmal so, als würde sie sich wundern. Sie richtete einfach den Korb für Mimi und streichelte die Kätzin, die sie ein wenig mißtrauisch anschaute. Eine Handvoll Gacker-Knacker nahm sie schließlich doch dankbar aus ihrer Hand.

»Mimi hatte ein häßliches Schicksal, Großmutter. Sie ist tief enttäuscht worden von den Menschen. Wir müssen Leute für sie finden, die ihr eine beständige Zuneigung schenken.«

Malachi rührte die Zutaten für den ersten Teig zusammen.

»Ich werde darauf sehen.«

»Sie hat uns übrigens erzählt, daß es hier eine ganze Kolonie von Streunern gibt. Aber in den vergangenen Monaten ist etwas Unheimliches passiert. Alle schwarzen Katzen, die dabei waren, sind spurlos verschwunden. Auch zwei, die ein Zuhause hatten. Sie meint, wir sollen gut auf Pippin achten.«

»Das hört sich bedenklich an, Malachi! Es gibt den häßlichen Aberglauben, schwarze Katzen würden Unglück bringen. Hoffentlich leben hier nicht irgendwelche Fanatiker, die deshalb hinter diesen Katzen her sind.«

»Wir werden achtsam sein.«

Die Geschichte von Ritzard und das glückliches Zusammentreffen mit seinem Menschen hatte sich bereits herumgesprochen, und daher fand Mimi am Morgen reichlich Beachtung. Die zwei Angebote, die Merita für sie gemacht wurden, lehnte Merita allerdings nach kurzer Rücksprache mit Malachi ab. Eine junge Frau wollte die Kätzin aufnehmen, gestand aber, sie sei beruflich sehr stark in Anspruch genommen und müsse viel reisen. Vor Trennungen aber hatte Mimi Angst. Der zweite Interessent hatte bereits einen Hund und einen Kater, und hier hätte die liebebedürftige Mimi vermutlich nicht genügend Aufmerksamkeit bekommen. Außerdem waren ihr Hunde aus böser Erfahrung nicht besonders sympathisch.

Svenja kam nach der Schule auch vorbei und gurrte und schnurrte mit Mimi herum, die sich das erfreut gefallen ließ. Als Merita sie jedoch fragte, ob sie sich ihrer annehmen wollte, schüttelte sie nur traurig den Kopf.

»Nein, sie ist zwar eine ganz liebe, aber nicht die richtige Katze für mich. Ich vermisse meine Mumuscha noch so.«

»Dann wirst du noch ein bißchen warten müssen.«

Svenja nickte, dann wurde sie aber wieder heiterer und erzählte, ihr Schulchor werde am frühen Abend auf dem Marktplatz Weihnachtslieder singen.

»Da werden wir dir besonders applaudieren!« versprach Merita und wunderte sich, warum Malachi plötzlich so leuchtende Augen bekam. Dann fiel ihr ein, daß auch er im Engelschor gesungen hatte. Wahrscheinlich freute er sich auf die Musik.

Das tat Malachi selbstverständlich, aber aus anderem Grund. In einer freien Minute ging er zu Ahmet hinüber und fragte, ob er eine der Trommeln ausleihen dürfe.

»Nimm die Darbouka, Junge. Du weißt damit umzugehen. Aber was hast du vor?«

»Ich will was probieren …«

Mehr verriet Malachi nicht. Doch als sich der Schulchor an dem hohen Weihnachtsbaum mitten auf dem Markt versammelte, setzte er sich auf die Stufen des Brunnens zu ihnen. Svenja lächelte ihm zu, während die Lehrerin ihn mißtrauisch beäugte.

»Lassen Sie ihn nur, Frau Ritter. Der Junge spielt super. Ich habe ihm gestern abend beim Üben zugehört!«

»Wenn er uns nur nicht durcheinanderbringt!«

Malachi verstand die Warnung. Beim ersten Lied trommelte er nur ganz leise im Takt mit und bekam ein widerwillig anerkennendes Nicken von der Musiklehrerin.

Beim zweiten wurde er etwas lauter, und irgendwie schien der Chor dadurch an Schwung zu gewinnen.

Beim dritten Lied fingen die Zuhörer an, mit den Fingern zu schnippen, und beim vierten – es war »In dulci jubilo« – übernahm er die Führung der Sänger. Es entsprach zwar nicht ganz der ursprünglichen Fassung, aber selbst Frau Ritter mußte zugeben, daß es eine ungemein rhythmische Interpretation des Liedes war. Sie bat Svenja, ihr den jungen Trommler vorzustellen.

»Das ist Malachi. Er arbeitet am Stand gegenüber von dem meiner Mutter. Sie verkaufen Katzenkekse.«

Malachi unterhielt sich sehr angeregt mit der Lehrerin, und schon kurz darauf waren sie im Fachsimpeln über Tonsetzungen, Kontrapunkt, Synkopen und allerlei musikalisches Handwerkszeug versunken. Dabei gingen sie langsam zum Stand zurück.

»Und Katzen verkauft ihr auch?« fragte die Lehrerin, als sie Mimi entdeckte.

»Wir vermitteln sie. Mimi ist eine arme, halbverhungerte Streunerin, die wir aufgelesen haben.«

Frau Ritter sah die Grautigerin mit sehnsüchtigen Augen an. »Ich habe nur eine Wohnung oben unter dem Dach. Ich habe gehört, Katzen brauchen Auslauf, darum habe ich nie eine zu mir genommen, aber ich versorge hin und wieder die beiden von unserer Nachbarin. Ich mag Katzen sehr.«

Sie hielt ihre Hand ein wenig scheu, doch in Einhaltung der Etikette zu Mimi hin, damit sie daran schnuppern konnte.

»Nicht alle Katzen wollen ein großes Revier«, bemerkte Merita, die Mimis Verhalten aufmerksam beobachtete. »Manche geben sich auch mit einem Balkon zufrieden.«

»Sind Sie sicher? Ich meine, ich habe eine schöne Dachterrasse ...«

Die Lehrerin schien mit sich zu ringen.

Malachi tauschte einen Blick mit Mimi.

»Ich habe den Eindruck, Mimi könnte daran Gefallen finden. Sie werden doch in der nächsten Zeit nicht umziehen?«

»Um Himmels willen! Nein! Ich bin so froh, hier eine wirklich gute Schule gefunden zu haben.«

Svenjas Gesicht verzog sich zu einem breiten Grinsen, als sie sagte: »Na, ich werde dann mal wieder zum Korbmacher gehen!«

Michael machte seine übliche Runde über den verschneiten Marktplatz. Auch er fand den Anblick schön, denn seit am Morgen der Schneefall aufgehört hatte und eine blasse Wintersonne den Tag erhellte, glitzerten die Hütten und auch der große Tannenbaum war wie mit Zuckerguß überzogen. Es war auch ausnehmend friedlich, niemand hetzte herum, auf den Gesichtern lag oft ein freundliches Lächeln, und sogar der gelangweilte Leierkastenspieler drehte seine Kurbel etwas beschwingter als noch die Tage zuvor. Einzig störend wirkte der graugesichtige Mann in dem grauen Mantel, der mit funkelnden Augen die Katzenspuren im Schnee verfolgte. Michael ging ihm einige Schritte nach, aber der Mann straffte plötzlich seine Schultern und betrat eine Apotheke. Für den Erzengel hinterließ er wiederum einen Hauch von Krankheit und Verwirrung. Michael hoffte, er würde sich ein heilsames Medikament besorgen, denn den dunklen Schatten, der ihn umgab, fand er besorgniserregend.

Dann aber lenkte ihn das neue Schild an dem Gebäckstand ab, das auf Mimi verwies. Er beobachtete aus gebührender Entfernung, was dort vor sich ging.

Seit er am Vortag den älteren Herren im Antiquariat ausfindig gemacht, ihn unauffällig zu dem Stand geleitet und dann das Wiederfinden von Mensch und Kater beobachtet hatte, war ihm so etwas wie ein begründeter Anfangsverdacht gekommen. Nicht nur nannte sich dieser buckelige Junge Malachi, auch die Tatsache, daß seine angebliche Großmutter eine verblüffende Ähnlichkeit mit dem Foto der vermißten Merita hatte, ließen in ihm die Überzeugung wachsen, die Gesuchte endlich gefunden zu haben – wenn auch in eigenwilliger Verkleidung. Was seine Theorie erhärtete, war das Auftauchen eines schwarzen Katers, der liebevoll Pippin gerufen wurde.

Obwohl Michael die göttliche Weisung hatte, den Engelbengel so schnell wie möglich wieder in die himmlischen Gefilde zu expedieren, und es ihm als pflichtbewußter Polizist angeraten war, die Großmutter ihrer Familie zu überstellen sowie den flüchtigen Kater in Gewahrsam zu nehmen, konnte er es doch nicht über sich bringen einzugreifen. Schon gar nicht, als er beobachtete, wie sich alle drei um eine weitere, halbverhungerte Streunerkatze kümmerten. Ganz abgesehen davon, waren alle drei auf dem Weihnachtsmarkt überaus beliebt.

Fast jeder Marktbesucher blieb bei Merita stehen und erzählte ihr seine Sorgen oder seine kleinen Freuden. Sie hatte das vermißt, denn in der Bücherei, in der sie gearbeitet hatte, gehörten solche Plaudereien zu ihrem täglichen Geschäft. Ihre große Lebenserfahrung, ihr gütiges Herz und ihre zupackende Art weckten das Vertrauen der Menschen. Malachi aber war von so ausgeglichener engelischer Heiterkeit, die einfach jeden bezauberte. Wer immer den Stand verließ, hatte ein Lächeln auf den Lippen und spürte eine gewisse Leichtigkeit in der Seele. Daß Pippin es sich nun zur Aufgabe gemacht hatte, die Streunerkatze aufzusuchen und zu überreden, sich vermitteln zu lassen, war ebenfalls überaus bemerkenswert.

Kurz und gut, Michael nickte Merita nur freundlich zu und setzte seinen Streifengang fort.

»Verdammt!« murmelte Malachi, und all seine ausgeglichene engelische Heiterkeit war verschwunden.

»Hoppla, mein Junge, was ist denn das für eine Ausdrucksweise? Das habe ich ja noch nie bei dir gehört.«

Merita war weniger empört als überrascht.

»Der sucht mich!« antwortete der Engel und zog die Kappe tiefer in die Stirn.

»Wer?«

»Der Polizist dort!«

»Malachi, du spinnst.«

»Leider nein. Er ist geschickt worden, um mich zurückzuholen.«

Verdutzt sah Merita dem hochgewachsenen, gutaussehenden Streifenpolizisten nach. »Und wer ist das, wenn ich fragen darf?«

»Michael. Einer der Erzengel!«

Merita klappte der Unterkiefer herunter. Als sie ihn wieder unter Kontrolle hatte, stieß sie hervor: »Herr im Himmel!«

»Nee, der schickt ihn nur. Ach, Mist, ich find's hier so richtig schön. Sogar das Backen macht Spaß.«

»Nun, er hat dich ja wohl noch nicht entdeckt. Also mußt du dir keine zu großen Sorgen machen.«

»Noch nicht, aber das wird nicht lange auf sich warten lassen. Unsereins erkennt sich untereinander.«

16.
Ein unerwünschtes Angebot

Lange hielt jedoch Malachis Unbehagen nicht an. Jener Polizist schient tatsächlich kein intensives Interesse an ihm zu haben, er kam zwar jeden Tag auf seiner Runde vorbei und grüßte freundlich, suchte aber weder ein Gespräch, noch verweilte er länger als nötig in ihrer Nähe.

Pippins nächtliche Streifzüge hatten weitere Streunerkatzen überzeugt, sich ihrer Vermittlung anzuvertrauen. Einmal war deshalb eine mißtrauische Vertreterin des Tierschutzvereins erschienen und hatte scharf nachgefragt, woher sie die verwahrlosten Katzen hätten.

»Der Geruch unseres Futters scheint sie anzuziehen!« erklärte Merita geistesgegenwärtig, und da sich gerade eine einäugige Katze vorsichtig schnuppernd der Standecke näherte, schien das die Frau zu überzeugen.

»Es hat nämlich in der letzten Zeit Zwischenfälle gegeben«, erklärte die Tierschützerin etwas besänftigt und sah zu, wie Malachi sich vorsichtig der Einäugigen näherte. »Es sind einige Katzen verschwunden.«

»Was Sie nicht sagen! Hat man herausgefunden, was mit ihnen geschah?« wollte Merita wissen.

»Nein. Sie sind nur nicht wieder aufgetaucht, aber an Unfälle oder Verlaufen können wir inzwischen nicht mehr glauben. Denn es handelte sich immer nur um schwarze Katzen. Wir befürchten einen Vorsatz dahinter.«

»Herr im Himmel!« erwiderte Merita, die an Mimis Hinweis denken mußte, der auf dasselbe Phänomen deutete. »Haben Sie es irgendwo gemeldet?«

»Wir haben es der Polizei gemeldet, aber man hat wenig Handhabe in solchen Fällen. Achten Sie gut auf Ihren schönen Kater!«

Pippin hatte es sich angelegentlich sein lassen, die neue Streunerin zu begutachten, und war dann auf die Theke gesprungen, um seinen Kopf auffordernd an Meritas Arm zu reiben.

»Ja, ja, mein Junge. Wir werden sie auch irgendwo unterbringen.« Zu der Tierschützerin gewandt meinte sie: »Wenn Sie nichts dagegen haben.«

»Gott, warum sollte ich? Wir haben uns gerade in diesen Tagen um soviel tierisches Elend zu kümmern, da bin ich froh, wenn uns jemand ein wenig Last abnimmt. Sieht ja aus, als seien Sie recht erfolgreich!«

Und das waren sie tatsächlich. Die mißratene Siamesin, die

ausgesetzt worden war, weil sie dem Zuchtstandard nicht entsprach, war bei einer Freundin von Svenja untergekommen. Eine Buchhändlerin hatte den wuscheligen Rotpelz aufgenommen, der des Hauses verwiesen worden war, weil er angeblich unsauber sei, der aber nur auf die scharfen Putzmittel allergisch reagierte, die sein erstes Frauchen ständig verwendete. Der Friseur fand Gefallen an dem verfilzten Perserkater, der seiner Vorbesitzerin zu viel Arbeit bereitete, und die dreifarbige, traurige Kätzin, die davongelaufen war, als die alte Dame, der sie angehörte, verstarb, versetzte den Besitzer der Sushi-Bar in hellstes Entzücken. »Maneki-Neko, die Glückskatze!« rief er strahlend, und seine beiden puppengleichen Kinder herzten und hätschelten die Kätzin vom ersten Moment an. Schwer hatte es Pippin mit den beiden Jungkatern gehabt, Wurfgeschwister, die man ausgesetzt hatte, als sie eben entwöhnt waren. Sie hatten bisher nur das freie Leben kennengelernt und weigerten sich zunächst, menschliche Hilfe anzunehmen.

Das änderte sich in der Nacht, als es Glatteis gab, und einer von ihnen von einem rutschenden Auto erfaßt wurde. Malachi hatte alle Hände voll zu tun, den kleinwüchsigen Kater am Leben zu erhalten. Sein Bruder saß vollkommen verstört daneben und leckte dem Verletzten ständig die Pfoten.

Danach hatten sie sich entschlossen, mit Pippin zum Stand zu ziehen.

Merita fand eine ideale Lösung für sie. Eine Familie, die eine Gärtnerei betrieb, faßte eine spontane Zuneigung zu den beiden Rackern, und der große Garten würde ihnen genügend Freilauf lassen, damit sie sich nicht eingeengt fühlten. An kalten Tagen stand ihnen auch das warme Gewächshaus zur Verfügung.

Erst am Montag nach dem dritten Advent gab es keine Katzen mehr zu vermitteln, und Pippin nahm seinen verkaufsfördernden Platz auf der Theke ein. Er war inzwischen ein richtig gutaussehender Kater geworden und stolz auf seinen strammen Bauch und das Spiel seiner Muskeln unter dem dichten, blauschwarz schimmernden Fell.

In den späten Nachmittagsstunden, als Malachi wieder zu Einkäufen unterwegs war, trat ein Mann in einem grauen Mantel an den Stand und grüßte Merita höflich.

»Ich habe gehört, Sie vermitteln herrenlose Katzen.«

Pippin richtete sich in seinem Korb auf und brummte drohend, was Merita ein wenig irritierte.

»Wenn uns eine zuläuft, kümmern wir uns um sie, das ist richtig«, antwortete sie dem Mann zurückhaltend.

»Diesen Kater hier würde ich gerne nehmen!« äußerte der Mann und deutete mit dem Finger auf Pippin, der daraufhin die Ohren anlegte und leise fauchte.

»Tut mir leid, aber Pippin ist nicht zu vermitteln. Er gehört zu uns.«

»Ach ja? Nun, dann würde ich Ihnen diesen Kater gerne abkaufen.«

»Und zu verkaufen ist er erst recht nicht!« antwortete Merita, schon etwas gereizter.

»Nein? Auch nicht für ... sagen wir zweihundert Euro?«

»Für kein Geld der Welt, mein Herr.«

»Dreihundert?«

»Hören Sie, ich glaube, ich habe mich sehr klar ausgedrückt. Pippin ist unsere Katze. Er ist nicht käuflich zu erwerben.«

»Wie schade! Er ist so ein Prachtexemplar«, säuselte der

graue Mann und betrachtete Pippin mit einem flackernden Blick.

Der Kater zuckte zurück und fauchte erneut.

Der Mann im grauen Mantel trat etwas näher und hob die Hand.

Pippin schlug zu.

»Au! Satanstier!« zischte der Mann und sah auf die langen Kratzer, die heftig zu bluten begannen.

»Er hat sie gewarnt. Wenn Sie auch nur das geringste von Katzen verstünden, hätten Sie das erkannt. Gehen Sie da drüben in die Apotheke und lassen Sie die Hand verbinden«, beschied ihn Merita kalt. Der Mann mit dem grauen Gesicht wandte sich wortlos ab, um mit großen Schritten davonzustürmen.

Malachi hatte ein ungutes Gefühl. Irgendwie klingelte es in seinen Ohren, und er vermeinte einen Ruf von Pippin zu hören. Schnell bezahlte er seine Einkäufe und rannte los. Unaufmerksam wie er dabei war, stieß er gegen einen Mann in einem grauen Mantel, der dabei ins Stolpern geriet.

»Mir aus dem Weg, du unnützer Krüppel!« schäumte der Mann und packte ihn grob an den Schultern, um ihn zur Seite zu schieben.

Malachi bedachte ihn allerdings nur mit einem engelhaften Lächeln: »Krüppel mag sein, aber ansonsten bin ich ziemlich gesund!«

Ein schwarzer Schuh stand plötzlich auf seinem Fuß und verhinderte einen derben Tritt ans Schienbein des grauen Mannes.

»Ich denke«, der Polizist, der aus dem Nichts aufgetaucht

zu sein schien, wandte sich an den Mann, »es wäre nur mehr richtig, wenn Sie sich bei dem Jungen entschuldigen würden. Er ist weder mit Absicht in Sie hineingerannt, noch trägt er mit Absicht diese Behinderung.«

»Den Teufel werde ich tun!« fuhr ihn der Graue an, machte sich los und verschwand in der Menge.

Der Polizist sah ihm nachdenklich nach, und Malachi benutzte die Gelegenheit, sich ebenfalls zu verdrücken. Als er am Stand ankam, fand er Merita, die beruhigend auf Pippin einredete, dessen Schwanz es aber noch immer mit jeder Flaschenbürste aufnehmen konnte, so gesträubt war er.

»Was ist denn hier vorgefallen?«

»Da war ein Mann, der Pippin kaufen wollte.«

»Etwa der Typ in dem grauen Mantel?«

»Genau der! Er gefiel mir überhaupt nicht. Er hatte häßliche Augen.«

»Und einen häßlichen Geruch, sagt Pippin. Und ein häßliches Mundwerk, wie ich feststellen konnte.«

Ahmet kam von nebenan und meinte kopfschüttelnd: »Passen Sie lieber auf, Frau Merita! Der Mann, der eben bei Ihnen war, hat schon ein paarmal drüben hinter dem Gewürzstand herumgelungert und zu Ihnen hingestarrt.«

»Das habe ich nicht bemerkt, aber ich werde jetzt auf jeden Fall darauf achten.«

»Machen Sie diesen netten Polizisten auf ihn aufmerksam.«

»Eine gute Idee.«

»Und, Malachi, kommst du heute abend wieder zum Trommeln? Die hübsche Svenja hat schon dreimal nachgefragt.«

Malachi wurde ein wenig rot unter seiner Kappe und grinste verlegen. »Klar, ich komme. Wenn ich darf, Großmutter.«

»Natürlich, Junge. Ich passe schon auf Pippin auf.«

»Pippin sagt, du sollst ihn nicht so betutteln, er kann auf sich selbst aufpassen.«

»Dann bitte ihn, daß er mich ein bißchen betuttelt, ich bin schließlich eine alte Frau mit müden Knochen.«

»Oh, sagt er, das stimmt aber nicht!«

Dennoch schmiegte der schwarze Kater sich an Merita und schnurrte.

Svenja schwärmte ein wenig für den Jungen, der so unglaublich gut mit all den Rhythmusinstrumenten umgehen konnte. Sein krummer Rücken störte sie überhaupt nicht. Sie empfand noch nicht einmal Mitleid mit ihm, dafür war er immer viel zu gut gelaunt. Wenn er trommelte, schlug sie das Tamburin, und manchmal gesellte sich Ahmet mit der großen Rahmentrommel dazu. Sie waren ein gutes Team, und wann immer der Schulchor auf dem Marktplatz Weihnachtslieder sang, durfte Malachi sie begleiten.

Am Donnerstag allerdings hatte sich der Chor der Heilsarmee um den Tannenbaum versammelt und gab frommes Liedgut von sich.

»O Gott!« grummelte Merita zu Svenja, die ihr beim Verpacken der Katzenkekse half. »Ihr Kinder singt weitaus besser.«

»Wie wahr!« sagte Malachi und lachte auf. »Der Chorleiter erinnert mich an jemanden, den ich mal kannte. Der sah auch aus wie ein zerrupfter Hühnerhabicht und hatte genausoviel drive!«

»Vermutlich der Chorleiter, der dich rausgeworfen hat?« mutmaßte Merita mit einem verständnisvollen Lächeln.

»So ähnlich!«

Svenja hingegen kicherte über den Hühnerhabicht und meinte dann: »Wollen wir seinen Chor nicht mal aufmischen?«

»Ich weiß nicht, wie er das aufnimmt.«

»Na, zumindest kann er dich nicht rauswerfen.«

»Das ist wohl wahr.«

»Und schlimmer als das, was sie jetzt vor sich hin wimmern, kann es wohl auch nicht werden!«

Mit Meritas schmunzelnder Erlaubnis gingen die beiden zu Ahmet, der ihnen, ebenfalls schmunzelnd, die Instrumente aushändigte. Dann begaben sie sich in die Nähe des Chores, der eben ein ganz besonders langatmiges Werk mit vielen, vielen Strophen anstimmte. Erst leise und durchaus im angepaßten Tempo begannen die beiden ihre rhythmische Unterstützung. Der Chorleiter bemerkte nichts davon. Er war von seiner wichtigen Aufgabe, die träge Gruppe zu dirigieren, so durchdrungen, mußte mit großen Gesten seine tiefe Hingabe an die Kunst demonstrieren, daß ihm überhaupt nicht zu Bewußtsein kam, wie sich ganz allmählich das Tempo änderte. Nach einer Weile schenkte ihm auch kein Chormitglied mehr irgendeine Aufmerksamkeit, sondern alle Augen wandten sich dem Mädchen und dem buckeligen Jungen zu, die immer lauter und fröhlicher ihren Gesang unterstützten.

»He, du da, mit dem blauen Pullover. Lauter! Du kannst so viel besser singen!« rief Malachi einer blassen jungen Frau zu. Sie sah ihn schüchtern an, machte aber den Mund etwas weiter auf. Ein glockenheller Sopran übertönte die anderen Sänger.

»Esther, halt dich zurück!« fuhr der Hühnerhabicht sie an, und verschreckt schloß sie den Mund wieder.

Der Chor begann ein neues Lied – und lähmend langsam wehte auf dem Berge der Wind.

»Gleich fallen dem Baum vor lauter Langeweile die Nadeln von den Zweigen. Auf, Malachi, hau rein!« forderte Svenja ihn auf. Der Engel hob noch einmal die Augen zu der Sängerin mit dem schönen Sopran. Sie hielt seinem Blick stand, schien daraus irgendeine wunderbare Kraft zu schöpfen, und als Svenja und Malachi ihr den Einsatz gaben, da erhob sich ihre reine Stimme in die klare Winterluft und webte wunderbar silberne Fäden.

Die Menschen hielten inne, um zu lauschen, die Händler kamen aus ihren Buden, die Ladenbesitzer aus ihren Geschäften, den Glühweintrinkern wurde der Wein kalt, und die beiden Streifenpolizisten blieben wie angewurzelt stehen.

Als das Lied zu Ende war, da weinten nicht nur die Engel.

Nur einer kümmerte sich nicht um das kleine Wunder, das da geschehen war. Im Gegenteil, er nutzte die Gelegenheit, daß sich jede Aufmerksamkeit auf den Chor konzentrierte.

17.
Entführung

Malachi, das war doch nicht nur der Zauber der Trommel.« Merita sah ihren Enkelengel kopfschüttelnd an.

»Na ja, nicht nur, aber es hat doch nichts geschadet.«

»Nein, das hat es wirklich nicht. Könntest du jetzt aber trotzdem noch eine Runde Käse-Knuspis backen? Unser Vorrat geht zur Neige.«

»Natürlich. Wo ist eigentlich Pippin, Großmutter?«

»Liegt er nicht ... Oh! Seltsam. Er ging kurz nach euch fort ...«

»Und ist noch nicht zurück?«

Das war ungewöhnlich, denn tagsüber verließ Pippin wegen des Gedränges auf dem Markt immer nur sehr kurz den Stand.

Malachi schloß die Augen, um sich auf den Kater zu konzentrieren, doch er empfand nur eine beklemmende Leere.

»Da stimmt etwas nicht, Großmutter. Ich seh' mal nach.«

Schon war er draußen und betrachtete die Spuren im Schnee. Leider jedoch war alles so festgetreten, daß nicht mehr viel zu erkennen war. Immerhin kannte Malachi die Route, die Pippin für gewöhnlich nahm, und folgte ihr. Weit war er nicht gekommen, da maunzte es hinter dem Fenster des Friseurladens. Er sah auf und erkannte die Perserkatze, die sie vermittelt hatten. Ihr Fell glänzte und bauschte sich flauschig um sie herum.

»Suchst du wen?« fragte sie.

»Pippin ist fort!«

»Schlecht. Er ist ein Schwarzer. Gib acht auf ihn! Ritzard ist unterwegs, er wird dir helfen!«

Malachi nickte. Das war eine hilfreiche Auskunft, und tatsächlich strich der braune Kater durch eine stille Seitenstraße.

»Ritzard, hast du Pippin gesehen?«

»Gesehen nicht, aber seine Marke gerochen. Er hatte es eilig.«

»Ich fürchte, er ist in Gefahr. Ein Mann in einem grauen Mantel hat sich ziemlich auffällig für ihn interessiert.«

In Ritzards goldenen Augen glomm ein Funke auf. »Er wird ihn nicht kriegen.«

Der Kater rannte los, hielt an einer Mauerkante, um eine

Nachricht abzuschnüffeln, beschnupperte auch den Boden und wies dann auf eine schmale Gasse.

»Da hinten rein! Los!«

»Halt, Ritzard. Lauf zum Stand und hol Hilfe. Merita wird dich verstehen!«

»Ja. Ist eine kluge Frau!«

Ritzard mußte nur einige Male laut maunzen, da hatte Merita auch schon den Backofen ausgemacht und war aus der Hütte getreten. Svenja kam ebenfalls angelaufen.

»Es ist etwas mit Pippin. Ich fürchte, man hat ihn entführt!« erklärte Merita.

Ahmet sprang auf und schloß sich ebenfalls der Gruppe an, die Ritzard folgte.

Der Geruch frischer Katzenminze hatte seine Neugier geweckt, als Pippin aus dem Marktstand nach draußen trat. Im Winter, im Schnee – und dann frische Katzenminze! Das war so verlockend und so erstaunlich, daß er dieses Phänomen einfach erkunden mußte. Er kannte sich ja aus im Revier. Weit konnte die Quelle dieses Genusses nicht sein. Ihn verwunderte allerdings, daß der Duft ihn von dem Gewürzstand wegführte. Die Gier vernebelte jedoch seinen Verstand, und er folgte der Köstlichkeit, die sich immer weiter entzog, je näher er ihr zu kommen schien. Schon hatte er eine schmale Gasse betreten, in der er zuvor noch nie gewesen war. Er schritt sie bis zum Ende hinunter. Hier standen nur noch einige Garagen und eine häßliche Wellblechhütte. Genau dahin geleitete ihn seine Nase. Wirklich, dort stand ein Topf mit frischer Katzenminze, grün und saftig, Und daneben ein Schälchen mit lauwarmer Sahne.

Er machte sich darüber her.

Und dann nahm er ein Bad in der Minze.

Und dann schlief er plötzlich ein und sank in tiefe Bewußtlosigkeit.

Malachi sah die häßliche Wellblechhütte, und er erkannte den Mann, der daraus trat, um sich über ein schwarzes, schlaffes Bündel zu beugen.

»Halt!« schrie er und rannte los. Der Mann in dem grauen Mantel schickte ihm einen bösen Blick, packte den Kater und verschwand hinter den Garagen. Malachi wollte ihm folgen, aber hinter ihm waren nun Merita, Svenja und Ahmet eingetroffen. Ritzard, ziemlich außer Atem, denn Katzen sind Sprinter und keine Langstreckenläufer, hechtete mit letzter Kraft auf das Dach der Hütte.

»Läuft Richtung Fluß!« keuchte er.

Svenja drehte sich um. »Da runter!«

Sie lief los, Malachi holte auf.

»Ich kenne mich hier aus!« schnaufte Svenja, aber sie begriff schnell, daß Malachi die bessere Kondition hatte. »Halt dich links!«

Der graue Mann überquerte bei einer roten Ampel mit großen Schritten eine belebte Straße, und das wäre beinahe seine Chance gewesen, seine Verfolger abzuschütteln.

Malachi mußte Svenja im letzten Moment vor einem Auto zurückreißen. Dann spurtete er mit einer geradezu überirdischen Geschicklichkeit durch die Lücken im Verkehr.

Kurz darauf war er dem Grauen wieder auf den Fersen. Jetzt erkannte er auch dessen Ziel. Er wollte zur Brücke, die sich hoch über den Fluß spannte. Für die Fußgänger führte eine

Steintreppe nach oben, und hier hätte er den Entführer fast erwischt, denn der Mann strauchelte auf den schneeglatten Stufen. Es gelang ihm jedoch, Malachi, der nach ihm griff, einen Tritt zu versetzen, so daß der Engel ebenfalls die Treppe hinabrutschte.

Dieser Zwischenfall hatte auch die anderen wieder näher kommen lassen. Ihnen hatten sich mittlerweile weitere Menschen angeschlossen. Svenja war schon fast wieder bei Malachi angelangt.

Oben auf der Brücke passierte es dann.

Der Mann im grauen Mantel blieb stehen, beugte sich über das Geländer und packte den bewußtlosen Kater bei den Hinterbeinen. Mit einem großen Schwung warf er ihn hinunter.

Malachi hatte sich, ohne überhaupt nachzudenken, das Sweatshirt über den Kopf gerissen und es Svenja zugeworfen.

Mit einem eleganten Sprung sprang er von der Brücke.

Sein schlanker Knabenkörper leuchtete hell gegen die dunklen Wolken, die weißen Flügel schimmerten weiß, als er sie ausbreitete, golden glänzten seine Locken in ihrer Aura. Pfeilschnell glitt er abwärts, und kurz bevor der Kater auf das Wasser aufschlug, hielt er seine schützenden Hände unter ihn. Trotzdem wurden beide von dem eiskalten Wasser durchnäßt. Der Schrecken weckte Pippin kurzfristig auf, und mit verschleierten Augen murmelte er: »Schönes Geflügel!«

»Verdammt!« rief Malachi und entzog sich, so schnell er konnte, den menschlichen Blicken, indem er sich unter den Brückenbogen begab. Dort legte er den schwarzen Kater vorsichtig ab und schüttelte die Flügel aus. Dann biß er sich auf die Lippe und überlegte, wie er sich am geschicktesten aus der Affäre ziehen sollte.

»Zieh das über, Junge!«

Panik glänzte in Malachis Augen auf, als er den Polizisten erkannte, der ihm seine Lederjacke hinhielt.

»Schon gut, nur das Mädchen hat es richtig gesehen. Und die ist recht gescheit.«

Malachi faltete die Flügel zusammen und versteckte sie unter der viel zu großen Jacke. Um den Kopf wickelte er sich den Wollschal des Polizisten.

»Du … du bist nicht zufällig hier, Michael?«

»Nein, nicht zufällig.«

»Du … wußtest, wer ich bin?«

»Seit ungefähr zwei Wochen.«

»Du … du sollst mich nicht zurückbringen?«

»Gewiß, aber ich dachte, ein paar Tage Ferien unter den Sterblichen würden dir Spaß machen. Keine Sorge, dich erwartet oben nicht das Jüngste Gericht. Aber darüber können wir später reden. Jetzt liefere ich erst einmal den Kater bei deiner Adoptivgroßmutter ab – die ich eigentlich auch nach Hause bringen sollte. Und du machst dich auf dem kürzesten Weg zu eurer Unterkunft. Ich kläre diesen ungewöhnlichen Vorfall schon mit den Leuten.«

Merita und Svenja waren die beiden einzigen, die dem Polizisten äußerst skeptisch zuhörten, als er behauptete, er habe den durchnäßten Pippin am Flußufer gefunden und herausgezogen. Merita, weil sie wußte, welche Fähigkeiten Malachi hatte, und Svenja, weil sie noch immer ganz fest das Sweatshirt an sich gedrückt hielt. Sie machte sich ihre ganz eigenen Gedanken, und glücklich war sie nicht dabei.

18.
Eine Rückkehr

Pippin war überaus kleinlaut, als er endlich aus seinem Betäubungsschlaf aufwachte. Er fühlte sich elend und irgendwie an allem schuldig. Merita und Malachi hatten alle Mühe, ihn wieder in einen selbstbewußten Kater zu verwandeln.

»Immerhin, Ahmet hat den Mann im grauen Mantel überwältigt, und die Polizei hat seine Personalien festgestellt. Einige, die den Verdacht haben, er könne es auch gewesen sein, der ihre schwarzen Katzen entführt und umgebracht hat, haben Anzeige gegen ihn erstattet.«

Merita hatte den Kater auf dem Schoß sitzen und kraulte ihm seine Lieblingsstelle zwischen den Ohren.

»Warum, Großmutter? Warum macht ein Mensch so etwas?«

»Der Mann ist krank. Er hat behauptet, er fühle sich von Dämonen in Gestalt schwarzer Katzen verfolgt. Er hat panische Angst vor ihnen. Das ist natürlich keine Entschuldigung für sein Verhalten. Leider weiß ich auch nicht, ob so etwas heilbar ist.«

»Nein, das weiß man nicht. Er wird den Dämonen in sich besiegen müssen. Dazu braucht er Anleitung. Hoffentlich findet er sie.«

Malachi hatte in der Abgeschiedenheit ihres Zimmers seine Flügel ausgebreitet und bearbeitete das zerzauste Gefieder mit allen zehn Fingern.

»Malachi – gibt es denn Dämonen?« fragte Merita nach einer Weile.

»Gibt es Engel?« fragte er zurück.

»Offensichtlich.«

»Richtig, aber genausowenig, wie wir uns üblicherweise auf die Erde verirren, tun es für gewöhnlich auch die Dämonen. Aber dann und wann passiert es und wenn sie einen schwachen Menschen finden, dann schleichen sie sich in dessen Seele. Ein starkes Wesen kann sie jedoch vertreiben.«

»Dieser Michael, der hat dir geholfen, nicht wahr?«

»Ja. Er hat die Aufgabe, mich zurückzuholen. Ich werde euch wohl sehr bald verlassen müssen.«

Merita seufzte, und auch Pippin gab ein bedauerndes Maunzen von sich.

»Bis Weihnachten darf ich aber noch bleiben.«

»Auch ich muß mir überlegen, was ich tun soll. Der Weihnachtsmarkt endet am Heiligabend. Danach werde ich wohl wieder zu meinem Sohn zurückkehren müssen.« Merita lächelte traurig.

Pippin richtete sich auf.

»Warum backst du nicht weiter Katzenkekse, will Pippin wissen?«

»Dazu müßte ich entweder einen Laden aufmachen oder von Markt zu Markt ziehen. Ich weiß nicht, ob ich das ein ganzes Jahr lang machen möchte. Die vergangenen Wochen waren zwar lustig und abwechslungsreich, doch auch sehr anstrengend. Außerdem vermisse ich meine Bücher, und, ehrlich gesagt, hätte ich auch ganz gerne mal wieder warme Füße.«

»Die beiden letzten Tage machen wir aber noch weiter, Großmutter? Bitte!«

»Natürlich, Malachi.«

So standen sie am Freitag wie üblich an ihrem Stand, backten, verpackten, verkauften und mußten sich immer wieder anhören, wie mutig sie sich bei der Entführung des Katers und der Identifizierung des Katzenentführers verhalten hatten. In der Spendenkasse in Form einer dickbäuchigen Katze, die der Töpfer ihnen geschenkt hatte, sammelten sich Scheine und Münzen.

Am Nachmittag kam der freundliche Streifenpolizist vorbei und blieb eine Weile bei ihnen stehen. Mit einem kleinen Lächeln in den Augenwinkeln fragte er Merita: »Werden Sie die Feiertage mit Ihrer Familie verbringen?«

»Werde ich wohl.«

»Sie hören sich nicht begeistert an.«

»Tut mir leid, wenn es so klingt.«

Merita sah den Polizisten bei ihren Worten nicht an, denn sie war sich darüber im klaren, daß er ihren Verdruß darin sehen würde. Über die engelischen Fähigkeiten, durch die Augen des Menschen in seine Seele schauen zu können, wußte sie inzwischen ziemlich gut Bescheid.

»Ich habe, wie es meine Aufgabe als Polizist ist, selbstverständlich Ihre Schwiegertochter aufgesucht, Merita«, erklärte er sanft.

»Ja, natürlich. Ich hoffe, die Kleine hat meine Nachricht ausgerichtet, die ich ihr am Telefon aufgegeben habe.«

»Nein, das hat sie nicht.«

Meritas Schultern sanken herab. »Ich bin pflichtvergessen, ich weiß.«

»Ihr Sohn ist ein erwachsener Mann, der recht gut verdient. Ist Ihnen schon einmal die Idee gekommen, daß er sich durchaus eine Putzfrau und ein Kindermädchen leisten könnte?«

»Hat eine Mutter nicht ein Leben lang Verantwortung für ihre Familie zu tragen?«

»Nehmen Sie sich einmal ein Beispiel an dem, was gleich passiert!« schlug Michael ihr vor und verschwand wieder einmal plötzlich in der Menge.

Pippin maunzte zu Meritas Füßen. Sie drehte sich um und sah nach unten. Am Einschlupf kauerte eine alte, graubraune Kätzin, die ein kleines, schildpattfarbenes Bündelchen in ihrem Maul hielt. Braun, cremefarben und rot war das seidenweiche Fell gemustert, doch das linke Hinterpfötchen war ganz cremefarben.

Auch Malachi drehte sich um und bückte sich sofort, um ihr das Bündelchen abzunehmen.

»Lena sagt, es sei ihr eine zu große Last, sich um das Würmchen zu kümmern«, übersetzte er. »Sie ist dummerweise im Spätsommer noch mal rollig geworden. Zum Glück bestand der Wurf nur aus diesem einen Kätzchen. Sie hat gehört, wir würden uns darum kümmern.«

»Aber natürlich, Lena. Und um dich auch!«

»Sie selbst will das nicht mehr. Sie ist zu alt und zu müde.«

Merita kniete sich nieder und betrachtete die alte Kätzin. Sie hielt ihrem Blick stand, aber in ihren Augen lag eine unendliche Erschöpfung.

Zärtlich streichelte Merita das rauhe Fell und kraulte sie leise murmelnd.

»Sie will auch kein Futter mehr, sie möchte nur ihre Ruhe haben«, flüsterte Malachi. »Keine Sorge, Merita, ich werde sie begleiten. Aber erst soll sie sehen, wie wir uns um ihr Kleines kümmern. Rufst du Svenja eben mal zu uns, Großmutter?«

»Sie will doch keine Katze, Malachi.«

»Weiß man's?« fragte er mit einem kleinen Kichern.

Svenja kam eifrig auf Meritas Wink hin angelaufen.

»Eine Katzenmutter hat ihr Kleines bei uns abgeliefert. Es ist wohl kaum acht oder neun Wochen alt. Ist es nicht niedlich!«

Vorsichtig hob Merita das Geschöpfchen hoch und setzte es auf die Theke. Svenja erstarrte und schluckte dann. Das Kätzchen blieb ganz ruhig sitzen und gab leise Schnurrlaute von sich.

»Mumuscha?« hauchte das Mädchen. »Mumuscha?«

Das Kleine erhob sich und machte einen Schritt auf Svenja zu. Das Mädchen nahm es auf und drückte es an seine Brust. Heiße Tränen kullerten über seine Wangen.

»Psst, Svenja. Jede Katze verdient ihren eigenen Namen«, erklärte Malachi ihr leise.

»Sie hat aber sogar das cremefarben Hinterpfötchen«, flüsterte Svenja und streichelte das seidige Pelzchen, das sich voller Vertrauen an ihren Pullover kuschelte.

»Höre trotzdem auf sie! Sie wird dir ihren Namen schon noch nennen.«

»Ja, danke, Malachi.«

Seit dem Ereignis am Vortag war Svenja dem buckeligen Jungen gegenüber sehr scheu geworden und wandte sich nun lieber an Merita.

»Darf ich es haben?«

»Sicher. Die Katzenmutter hat es hier abgegeben, damit wir uns darum kümmern. Bei dir wird es das Kleine wohl sehr gut haben.«

Svenja lächelte schon wieder unter Tränen: »Das können Sie wohl glauben!« Dann lief sie zu ihrer Mutter und sprudelte über vor Begeisterung.

Der Korbmacher schenkte ihr ein besonders schönes Körbchen.

Malachi und Pippin verschwanden nach einer Weile mit der alten Kätzin, und Merita machte gedankenverloren das letzte Backblech fertig. Was hatte Michael damit gemeint, sie würde aus dem Geschehen etwas lernen? Daß eine Mutter die Verantwortung für ihre Kinder auch abgibt, um ihren eigenen Weg zu gehen? Der Weg, den die alte Kätzin nun ging, war sicher noch lange nicht der ihre. Sie war gesund, energisch und voller Tatkraft. Es gab so viel mehr zu tun, als Enkelkinder zu hüten, die Wohnung ihres Sohnes zu putzen und für die Familie zu kochen. Sie könnte sich eine eigene Wohnung nehmen, sich im Tierschutz engagieren, als ehrenamtliche Bibliothekarin arbeiten, Lesungen organisieren, Reisen unternehmen und gelegentlich ihren Sohn besuchen – für ein paar Tage.

Ja, das könnte sie machen.

Das mit der Einsamkeit würde sich vermutlich bald legen.

»Merita? Merita, bist du das wirklich?«

Eine gepflegte ältere Dame blieb an dem Stand stehen und betrachtete die mehlbestäubte Bäckerin über ihre modische Lesebrille hinweg, die weit vorne auf ihrer recht großen Nase saß.

»Herr im Himmel! Hetty!« Merita legte den Topflappen nieder und strahlte die Dame an.

Hetty nahm ihre Hände und meinte: »Na, also dich hätte ich beinahe nicht erkannt. Du siehst ja um Jahre jünger aus. Als wir uns das letzte Mal gesehen haben, hatte ich mich schon gewundert, ob dir der Ruhestand so gar nicht bekommt. Oh – Katzenkekse! Eine interessante Idee.«

»Na ja, mit irgendwas muß ich mich ja über Wasser halten. Du mußt wissen: Ich bin von zu Hause abgehauen.«

»Das wurde auch Zeit. Aber warum bist du hier und hast einen Marktstand? Na ja, originell ist das allemal. Und was für ein seltsamer Zufall! Nur weil Ingrid sich unbedingt einen handgenähten Bettüberwurf wünscht, bin ich in diesen Ort gekommen. Hier gibt es nämlich eine Werkstatt für derartige Dinge. Und weil ich noch etwas Zeit hatte, bis der Zug abfährt, bin ich über den Markt gebummelt. Seltsamerweise habe ich in den vergangenen Tagen viel an dich gedacht.«

Merita lächelte ihrer Freundin zu. »Ja, ich habe auch an euch gedacht. Ich habe sogar überlegt, ob ich euch überfallen sollte und mich ein paar Tage bei euch einniste.«

»Hast du meinen letzten Brief nicht bekommen?«

»Den Brief vom November, in dem ihr mich eingeladen habt?«

»Den danach nicht?«

»Ich bin seit dem ersten Advent nicht mehr ... erreichbar gewesen.«

»Oh, das erklärt einiges. Wir wollten nämlich unbedingt mir dir sprechen, Merita. Wo Ingrid doch jetzt auszieht.«

»Ingrid zieht aus? Sie hat doch hoffentlich keine gesundheitlichen Probleme?«

»Im Gegenteil. Sie heiratet noch einmal!«

»Was du nicht sagst!«

Hetty schaute auf die Uhr. »Das erzähle ich dir später. Mein Zug geht gleich. Kurzum, wir wollten dich fragen, ob du ihre

Wohnung in unserem Haus übernehmen möchtest. Und selbstverständlich ihren Anteil an Gartenarbeit.«

Merita schüttelte den Kopf, als müßten sich ihre Gedanken erst wieder neu ordnen. »Doch, das wäre eine Lösung. Aber ... hättet ihr etwas dagegen, wenn ich einen schwarzen Kater mitbringen würde?«

»Wenn er bereit ist, sich mit unserer roten Kätzin zu arrangieren. Haus und Garten sind groß genug.«

»Hetty, wann kann ich kommen?«

»Gleich, wenn du willst.«

»An Heiligabend.«

»Schön. Dann besprechen wir alles Weitere. Ciao!«

Ein Hauch von ihrem blumigen Parfüm, das mitten im Winter den Frühling versprach, blieb noch in der kalten Luft hängen, als Hetty bereits außer Sicht war.

Merita hauchte leise und dankbar: »Herr im Himmel!«

»War es das, was Sie sich wünschten?« fragte Michael, der kurz darauf zum Stand zurückkehrte.

»Haben Sie da nachgeholfen?« fragte Merita zurück.

»Nein – außer vielleicht mit einem ganz kleinen Stups, den ich Hetty vorhin in Richtung Ihres Standes gab. Ingrid hat wirklich einen neuen Partner gefunden, und die beiden anderen Frauen haben tatsächlich darüber nachgedacht, Ihnen die Wohnung anzubieten. Sie, Merita, haben jetzt nur Ihre Chance wahrgenommen.«

Auf eigenartige Weise erleichtert, schnaufte Merita und holte das letzte Blech aus dem Ofen.

»Meine Arbeit hier ist beendet. Malachi wird mich verlassen, alle Streuner sind vermittelt, und das kleine Kätzchen hat ein gutes Zuhause gefunden. Seine Mutter ist vermutlich bereits in einer anderen Welt.«

»Malachi und Pippin haben sie auf den Weg zu den Goldenen Steppen gebracht. Er ist ein guter Engel, der Bengel. Ich denke, er wird zukünftig eine befriedigende Aufgabe übernehmen. Dann wird er auch weniger Unsinn anstellen.«

»Und die Finger aus der Götterspeise lassen?«

Michael lachte. »Hat er Ihnen sogar das erzählt!«

»Hat er! Wenn ich es richtig verstanden habe, wird er morgen in der Kirche mit Svenjas Chor auftreten. Solange darf er doch sicher noch bleiben.«

»Natürlich. Wir wollen uns doch ein Bild von seinen Fähigkeiten machen.«

»Wir?«

»Der Herr im Himmel und die Leiter der Engelschöre.«

»Weiß Malachi das?«

»Nein, und Sie schweigen auch am besten darüber.«

»Herr im Himmel!« wiederholte Merita ehrfürchtig.

19.
Abschiedskonzert

Am Vormittag des Heiligabend hatten sie gemeinsam den Marktstand aufgeräumt, Kassensturz gemacht, der Tierschützerin eine prall gefüllte Sparkatze überreicht und die letzten Katzenkekse verschenkt. Sie hatten sich von ihren Standnachbarn verabschiedet, Merita hatte die Zimmer bezahlt, ihre Reisetasche gepackt und mit Pippin ein langes Gespräch geführt. Malachi brauchten die beiden nicht mehr als Dolmetscher. Der Kater hatte eine innige Zuneigung zu der Frau gefaßt, die ihm seine Freiheit ließ und dennoch für ihn sorgte, wenn er hungrig und müde und manchmal auch reichlich schmutzig von seinen Streifzügen zurückkam. Er hatte beschlossen, sie zu begleiten, und war nach einigem Zögern mit dem Transportkorb einverstanden.

Merita hatte auch bei ihrem Sohn angerufen, sich geduldig seine Vorwürfe angehört und ihm dann mitgeteilt, sie wolle die Weihnachtstage bei ihren Freundinnen verbringen, danach für eine Woche vorbeikommen und ihren Umzug vorbereiten. Da er ziemlich sprachlos reagierte, gab sie ihm die Adresse an, unter der sie zu erreichen war, und wünschte ihm ein friedliches Fest.

»Ja, wenn das deine Entscheidung ist, Mutter …«, stammelte er.

»Das ist meine Entscheidung. Auch Mütter werden mal erwachsen.«

»Scheint so. Nun vielleicht war es doch nicht die allerbeste Idee, bei uns zu wohnen. Wir waren wohl ziemlich selbstsüchtig. Dann wünsche ich auch dir schöne Weihnachten. Alles andere klären wir dann, wenn du bei uns bist.«

Zufrieden mit sich schlenderte Merita danach zum Bahnhof und kaufte sich ihre Fahrkarte. Sie verstaute ihre Tasche in einem Schließfach und machte sich auf den Weg zur Kirche, wo die Kinder ihren Auftritt hatten.

Es war gedrängt voll, aber Svenjas Mutter hatte ihr einen Platze in der ersten Reihe freigehalten. Sie hatte auch den Katzenkorb mit Pippin beaufsichtigt, der darin gemütlich geschlummert hatte.

»Svenja ist überglücklich mit dem kleinen Kätzchen. Es ist aber auch ein ganz süßes Tier und unserer verstorbenen Mumuscha erstaunlich ähnlich.«

»Schön, daß es ihr bei Ihnen gutgeht.«

Mehr wollte Merita nicht dazu sagen, da sie nicht wußte, wieviel Svenja ihrer Mutter von den Goldenen Steppen und der Rückkehr der geliebten Katzen erzählt hatte. Außerdem versammelten sich nun auch die Sängerinnen und Sänger. Sie hatten alle lange weiße Gewänder an, und einer von ihnen trug sogar schimmernde Engelsflügel.

Malachi mit seiner Trommel zwinkerte Merita verschwörerisch zu.

Es wurde ein prachtvolles Konzert. Mal klangen die Lieder anrührend und gefühlvoll, dann wieder wurden sie beschwingt und fröhlich, ja geradezu mitreißend. Malachi hatte der begabten Gruppe zu einem unbeschreiblichen Temperament verholfen, und mit strahlendem Gesicht bearbeitete er seine Trommel.

Hoch oben lauschte der Herr im Himmel ebenfalls dem hinreißenden Gesang, und seine engelischen Chorleiter mußten mit blankem Erstaunen feststellen, wie er dabei vergnügt mit den Fingern schnippte.

»Ja, ich denke, das werden wir hier auch einführen. Das Universum braucht einen neuen Rhythmus. Lernt von dem Engelbengel, wenn er wieder hier oben ist.«

Aber bis dahin mußte sich der Herr im Himmel noch einen kleinen Augenblick gedulden.

In der Sakristei, wo sich Malachi zurückgezogen hatte, um

sich nicht weiter in seinem Engelsgewand sehen zu lassen, fanden sich Merita, Pippin und Svenja ein.

»Du warst die beste Großmutter, die sich ein Engel wünschen kann!« sagte Malachi und ergriff Meritas Hände. »Es fällt mir schwer, dich zu verlassen.«

»Ja, mein Junge. Wir hatten eine aufregende Zeit miteinander. Ich werde an dich denken.«

»Ich auch, und wenn du zum Himmel aufschaust und einen flimmernden Stern siehst, dann lausche auf die Musik, die von dort kommt.«

Malachi küßte ihre Wangen, und sie drückte ihn einmal fest an sich. Dann nahm er Pippin auf den Arm und streichelte ihn zwischen den Ohren. »Du bist ein Großer unter den Katzen, ein Weiser wirst du auf den Goldenen Steppen sein. Doch deine Zeit ist jetzt hier. Wache über die, die dich lieben!«

Pippin hob seine Nase, brachte sie dicht an die von Malachi und gab ihm damit den achtungsvollsten Gruß, den eine Katze entbieten kann.

Svenja stand stumm daneben. Das Sweatshirt, das Malachi ihr zugeworfen hatte, drückte sie noch immer fest an sich. Als er sich zu ihr umwandte, fragte sie: »Darf ich das behalten?«

Der Engel lächelte sie voller Liebe an. »Meine irdische Habe bleibt hier. Wenn du es magst, behalte es.«

»Danke. Ich ... Ach, Malachi, mußt du wirklich gehen? Kannst du nicht hierbleiben?«

Er legte seine Arme um sie und schloß auch die Flügel um sie herum. In dieser schützenden Hülle legte sie ihren Kopf an seine Schulter und flüsterte: »Ich liebe dich doch, Malachi! Ich werde dich immer lieben.«

»Ich weiß, und ich danke dir dafür«, antwortete er leise und nur für sie verständlich: »Aber ich kann nicht auf der Erde bleiben, wie auch du weißt.« Er streichelte ihre Wangen und gab ihr einen leichten, zärtlichen Kuß. »Sei nicht traurig! Ich verspreche dir, in vier Jahren wirst du einen jungen Mann treffen, der dich sogar einen Engel vergessen läßt. Du wirst mit ihm ein wunderbares und erfülltes Leben führen, Svenja, und wenn du dir treu bleibst, wirst du Großes erreichen.«

»Danke, Malachi! Dann … leb wohl.«

Auch dem Engel fiel es sichtlich schwer, Abschied zu nehmen. Noch einmal zog er sie an sich und flüsterte ihr ins Ohr: »Ich werde immer über dich wachen.«

Dann machte er sich los und schlüpfte hinaus in die leere Kirche. Er lief gradewegs zu den Treppen, die auf den Turm führten, und an dessen Spitze kletterte er hinaus in die klare, sternenglitzernde Nacht.

Manche Leute sagten von jenem Weihnachten, sie hätten einen seltsamen Schein am Himmel gesehen, und ganz Mutige behaupteten sogar, ein leibhaftiger Engel des Herrn sei ihnen dort erschienen.

Merita, Pippin und Svenja wußten es.

Nachbemerkung der Autorin

Liebe Leser, Sie mögen es glauben oder nicht, Pippin und Malachi erzählen Svenja eine ganz wahre Geschichte. Nämlich die von der grenzenlosen Freundschaft der Katzen, die zu jenen zurückkehren, die sie lieben. Und das hat seinen Grund:

Kurz vor Weihnachten 2003 verlor ich mein geliebtes Hexchen, eine wunderbare, schildpattfarbene Katze mit einem cremefarbenen Hinterpfötchen.

Im Sommer 2004 maunzte eines Abends ein etwa zwei Monate altes Kätzchen vor unserer Haustür. Als ich sie öffnete, flitzte sie sofort hinein, brummte kurz und freundschaftlich unsere andere Katze Mira an, schlug sich das Bäuchlein voll und rollte sich dann auf Hexchens Lieblingsplatz zusammen.

MouMou ist schildpattfarben und hat ein cremefarbenes Hinterpfötchen.

Fragen Sie sich da noch, warum ich an Wunder glaube?